A Faint Çold Fear Thrills Through My Veins · William Shakespeare

Zu diesem Buch

Er sieht ängstlich aus, dachte der General. Die Leute sind ängstlich, sogar hier.

Zehn Sekunden später war der General Orestes de Larrinaga tot. Er lag mit offenen Augen und zerfetztem Brustkorb auf dem Marmorfußboden. Rote Flecken breiteten sich auf dem Uniformstoff aus wie auf weißem Löschpapier.

Orestes de Larrinaga war Resident der Provinz eines fiktiven südamerikanischen Staates. Nun ist Manuel Ortega, derzeit Botschafter in Stockholm, aufgefordert worden, diesen Posten zu übernehmen. Er steht vor der Wahl, abzulehnen und damit seine Karriere zu verzögern oder anzunehmen – und damit riskiert er vielleicht sein Leben. Ortega ist kein Soldat, aber er kennt als Beamter seine Pflicht; er nimmt an und reist in seine Heimat.

Und die ist ihm fremd geworden. Die Reaktionen der Weißen wie der Indios machen ihn unsicher; er verträgt das Klima nicht mehr. Vor allem: Er überblickt nicht die politischen und sozialen Verhältnisse in dem seit Jahren von Aufständen geschüttelten Land. Er weiß nur, daß der legendäre El Campesino mit seinen Guerilleros aus dem Untergrund die Unruhe in der Provinz schürt und daß er, Ortega, auf die Erfahrung und Umsicht seines Polizeichefs Behounek angewiesen ist, wenn er nicht zwischen die Fronten der Rebellen und einer radikal-reaktionären, von der fernen Generalität unterstützten Bürgerwehr geraten will.

Ortega will das Beste für die Provinz. Mit großem persönlichem Einsatz bemüht er sich um einen Waffenstillstand, um einen Kompromiß, der Ruhe und Frieden wiederherstellen soll. Seine Sekretärin Daniča Rodriguez unterstützt ihn dabei.

Daniča, das Mädchen aus dem Bergdorf, und der zynische Behounek – von ihrer Loyalität hängt alles ab. Ortega erfährt zu spät, daß sie nicht im gleichen Lager stehen. Er will das Beste, und das führt in die Katastrophe.

Per Wahlöö, 1975 verstorben, veröffentlichte dieses Buch 1963, ein Jahr nach Das Lastauto (Nr. 2513). Auch hier steht im Mittelpunkt das Thema Diktatur und Unterdrückung und die Ausweglosigkeit, eine solche aus der Tradition erwachsene Schreckensherrschaft mit demokratischen Mitteln zu beenden. – Von Per Wahlöö liegt außerdem vor: Mord im 31. Stock (Nr. 2424), Unternehmen Stahlsprung (Nr. 2539), Die Generale (Nr. 2569), Foul Play (Nr. 2588), Wind und Regen (Nr. 2625) und Von Schiffen und Menschen (Nr. 2889).

Per Wahlöö

Libertad!

Deutsch von
Hubert Deymann

rororo

Rowohlt

rororo thriller
Herausgegeben von Bernd Jost

92.–94. Tausend Januar 1992

Deutsche Erstausgabe
Veröffentlicht im Rowohlt Taschenbuch Verlag GmbH,
Reinbek bei Hamburg, Mai 1980

Redaktion Jutta Schwarz
Umschlagentwurf Manfred Waller (Foto: dpa)
Die Originalausgabe erschien bei
P. A. Norstedt & Söners Förlag, Stockholm,
unter dem Titel «Uppdraget»

Die Übersetzung erfolgte nach dem Text der englischen Ausgabe
«The Assignment», erschienen bei Michael Joseph Ltd., London, 1965
Satz Aldus (Linotron 404)
Gesamtherstellung Clausen & Bosse, Leck
Printed in Germany
780-ISBN 3 499 42521 1

Die Hauptpersonen

Manuel Ortega	leidet unter einer unhaltbaren Situation und unter seinem Gewissen.
General Orestes de Larrinaga	tut etwas Unerwartetes und stirbt erwartungsgemäß.
Jacinto Zaforteza	hat Pläne für den Tag X.
Miroslavan Radamek	bringt sein Schäfchen rechtzeitig ins trockne Ausland.
Emilio Dalgren	braucht die Brunnen nicht erst zu vergiften.
Daniča Rodriguez	arbeitet für die andere Seite.
Dr. Irigo El Campesino Carmen Sanchez José Redondo	sind nicht ohne Grund skeptisch, aber dann vertrauen sie einem redlichen Mann.
Isidoro Behounek	läßt keinem Gegner eine Chance.

Für Maj,
deren Mitarbeit dieses Buch ermöglichte

1

Der Wagen war ein Acht-Zylinder-Packard, Modell 1937. Er war schwarz wie die Uniformen der Soldaten und die amerikanischen Motorräder in der Eskorte. Es war morgens drei Minuten nach acht und bereits sehr heiß. Die beiden hinten im Wagen sprachen miteinander.

«Vater, hast du nie Angst?»

«Wovor sollte ich Angst haben, mein Mädchen?»

«Vor all den Leuten hier ...»

«Hunde, die bellen, beißen nicht. An eines mußt du immer denken: verlasse dich immer auf die Armee – sie ist der einzige feste Wert, vorausgesetzt, daß sie die richtige Führung hat. Das solltest du übrigens in all den Jahren hier gelernt haben.»

«Warum verbietest du den Hausangestellten nicht das Lesen der Flugblätter?»

«Was würde das schon ändern?»

Es wurde still im Wagen. Der General wandte den Kopf zur Seite und betrachtete die vorbeihuschenden weißen Villen, ohne sie wirklich wahrzunehmen. Der Konvoi durchschnitt die langen, schrägen Kurven, die Straße war mit weißgrauem Splitt bedeckt. Pioniere hatten sie vor drei Jahren gebaut, und sie war noch befahrbar, obwohl sie an den Kanten abbröckelte.

Am Fuß des Hügels endete das künstlich bewässerte Gebiet; die Eskorte ließ die Sirenen ertönen und schwenkte ein auf die breite gepflasterte Hauptstraße, die schnurgerade von Norden nach Süden durch die Provinzhauptstadt lief.

An beiden Seiten der Straße standen weißgekalkte Mauern, die das faschistische Regime vor fünfzehn Jahren angefangen hatte zu errichten, aber die Arbeit war nie beendet worden. An einigen Stellen waren Lücken im Mauerwerk, an anderen war der schlechte Zement in den Fugen zerbröckelt, so daß Steinblöcke eingestürzt waren. Dort hatte man gewöhnliche Zaunpfähle eingesetzt, aber jetzt war der Stacheldraht bereits verrostet, und die Eingeborenen hatten ihn hier und da mit Beißzangen durchschnitten und die Enden zu ovalen Öffnungen aufgerollt. Durch die Lükken konnte man die Hütten sehen, ein wirres Durcheinander von Sackleinen, Brettern und schiefen Blechbuden.

Ein weißer Jeep, der am Straßenrand gestanden hatte, schloß sich dem Konvoi an. Vier Männer saßen darin. Ihre Helme und Uniformen waren weiß und ihre braunen bäuerlichen Gesichter starr und ausdrucklos. Sie gehörten zur Bundespolizei.

«Ich habe schon so viele Arten von Polizisten unter so vielen Regimes gesehen», sagte der Mann im Wagen.

Zerstreut und gleichgültig, als beziehe er sich auf nichts Spezielles oder als seien die Worte an niemand im besonderen gerichtet.

Die Eskorte zog einen heulenden schwarzen Strich durch die Vororte. Sie fuhr nicht besonders schnell, aber die Sirenen vermittelten den Eindruck von Effizienz und Dringlichkeit. Hühner, nackte Kinder und magere schwarze Schweine sprangen von der Fahrbahn.

Unmittelbar vor der Einfahrt zum Zentrum der Stadt befand sich auf der rauhen weißen Mauerfläche eine mannshohe kantige Inschrift: *Tod für Larrinaga!* Irgend jemand hatte es nachts mit roter Farbe hingekleckst. In einigen Stunden würden Männer von der Verwaltung mit ihren Eimern kommen und die Worte überkalken, die am nächsten Morgen wieder dort sein würden. Oder an anderer Stelle. Der General lächelte ruhig und zuckte die Achseln.

Die Eskorte donnerte über die mit niedrigen, staubigen Palmen bestandene Hauptstraße dahin. Hier waren die Häuser hoch und modern, viereckige weiße Kästen aus Glas und Beton, aber noch waren die Gehwege nicht sehr belebt. Die wenigen Fußgänger blieben stehen und starrten den vorbeifahrenden Konvoi an. Viele von ihnen trugen Uniform und fast alle waren bewaffnet.

Der Führer der Eskorte schwenkte quer über die kunstvoll gepflasterte Plaza, fuhr vor den Eingang zum Gouverneurspalast und gab mit erhobener rechter Hand das Zeichen zum Halten. Der Platz war groß und weiß und leer, und vor dem Portal standen nur zwei Männer, ein Infanterist in schwarzer Uniform und ein Polizist in weißer.

Der Polizist trug eine Parabellum im Halfter am Gürtel und der Soldat eine Maschinenpistole am Riemen um den Hals. Eine amerikanische Maschinenpistole mit geradem Magazin und zusammenklappbarem Gestell aus Eisen.

Von der Sorte haben wir immer noch zu wenig, dachte der General.

«Sie sind trotz allem wichtiger als alle Bodenreformen», murmelte er vor sich hin.

Der Packard hatte angehalten, aber das Paar im Fond blieb sitzen. Der Führer der Eskorte hob sein Motorrad mit einem Ruck auf den Ständer, zog die Handschuhe aus und öffnete die Wagentür. Erst jetzt rührte sich der General. Er beugte sich zur Seite, küßte seine Tochter auf die Wange und kletterte steifbeinig hinaus auf den Gehweg. Er erwiderte den Gruß der Wachtposten und ging durch die Schwingtür. Der Führer der Eskorte folgte ihm in drei Meter Abstand.

General Orestes de Larrinaga betrat die weiße Marmorhalle. Direkt vor ihm lagen die breite Treppe und die Fahrstühle, links von ihm befand sich ein glatter Empfangstisch und dahinter ein Bote mit Uniformmütze und schwarzer Satinjacke. Der General warf ihm einen freundlichen Blick zu, der Mann lächelte.

«General», sagte er und dann nichts mehr.

Er bückte sich und nahm etwas vom Regal unter dem Empfangstisch. Der General blieb stehen und lächelte wohlwollend. Der Bote war ein ziemlich junger Mann mit offenem Gesicht und dunkelbraunen Augen.

Er sieht ängstlich aus, dachte der General. Die Leute sind ängstlich, sogar hier.

Zehn Sekunden später war General Orestes de Larrinaga tot. Er lag mit offenen Augen und zerfetztem Brustkorb auf dem Marmorfußboden. Rote Flecken breiteten sich auf dem Uniformstoff aus wie auf weißem Löschpapier. Er hatte die Maschinenpistole noch sehr deutlich erkennen können, und sein letzter Gedanke war, es ist ein tschechisches Fabrikat mit Holzgriff und rundem Magazin.

Der Führer der Eskorte hatte sie ebenfalls gesehen, aber er reagierte zu spät.

Draußen auf dem Platz hörten die Soldaten und das Mädchen im Wagen die kurze, hämmernde Salve und unmittelbar darauf die deutlicheren Schüsse, die aus einer 11-Millimeter-Parabellum stammten.

Die südlichste Provinz der República Federal ist die ärmste und die unterentwickeltste. Dort leben dreihunderttausend Menschen, aber nur zweitausend Grundbesitzer. Achtzig Prozent der Bevölkerung sind Eingeborene, davon sind die meisten Landarbeiter oder Bergleute. Fast alle sind Analphabeten. Das restliche Fünftel besteht aus Nachkommen europäischer Siedler; das ist jene Gruppe, die das Land besitzt und die Produktionsmittel kontrolliert. Die Provinz wurde immer als zu arm und zu wenig bevölkert angesehen, um sie zu einem Bundesland zu machen. Sie steht unter Bundesverwaltung, und ihr höchster Beamter ist ein Offizier, der Militärgouverneur. Er hat seinen Amtssitz in der Provinzhauptstadt, die etwa siebzehntausend Einwohner hat und auf einer Hochebene zwischen den Bergen im Norden des Distrikts liegt. Die weiße Bevölkerung lebt entweder im Zentrum der Stadt oder in der Villengegend auf einem künstlich bewässerten Abhang im Nordosten. Die rund vierzigtausend Eingeborenen leben in dem Gewirr von Hütten, die sich in beträchtlichem Abstand von den modernen Gebäuden im Stadtinneren ausgebreitet haben. Die meisten dieser Eingeborenen arbeiten in den Kohlengruben und Manganminen oben in den Bergen. Quer durch die Stadt verläuft die breite, gepflasterte Autostraße, aber nur wenige Kilometer südlich der Stadtgrenze verengt sie sich zu einer steinigen, gewundenen Bergstraße, die gerade noch für den gewöhnlichen Personenverkehr ausreicht. An der südlichen Ausfahrt liegt auch eine Reihe weißer Steinkasernen. Dort ist das dritte motorisierte Infanterieregiment stationiert.

Die Unruhen in der Gegend begannen im März 1960, als Terroristengruppen anfingen, die Gebirgstrakte im Süden zu infiltrieren. Die Partisanen, die in Patrouillen von etwa zehn Mann auftraten, waren im sozialistischen Nachbarland ausgebildet worden; sie waren gut bewaffnet und gewannen schnell an Erfahrung und Wirksamkeit.

Im Sommer jenes Jahres begannen umfassende Säuberungsoperationen, doch die Guerilla-Einheiten wurden durch das Gelände und die Einstellung der Bevölkerung zur Armee begünstigt, und so hatten die militärischen Aktivitäten nach einem halben Jahr noch immer nicht das gewünschte Ergebnis gebracht. Vielmehr hatten sich die Unruhen auf alle Teile der Provinz ausgebreitet. Die schon früher aufgelöste Kommunistische Partei entstand neu in der Form einer sozialistischen Untergrundorganisation, der Befreiungsfront, die durch punktuelle Streiks und Sabotage das Recht auf Verhandlungen zu erzwingen suchte. Gleichzeitig bildete die weiße Bevölkerung eine Bürgerwehr, die Attentate mit Terror beantwortete. Im September 1961 war die Situation unhaltbar geworden. Ohne militärische Bewachung konnten weder Arbeiten noch Transporte ausgeführt werden. Die meisten Besitzungen im südlichen Teil der Provinz waren von ihren Eigentümern aufgegeben worden; die Anzahl terroristischer Morde vermehrte das Gefühl der Unruhe, und immer mehr Menschen wurden nach summarischen Verfahren vor Militärgerichten hingerichtet.

So kam es zum Sturz der Regierung, und in den folgenden Präsidentschaftswahlen siegte der liberale Kandidat Miroslavan Radamek, ein autodidaktischer Anwalt und Sohn eines Bauern aus einem der landwirtschaftlich fruchtbaren Bundesländer im Norden. Die Wahlen fanden unter starkem internationalem Druck statt, und Radameks Name wurde als Kompromißlösung eingebracht, die notwendig war, um alle Parteien einigermaßen zufriedenzustellen.

Die Regierung verkündete energische Maßnahmen, um die Krise in den betroffenen Provinzen beizulegen. Die militärischen Operationen wurden eingestellt, und die Armee erhielt den Befehl, sich abwartend zu verhalten. Die Verantwortung für die öffentliche Ordnung übernahm die Bundesgendarmerie, die von der Regierungspropaganda in «La Policía de la Paz», die «Friedenspolizei», umgetauft wurde. Als der Präsident versprach, er werde sich um die Frage der Selbstverwaltung der Provinzen kümmern, und als er allen vorspiegelte, es werde eine Bodenreform und andere soziale Verbesserungen geben, schienen die Verhältnisse auf dem Wege zur Normalisierung zu sein.

Sieben Monate nach Radameks Amtsantritt flammten die Unruhen wieder auf. Nur wenige Versprechungen für einen sozialen Ausgleich waren eingelöst worden, die Arbeitgeber schikanierten ihre Arbeitnehmer schlimmer denn je, und die aus Technikern und Juristen zusammengesetzte Kommission, die an der Vorlage für die Selbstverwaltung und am Bodenreformgesetz arbeitete, hatte noch keine Fortschritte gemacht. Zwischen der Befreiungsfront und der Bürgerwehr brachen offene Kämpfe aus, und der vor einem halben Jahr aufgehobene Ausnahmezustand mußte wieder verhängt werden. Der Präsident nahm Zuflucht zu dem einzigen Ausweg, der noch zur Verfügung stand: die Aufnahme direkter Verhandlungen zwischen den Parteien vor einer neutralen Vermittlungskommission. Ihren Vorsitz übernahm ein Resident der Provinz. Die Wahl fiel auf einen pensionierten Offizier der Armee, General Orestes de Larrinaga. Er war zweiundsechzig Jahre alt, hatte sich nie mit Politik beschäftigt und wurde allgemein wegen seiner militärischen Verdienste geachtet.

General Larrinagas Ankunft im Gouverneurspalast brachte eine vorübergehende Entspannung mit sich, aber nach einigen Wochen wurde die Lage wieder kritisch. Übergriffe gegen Zivilisten und Privateigentum traten wieder auf. Es kam immer häufiger vor, daß Landbesitzer die vom Reformausschuß ausgesandten Landvermesser verjagten, ehe diese ihre Berechnungen anstellen konnten; einige von ihnen wurden ermordet aufgefunden, andere verschwanden ganz. Die Befreiungsfront antwortete darauf mit Überfällen und Angriffen von Partisanen auf dem Lande, und in den Städten patrouillierten bewaffnete Einheiten der Bürgerwehr offen auf den Straßen.

Am 20. Mai wurde ein von der Befreiungsfront unterzeichnetes Flugblatt verbreitet, in dem sie den Provinzresidenten beschuldigte, er sei von der Rechten gekauft worden und vertrete die Interessen der Landbesitzer und Kapitalisten. Einige Tage danach wurde sein Leben bedroht. Obwohl sich ein Vertreter der Befreiungsfront von dieser Angelegenheit distanzierte, wurde das Todesurteil noch zweimal innerhalb einer Woche verkündet, das letzte Mal am Abend des 5. Juni. Die Drohungen lösten neue Gewalttaten gegen die Eingeborenen aus.

Der einzige, der davon unberührt zu sein schien, war der Resident selbst. Jeden Morgen fuhr er um acht Uhr mit einer Militäreskorte von seiner Wohnung im Villenviertel zum Gouverneurspalast, wo er sein Büro hatte. Dabei wurde er häufig von seiner sechsundzwanzigjährigen Tochter begleitet, die gewöhnlich um diese Zeit die höhere katholische Lehranstalt aufsuchte. Sie arbeitete dort als Lehrerin.

Orestes de Larrinaga spielte seine Rolle als Held der Nation mit imponierender Konsequenz und großer Ruhe. Obwohl man sehr wenig von seinen Aktivitäten innerhalb der Wände seines Büros wußte, war er für Zehntausende von Menschen ein Symbol der Sicherheit geworden.

Das war also die Situation in der Provinzhauptstadt am Morgen des 6. Juni.

2

Der neue Resident wurde innerhalb von weniger als vierundzwanzig Stunden nach der Ermordung General Larrinagas gewählt. Er hieß Manuel Ortega, und sehr wenige Menschen hatten je von ihm gehört. Die Ernennung erreichte ihn telegrafisch früh am Morgen des 7. Juni, und er hatte genau vier Stunden Zeit, um sich zu entscheiden, ob er annehmen oder ablehnen solle.

Manuel Ortega war stellvertretender Handelsattaché an der Botschaft der República Federal in Stockholm. Dies war kein planmäßiger Posten, aber er hatte sich bereits zwei Jahre dort aufgehalten und sich an schwedische Verhältnisse gewöhnt. Er wohnte nicht in der Botschaft, sondern in einer möblierten Wohnung auf Karlavägen im Stadtteil Ostermalm und hatte vor etwa einem halben Jahr seine Familie zu sich geholt.

Er sah ziemlich unbedeutend aus, in gewissem Maße lateinamerikanisch, aber er hätte ebensogut als Grieche oder Pole oder Finne durchgehen können. Er hatte braunes Haar und braune Augen, war einsvierundsiebzig groß und wog fünfundsiebzig Kilo. Eine schlecht versorgte Verletzung von einem Fußballspiel während seiner Universitätszeit ließ ihn sein rechtes Bein etwas nachziehen, aber das bemerkte man eigentlich nur, wenn er es eilig hatte.

Er wurde kurz vor acht Uhr zur Botschaft gerufen, und der Botschafter selbst übergab ihm das Telegramm, das der Präsident der República Federal unterzeichnet hatte. Manuel Ortega las den Text langsam und sorgfältig und eigentlich ohne jedes Erstaunen, so wie man das häufig tut, wenn etwas ganz unerwartet auf einen zukommt.

Was ist das für ein Scheißjob, dachte er kühl.

Und gleich darauf: Es ist wohl besser, wenn ich gleich ablehne.

Der Botschafter trug eine Hausjacke und hatte sich noch nicht rasiert. Er stand aufrecht hinter dem Schreibtisch, denn er war viel zu bestürzt, um daran zu denken, sich zu setzen, und außerdem interpretierte er die Einstellung des anderen völlig falsch.

«Sie werden sich gewiß fragen, warum die Wahl gerade auf Sie gefallen ist. Ich kann Ihnen zumindest über diesen Punkt Klarheit verschaffen. Sie sind Jurist und Volkswirtschaftler, daran gewöhnt, geschäftsmäßig zu handeln. Was dort unten benötigt wird, sind Vernunft und Sinn für praktische Lösungen. Außerdem sind und waren Sie immer unpolitisch. Wir anderen haben ja alle unsere ... nun ja, Belastungen.»

Der Botschafter hatte in drei aufeinanderfolgenden halbfaschistischen Regierungen verschiedenen Ministerien vorgestanden und danach nur mit Mühe eine Serie empfindlicher Regimeveränderungen überlebt.

Er sprach weiter: «Das ist gewiß ein interessantes Angebot, das es wert ist, darüber nachzudenken. Falls Sie dort unten einen entscheidenden Erfolg erzielen, können Sie Ihr Glück als gemacht betrachten. Falls Sie andererseits versagen ...»

Er räusperte sich und setzte sich endlich hinter den Schreibtisch. «Nehmen Sie doch Platz, lieber Freund», sagte er.

Manuel Ortega ließ sich auf dem Besuchersessel nieder und legte das Telegramm auf den Schreibtisch. Dann lehnte er sich zurück und schlug die Beine übereinander, vorsichtig, um der Bügelfalte nicht zu schaden.

«Andererseits», sagte der Botschafter, «darf man den Auftrag gewiß nicht überschätzen, ebensowenig wie den Ernst der Lage. Unser Land ist groß und reich und wohlgeordnet. Dieses Grenzgebiet – sind Sie übrigens mal dort gewesen?»

«Nein.»

«Nun, ich bin einige Male darüber hinweggeflogen. Wie ich schon sagte, das Grenzgebiet ist, wie Sie wissen, dünn bevölkert und völlig unfruchtbar. Dank einer Handvoll vorausblickender Pioniere und ihrer Opfer ist es in gewisser Weise wirtschaftlich gestärkt worden. Diese Menschen und ihre Nachkommen haben selbstverständlich ihre Rechte, die für sich selbst sprechen. Der Rest der Bevölkerung ist eine zurückgebliebene Minderheit, die man allmählich emanzipieren muß, die aber für praktische Zwecke nicht auszubilden ist. Solche Minderheiten gibt es in allen Ländern, sogar hier, Sie wissen ...»

Er schnippte mit den Fingern.

«Ja, stimmt, die Lappen.»

«Genau, aber es war möglich, sie zu einer Touristenattraktion zu machen, teilweise dank der günstigen topographischen Bedingungen. Dem Land dort unten mangelt es an allen Voraussetzungen, es ist nur karg und unzugänglich. Trotz aller Anstrengungen und mit Ausnahme einiger Bergwerke bleibt es fast völlig wertlos, sowohl ernährungspolitisch als auch bevölkerungsmäßig. Aber ich nehme an, Sie wissen das ebensogut wie ich.»

Manuel Ortega machte eine Geste – vage, aber höflich.

«Jedenfalls wäre die jetzige Situation nie entstanden, wenn ausländische Provokationen und Lügenpropaganda die Atmosphäre nicht vergiftet hätten. Die Armee hat sich früher immer als durchaus fähig erwiesen, das Territorium unter Kontrolle zu halten. Hätte man ihr erlaubt, ihre Aktionen vor einem halben Jahr zu Ende zu führen, so hätte ... ja, dann müßten wir hier überhaupt nicht sitzen, um diese Frage zu erörtern.»

Er trommelte kurz mit den Fingern auf der Schreibtischplatte und schaute hinüber zum Fenster. Dann sagte er:

«Ich habe Orestes de Larrinaga seit langem gekannt. Er war ein vortrefflicher Offizier und ein großer Mann. Es ist lächerlich, daß ein solcher Auftrag zu seinem Tod führen sollte. Er war viel zu qualifiziert für den

Posten, und ich verstehe nicht, daß er sich überreden ließ, die Ernennung anzunehmen.»

Manuel Ortega beugte sich vor und schnippte ein kleines Stäubchen Asche von seinem Hosenbein. Plötzlich sagte er: «Vielleicht wollte er etwas Nützliches tun.»

«Ich bezweifle, daß das die richtige Art und Weise war. Aber die Tragödie ist natürlich, daß er wirklich etwas Nützliches tat. Durch seinen Tod. Der öffnete den Leuten die Augen. Sogar die sogenannte öffentliche Meinung der Welt sollte die Dinge jetzt im richtigen Zusammenhang sehen. Und im gleichen Moment, da die ausländische Propaganda verstummt, hat das Problem aufgehört zu existieren.»

Er machte eine Pause und seufzte.

«Ich will selbstverständlich Ihre Entscheidung nicht beeinflussen, aber ich meine, Sie sollten das Recht haben, eine Mitteilung zur Kenntnis zu nehmen, die gestern abend hier eingetroffen ist.»

Er zog einen zusammengefalteten Telexstreifen aus dem Dokumentenfach und schob ihn über den Schreibtisch. Der Mann im Sessel nahm den Streifen mit einem gewissen Zögern, als wisse er nicht, ob er ihn einstekken oder gleich lesen solle.

«Nur zu, mein Freund, lesen Sie bitte.»

Manuel Ortega holte seine Brille aus der Brusttasche, hauchte die Gläser an und entfaltete das hellrote Papier. Während er las, hörte er, wie der Botschafter mit den Fingern auf der Schreibtischplatte trommelte.

außenministerium an alle botschaften, intern. drei stunden nach der ermordung des provinzresidenten gab die leitung der buergerwehr folgendes kommuniqué heraus: einer der hervorragendsten maenner unseres landes, general orestes de larrinaga, ist heute einer kommunistischen bluttat zum opfer gefallen. dies entsetzliche verbrechen hat drei ziele: 1. eine glaenzende persoenlichkeit und einen objektiven und redlichen vertreter des rechts und der regierung zu beseitigen. 2. um auf diese weise einer politik und verwaltung den weg zu bahnen, die weniger kraft hat, den auslaendischen provokationen zu widerstehen. 3. anarchie zu schaffen. der mord hat alle redlichen einwohner der provinz tief erschuettert. besonders empoerend ist das wissen, dass general larrinaga auf einem bedeutungslosen posten fiel und sein leben und das von dutzenden anderer ehrenwerter maenner haette gerettet werden koennen, wenn man der armee gestattet haette, ihre pflicht zu erfuellen. wir, die verantwortungsvollen buerger dieser stadt und dieser provinz, fordern das sofortige eingreifen der armee. wir stellen uns hiermit unter den schutz der streitkraefte und verpflichten uns, den truppen jede denkbare unterstuetzung in ihrem kampf gegen die roten zu geben, die drohen, unser land zu ueberfluten. wir fordern auch, dass dem provinzresidenten – falls ueberhaupt ein nachfolger fuer general larrinaga ernannt wird – militaerische machtmittel zur verfuegung gestellt werden. als residenten koennen wir nur einen offizier mit technischen kenntnissen ueber dies gebiet akzeptieren. sollte die regierung ungebuehrlichem druck von aussen nachgeben und einen anderen beamten ernennen, fordern wir im interesse des landes, dass er seinen auftrag ablehnt. im entgegengesetzten fall zwingt man uns, gegen unseren willen gewalt anzuwenden. ein ziviler provinzresident oder jeder andere, der dieses amt ohne die volle unterstuetzung der armee bekleiden will, kann sich in dem augenblick als zum tode verurteilt betrachten, wenn er den auftrag annimmt. spaetestens zwei wochen nach seiner ankunft wird das urteil vollstreckt. (diese bekanntmachung wurde durch flugblaetter und anschlagtafeln auf oeffentlichen plaetzen verbreitet und in den regelmaessigen nachrichtensendungen verlesen.)

Manuel Ortega faltete das Papier zusammen und legte es auf den Schreibtisch. Wieder dachte er: welch ein Scheißjob. Laut sagte er: «Davon hat die Presse nichts erwähnt.»

«Mein Freund, in einem größeren Zusammenhang gesehen sind unsere Probleme klein und kaum beachtenswert. Ich bin nicht überzeugt, daß eine unserer eigenen Zeitungen die Sache aufgreifen wird. Sie ist völlig unwichtig. Wäre General Larrinaga nicht so berühmt gewesen, hätte sein Tod kaum Aufmerksamkeit erregt, jedenfalls nicht im Ausland. Insgesamt betrifft es ja kaum eine Handvoll Menschen, die außerdem noch weit entfernt sind, sowohl in ihrem eigenen Land als auch von uns.»

Manuel Ortega zeigte auf das Telex und sagte: «Meinen Sie, Exzellenz, daß diese Stellungnahme zu verteidigen ist?»

«Offiziell natürlich nicht. Aber ich stelle mir vor, daß die Situation dieser Leute sehr schwer ist, wirklich sehr schwer. Larrinagas Ermordung hat sie erschreckt. Er war das Symbol für ihre Sicherheit. Jetzt kämpfen sie verzweifelt, nicht nur für ihre Rechte, sondern auch um ihr Leben. Und die Armee ist ihre einzige Hoffnung.»

«Vermuten Sie, daß Präsident Radamek der Armee freie Hand lassen wird?»

«Ich bin nicht davon überzeugt, daß der Präsident das entscheiden kann.»

«Was bedeutet der Ausdruck, ‹ein Offizier mit eingehenden technischen Kenntnissen über dieses Gebiet›?»

«Vermutlich der militärische Befehlshaber des Gebiets, General Gami, oder sein Stabschef, Coronel Orbal.»

Der Botschafter schaute wieder zum Fenster. «Ausgezeichnete Männer, die beiden», sagte er.

Für einige Sekunden herrschte Stille. Dann sagte Manuel Ortega: «Und Kommunisten haben General Larrinaga ermordet?»

«Ja, wie sie jeden anderen umbringen werden, der ihren Zielen entgegenarbeitet.»

«Der neue Resident ist also von beiden Seiten zum Tode verurteilt worden.»

«Es sieht so aus. Wenn die Armee nicht die Kontrolle übernimmt.»

Der Botschafter schaute auf die Uhr. «Sie haben nicht viel mehr als drei Stunden», sagte er entschuldigend. «Oder haben Sie Ihre Entscheidung bereits getroffen?»

Manuel Ortega erhob sich zögernd.

«Wollten Sie nicht gerade Ihren Urlaub antreten?» fragte der Mann in der Hausjacke.

«Ja, heute.»

«Wohin gedachten Sie zu fahren?»

«Nach Tylösand.»

«Ah, Tylösand, wunderbar. Die Entscheidung dürfte Ihnen nicht allzu schwerfallen.»

«Nein», sagte Manuel Ortega.

«Spätestens um zwölf höre ich also von Ihnen. Falls Sie akzeptieren, müssen Sie damit rechnen, schon am Nachmittag abzureisen.»

«Ja.»

Manuel Ortega ging hinunter in die düstere Halle, zog Gummiüberschuhe und Regenmantel an und nahm seinen Regenschirm. Aber als er hinaus auf die Treppe zu Valhallavägen trat, hatte es aufgehört zu regnen. Er hängte den Schirm über den Arm und ging langsam den naßglänzenden Bürgersteig entlang. Er kaufte an einem Kiosk am Karlaplan eine Zeitung und setzte sich ein Stück weiter unten auf eine Bank und versuchte nachzudenken. Das war nicht ganz einfach; er fühlte sich irritierend und unentschlossen, als hätte das Gespräch für ihn alles nur noch verworrener gemacht. Er überflog die Titelseite der Zeitung und blätterte dann zu den Auslandsnachrichten um. Dort fand er es, eine kurze Notiz mit einspaltiger Überschrift. Politischer Mord. Der Name des Generals war falsch geschrieben. Der Botschafter hatte recht: Ihr Land spielte offensichtlich keine Hauptrolle auf der Weltbühne.

Manuel Ortega stand auf und ging weiter. Von den Bäumen fielen ihm große schwere Tropfen auf Kopf und Schultern. An der Kreuzung zu Sibyllegatan ging er bei Rot über die Straße und wäre fast von einem Taxi angefahren worden. Drei Minuten später öffnete er die Tür zu seiner Wohnung. Er wollte nichts und wußte nicht, was er machen sollte.

Noch etwas später setzte er sich hin und trank Kaffee. Er hatte die Schuhe ausgezogen, aber nicht die Jacke. Er lehnte sich im Sessel zurück und folgte mit den Blicken seiner Frau, als sie das Wohnzimmer verließ. Mit einem Gefühl leichten Unbehagens sah er, wie sich ihre Hinterbacken unter dem etwas zu engen Kleid bewegten, und er stellte fest, daß sie unter dem schweren schwarzen Haarknoten im Nacken eine Fettfalte hatte. Dennoch war sie durchaus nicht häßlich.

Er seufzte, stellte seine Kaffeetasse hin und ging an das große Flügelfenster. Der Regen hatte wieder eingesetzt und strömte durch das gelichtete Laub der verstümmelten Bäume an der Karlavägen.

Mit der Zigarette im Mundwinkel und den Händen in den Hosentaschen stand er da und beobachtete, wie der Regen kleine Pfützen und Bäche im sandigen Weg der Allee bildete. Er hörte seine Frau ins Zimmer kommen.

«Was meinst du, was ich tun soll?» fragte er.

«Das ist nicht meine Angelegenheit.»

«Das hast du schon gesagt.»

«Aber wenn du meinst, daß dir die Sache von Nutzen sein kann ...»

«Aber vielleicht sollte man einmal etwas Nützliches *tun.*»

«Für wen?»

«Für alle Menschen dort.»

«Die haben doch selbst gesagt, daß ihnen nur die Soldaten etwas nützen können.»

«Aber all die anderen? Dort wohnen dreihunderttausend Menschen.»

«Das Pack? Das nicht lesen und schreiben kann? Diese Leute, die wie Tiere leben? Was kannst du für die tun? Wenn du Arzt oder Priester wärest, aber ...»

So einfach war das also.

«In gewisser Hinsicht hast du natürlich recht», sagte er.

«Aber wenn dies eine Chance für deine Karriere ist, solltest du sie ergreifen. Ich will dir da keinen Rat geben. Es wäre absurd, wenn ich jetzt anfangen würde, dich in deiner Arbeit zu beraten.»

«Sie enthält auch ein gewisses Risiko.»

«Denkst du an General Larrinaga? Du bist kein General, Manuel. Außerdem hast du ja Miguel, falls es nötig ist.»

Miguel Uribarri war ihr Bruder, der seit mehreren Jahren bei der Kriminalpolizei in der Bundeshauptstadt war.

Nach einer Weile sagte sie: «Aber wenn du klar erkennst, daß dies keine Chance ist, solltest du verzichten.»

Manuel Ortega ballte die Faust und schlug gegen den Fensterrahmen. «Verstehst du nicht, daß auch ich einmal etwas tun will? Etwas Richtiges?»

«Deine Arbeit hier ist vermutlich bedeutend wichtiger für das Land.»

Trocken und sachlich. Sie war nicht unintelligent und hatte sicherlich recht von ihrem Standpunkt aus. Und von dem vieler anderer.

«Außerdem will ich nicht feige sein.»

«Das ist ein Gesichtspunkt, für den ich mehr Verständnis habe. Falls du mein Verständnis willst.»

Er hörte, daß sie aus dem Zimmer ging. Nach etwa einer Minute ging er zum Stuhl zurück und setzte sich. Er sah auf die Uhr. Schon Viertel nach elf.

Sie kam zurück.

«Hast du dich entschieden?»

«Ja. Ich akzeptiere.»

«Wie lange wird es dauern?»

«Höchstens ein halbes Jahr. Vermutlich nicht so lange. Meinst du, daß es schwierig sein wird? Mit den Kindern?»

«Ich bin auch früher allein fertig geworden. Du darfst dir deswegen keine Sorgen machen», fügte sie mit einem plötzlichen Anflug von Zärtlichkeit hinzu.

Er blieb im Sessel sitzen, er fühlte sich verbraucht und träge, beinahe apathisch. Die Kinder kamen ins Zimmer.

«Kinder, Papa kommt nicht mit uns zum Strand.»

«Warum nicht?»

«Er hat eine wichtige Arbeit zu erledigen.»

«Ach so.»

«Also los, ab jetzt in euer Zimmer!»

Sie gingen.

Manuel Ortega dachte nicht mehr an den Auftrag. Er dachte an sich selbst, an seine Ehe und seine Familie. Alles war vollkommen. Seine Frau war vollkommen, abgesehen davon, daß sie ein wenig dick war. Ihre Ehe war von Anfang an erfolgreich gewesen und hatte sich eigentlich nie verschlechtert. Sexuell war technisch alles perfekt, immer noch. Die Kinder waren fast peinlich vollkommen. Manchmal fragte er sich, ob die Jahre in diesem perfektionistischen kleinen Land mit dem schlechten Wetter sie nicht schließlich in eine Idealfamilie verwandelt und zu Museumsstücken gemacht hatten. Er konnte sie stehen sehen in einer Glasvitrine mit kleinen Metallschildern: Vater der Familie, 42 Jahre, geboren in Aztacan, südländischer Typ. Junge, sieben Jahre, geboren in London, äußerst zufriedenstellendes Exemplar. Mädchen, fünf Jahre, geboren in Paris. Frau, 35 Jahre, Mutter von zwei Kindern, gut erhalten. Und weiter: Vollkommenes Verhältnis zwischen gleichberechtigten Kontrahenten. Beachten Sie bitte die gegenseitige Zärtlichkeit und absolute Offenheit beider Partner miteinander.

Sie sagte freundlich: «Solltest du Exzellenz nicht anrufen?»

Er kam zu sich, stand auf und ging zum Telefon. Er wählte den Direktanschluß, kam aber nicht durch. Statt dessen rief er die Sekretärin an und teilte ihr seine Entscheidung mit.

«Die Abfertigung in Arlanda erfolgt um drei Uhr fünfzehn. Sie müssen dann auf dem Flughafen sein. Der Wagen holt Sie um Punkt halb drei ab. Flugkarten und Devisen liegen bereit.»

Alles war so geschäftsmäßig.

In dem Augenblick, da er den Hörer auflegte, klingelte es. Es war der Botschafter.

«Nach unserem Gespräch heute morgen habe ich die Angelegenheit noch einmal durchdacht. Ich muß gleich sagen, daß ich meine Meinung revidiert habe. Es wäre falsch von Ihnen, den Auftrag abzulehnen, das Vertrauen zurückzuweisen, das man Ihnen erwiesen hat.»

«Ich habe bereits mitgeteilt, daß ich akzeptiere.»

«Was? Ausgezeichnet. Es freut mich, daß mein kleines Experiment so gut ausgegangen ist.»

«Experiment?»

«Ja, jetzt kann ich zugeben, daß das nicht so ernst gemeint war, was ich vorher sagte. Ein dummer kleiner Versuch, um Ihre Kraft zum Handeln zu prüfen und Ihre Fähigkeit, selbständig Entschlüsse zu fassen. Zumindest zum Teil. Aber verstehen Sie mich recht, alle Fakten waren richtig. Aber verzeihen Sie mir dennoch.»

«Gewiß.»

Er hatte das Gefühl, daß sein Mund ausgetrocknet war.

«Noch eine Sache; wenn Sie nach Kopenhagen kommen, werden Sie eine Ihrer engsten Mitarbeiterinnen treffen. Eine Dame, die als Ihre Sekretärin tätig sein wird. Sie ist von dort unten und hat im übrigen außerordentliche Fähigkeiten. Sie heißt – einen Augenblick, oh, diese slawischen Namen ... selbstverständlich habe ich bestimmt nichts gegen den Präsidenten, haha, ja, hier ist sie – Daniča Rodriguez. Sie ist bereits informiert. Verstanden?»

«Ja.»

«Viel Glück. Sie haben einen schwierigen, aber interessanten Job erhalten.»

«Danke.»

«Und, Manuel ... seien Sie vorsichtig. Die meinen es ernst.»

«Ja.»

Manuel Ortega legte langsam den Hörer auf. Der Botschafter hatte ihn noch nie beim Vornamen genannt und noch nie in dem Ton mit ihm gesprochen. Überhaupt war das Gespräch verwirrend gewesen, beinahe unwirklich.

Sei vorsichtig. Die meinen es ernst.

«Wann wirst du abgeholt?»

«Halb drei.»

«Dann fange ich am besten gleich mit dem Packen an.»

Perfekt. Jetzt, da alles klar war, hatte sie keine Kommentare abzugeben, war nur tüchtig und freundlich und hilfreich. Er brauchte nichts zu tun, nicht einmal zuzuschauen.

Sei vorsichtig, Manuel. Die meinen es ernst.

Viel später sagte er: «Wo ist mein Revolver?»

«Ich habe bereits daran gedacht; wie es heißt, kann es dort unten ja gefährlich sein. Er liegt rechts im Schreibtisch, in der untersten Schublade. Holst du ihn selbst?»

«Ja.»

Der Revolver lag an der angegebenen Stelle, eingehüllt in einen weichen Lappen und ordentlich in das Schulterhalfter gesteckt. Er öffnete die Riemen, schlug den Lappen auf und wog die Waffe in der Hand. Sie fühlte sich schwer und zuverlässig an und war gut geölt. Er nahm auch drei Schachteln Patronen und legte alles oben in seine Reisetasche. Dann schloß seine Frau die Tasche und drehte den Schlüssel im Schloß.

Um zwei Minuten vor halb drei küßte Manuel Ortega seine Frau und die Kinder und setzte sich nach vorn neben den Fahrer. Seine Frau sagte: «Vergiß nicht den Sicherheitsgurt.»

Der Wagen fuhr ab. Seine Familie stand auf dem Fußweg und winkte. Er winkte zurück.

Um fünf nach halb vier stieg er die Treppe zur Maschine hinauf. Als er den Kopf einzog, die Kabine betrat und das drinnen stehende Mädchen anlächelte, schlug die Furcht in seinem Zwerchfell zu.

Es kam wie ein Schock, ohne jede Vorwarnung.

Orestes de Larrinaga hatte man drei Wochen Leben gewährt. Er selbst würde nicht soviel bekommen.

Spätestens nach vierzehn Tagen wird das Urteil vollstreckt.

Sei vorsichtig, Manuel. Die meinen es ernst.

Sein Rücken schwitzte, und als er sich zwischen die Menschen im Mittelgang drückte, tastete er nach etwas, das ihm Sicherheit geben konnte. Er dachte an den Revolver und wie er ihm in der Hand gelegen hatte, schwer, kalt und vertrauenerweckend.

Der Revolver war ein 9-Millimeter Astra-Orbea mit Walnußgriff, hergestellt 1923 in Eibar. Manuel Ortega hatte ihn an seinem einundzwanzigsten Geburtstag von seinem Vater bekommen. Seitdem hatte er ihn immer bei sich. Er hatte nie Anlaß gehabt, ihn auf etwas Lebendes zu richten, nicht einmal im Scherz, aber manchmal hatte er damit zur Übung auf leere Flaschen und Blechbüchsen geschossen.

3

Über Südskandinavien lockerte sich die Bewölkung auf, und als Manuel Ortega sich an das Kabinenfenster lehnte, sah er die Umrisse des Landes ganz deutlich wie auf einer weggeworfenen Landkarte. Der Kurs war fast genau West, und im Süden schimmerte undeutlich eine ziemlich große

Stadt, das mußte Malmö sein. Der Abend kam näher, und die Sonnenstrahlen fielen bereits schräg und rotgolden über die Landschaft.

Das Flugzeug senkte sich noch mehr über dem Wasser, schwebte über eine flache, viereckige Insel und fegte mit seinem breitflügeligen Schatten über einen friedvollen kleinen Hafen mit roten Zollbuden, Fischerbooten und einer Fähre. Nur wenige Minuten später bissen sich die Gummireifen in die Landebahn, und die Maschine rollte zu den Flughafengebäuden in Kastrup.

Manuel Ortega atmete aus und öffnete den Sicherheitsgurt. Er hatte sich nie richtig an Landungen gewöhnen können, wie routiniert sie auch wirken mochten, auch diesmal hatte die Prozedur seine Gedanken in Anspruch genommen. Für einige Minuten war alles andere zur Seite geschoben worden.

Die Transithalle war genau wie auf allen anderen Flughäfen, die er gesehen hatte, von Dublin Airport bis Bombay und Santa Cruz, und er dachte, daß das Fliegen an sich der Reise nicht nur das Vergnügen raubte, sondern auch die Eigenart der Länder und die Identität der Reisenden austilgte.

Er trank ein Bier in der Bar und ging zur Toilette, um sich die Hände zu waschen. Dann erinnerte er sich an die Frau, die er hier treffen sollte, und ging hinüber in die Halle, um die Menschen zu mustern.

Er sah niemand, dessen Züge mit dem Bild übereinstimmten, das er sich in seinem Unterbewußtsein bereits deutlich gemacht hatte, er gab deshalb schnell auf. Der gesunde Menschenverstand sagte ihm, daß die Frau ungefähr so aussehen könnte wie alle anderen, und im übrigen gab es keine Garantie, daß sie wirklich hier zu finden war.

Als er wieder zur Bar ging, um noch ein Bier zu trinken, wurde er von einem Mann in mittleren Jahren mit Tweedhut und Windjacke aufgehalten. Der Mann schlug die Jacke zur Seite und zeigte kurz einen Presseausweis, der mit einer Nadel auf der Brusttasche seines Blazers befestigt war.

«Sie sind Manuel Ortega, nicht wahr? Der neue Generalresident?»

«Ja.»

«Der Mann mit dem Selbstmordauftrag?»

«Na, es gibt keinen Grund, meine Arbeit zu überdramatisieren.»

«Das vorige Mal ist es ja nicht so gutgegangen. Sind Sie an Aufträge dieser Art gewöhnt?»

«Nein. Außerdem ist die Situation sehr speziell. Aber ist die Öffentlichkeit hier wirklich an unseren kleinen Problemen interessiert?»

«Kaum. Aber an Ihnen persönlich. Jedenfalls kann es ja noch interessanter werden. Haben Sie etwas dagegen, einige Fragen zu beantworten?»

«Soweit ich dazu in der Lage bin.»

Die meisten Fragen waren dümmlich und irgendwie belanglos. Im Stil von: «Was sagte Ihre Frau, als Sie wegfuhren?» und: «Wieviel Kinder haben Sie?»

Er antwortete einsilbig oder mit einem Achselzucken.

«Stammen Sie selbst aus dieser Provinz?»

«Nein. Ich bin in der Hauptstadt aufgewachsen, im Norden des Landes.»

«Lebt Ihr Vater?»

«Nein.»

«Was war er von Beruf?»

«Angestellter in einem Exportunternehmen.»

«Welche Ausbildung hatten Sie?»

«Eine kaufmännische. Außerdem hatte ich Volkswirtschaft und Jura an der Universität belegt. Ich habe für eine Weile im Finanzministerium gearbeitet.»

«Welchen politischen Standpunkt vertreten Sie?»

«Überhaupt keinen.»

Ein Fotograf mit Leica und Elektronenblitz kam und machte einige Aufnahmen.

Manuel Ortega lächelte angestrengt und sagte: «Darf ich meinerseits Ihnen eine Frage stellen? Haben Sie keine Angst, Ihren Presseausweis zu verlieren?»

Der Mann sah verblüfft aus. Dann schob er seine Windjacke zurück und sagte: «Keineswegs. Sehen Sie, auf der Rückseite ist eine Sicherheitsnadel, die durch das Futteral geht und auf der Innenseite der Tasche befestigt ist. Meine Frau hat das gemacht.»

Er steckte sein Notizbuch in die Tasche und fügte hinzu: «Noch eine Frage, die etwas wesentlicher ist als die anderen: Haben Sie Angst?»

«Nein», sagte Manuel Ortega.

Er wandte sich der Bar zu und tickte mit einer Münze auf die Glasplatte zum Zeichen, daß das Gespräch beendet sei. Aus dem Augenwinkel sah er, daß die beiden Männer durch die Halle gingen und der Fotograf etwas sagte, wozu der andere die Achseln zuckte.

Er war unangenehm berührt, und ihm war schlecht. Als er versuchte, die rein körperliche Wahrnehmung zu analysieren, stellte er fest, daß es am ehesten als Druck auf die Brust zu bezeichnen war.

Sein Flug wurde nach fast halbstündiger Verspätung ausgerufen. Es regnete, obwohl der Himmel beim Anflug wolkenlos gewesen war. Die Betonplatten glänzten von den Wasserpfützen, und da er den Regenmantel an Bord gelassen hatte, rannte er vornüber gebeugt zum Flugzeug. Er war sich sehr bewußt, daß sein rechtes Bein nachschleppte und er ziemlich lächerlich aussehen mußte.

Manuel Ortega saß am Fenster, die schwarze Aktentasche auf den

Knien. Alle hatten anscheinend ihren Platz gefunden, aber der Sessel neben ihm war noch leer. Er blinzelte hinaus in den Regen und beschäftigte sich mit seinem Sicherheitsgurt, darum bemerkte er sie erst, als sie einen Schritt von ihm entfernt stand. Sie zog den dunkelgrünen Ledermantel aus, legte ihn zusammen und packte das Bündel auf die Handgepäckablage. Sie setzte sich, befestigte den Sicherheitsgurt und legte eine verschlissene blaue Segeltuchtasche auf ihre Knie. Sie nahm ein Päckchen Zigaretten und ein Feuerzeug heraus und steckte sie in die Tasche ihrer Kostümjacke. Sie drehte den Kopf und sah ihn an.

«Miss Rodriguez?»

«Ja, Danića Rodriguez.»

«Manuel Ortega.»

Sie steckte die Hand wieder in die Tasche und reichte ihm einen Personalausweis in einer Plastikhülle.

Während die Maschine zur Startbahn rollte und die Motoren auf Touren gebracht wurden, betrachtete er ihre Legitimation. Sie war vom gleichen Muster wie seine, ausgefertigt vom Ministerium, aber unterzeichnet vom Außenminister der vorigen Regierung. Es war alles da, vom Daumenabdruck und Angaben über Größe, Alter, Familienstand und Haarfarbe bis zum Verwendungs- und Ausbildungscode.

Name: Rodriguez Fric. Vornamen: Danića Antonia. Geboren: 1931. Geburtsort: Bematanango. Familienstand: verheiratet. Größe: 168 Zentimeter. Haar: schwarz. Augen: grau.

Den ersten Teil des Codes löste er mit Leichtigkeit: Stenografin, Korrespondentin, Dolmetscherin. Aber dann folgte eine Ziffernserie, die er nicht kannte und die zumindest für den Augenblick seiner Kombinationsfähigkeit trotzte.

Das Flugzeug schwebte bereits in der Luft, als er den Ausweis zurückgab.

Ohne Manuel Ortega anzusehen, nahm sie ihn und ließ ihn in die Tasche verschwinden. Im selben Augenblick, da die Warnlampe verlöschte, nahm sie eine Zigarette aus der Jackentasche und steckte sie an.

«Wo liegt Bematanango?» fragte Manuel Ortega.

«Dort unten, wohin wir gehen. Weit unten im Süden. Es existiert kaum. Fünfundzwanzig oder dreißig Lehmhütten unten in einem Tal, eine Straße, eine kleine katholische Kapelle. Es gab dort auch mal eine Krankenstube, aber die ist jetzt niedergerissen worden.»

Er nickte.

Sie ließ das Thema fallen.

«Ich habe einige Unterlagen bei mir, mit denen Sie sich befassen sollten. Wollen Sie sie gleich sehen?»

«Das kann warten. Wir haben ausreichend Zeit.»

Manuel Ortega klappt die Rückenlehne nach hinten und schließt die Augen. Eine Formulierung hatte wieder angefangen, sein Gehirn abzunutzen: Das Urteil wird in spätestens zwei Wochen vollstreckt. Dann zuckt er die Achseln und denkt – ohne daß er es weiß – mit genau den gleichen Worten wie sein Vorgänger: Hunde die bellen, beißen nicht. Unmittelbar darauf erinnert er sich an die Zeitungsmeldung mit Orestes de Larrinagas Namen, falsch buchstabiert. Er denkt an den Journalisten mit der pfiffigangebrachten Sicherheitsnadel und der brüsken Frage: Haben Sie Angst? Es ist leichter, Ortega zu buchstabieren, denkt er undiszipliniert und ganz ohne bewußten Galgenhumor. Einige Sekunden später schläft er ein.

Eine Stunde danach befinden sie sich in einem anderen Teil Europas, und sie sitzen jetzt in einer Convair Coronado 990 Jet der Swissair. Die Maschine fliegt in einer Höhe von dreitausend Metern, und die Luft in der Kabine ist trocken und riecht nach Stoff und Leder. Der Mann am Fenster ist aufgewacht. Er hat einen bleiernen Geschmack im Mund, sitzt vorgebeugt mit der schwarzen Aktentasche auf den Knien und hat den rechten Arm darübergelegt, damit niemand die Kette zwischen seinem Handgelenk und dem Griff sehen kann.

Er wendet den Kopf nach rechts und sieht zum erstenmal die Frau im Sessel neben sich an. Sie hat kurzes schwarzes Haar und ist in ein rotes Kostüm mit blauen Revers gekleidet. Sie sitzt leicht zusammengesunken mit dem rechten Ellbogen auf der Schaumgummilehne und den Kopf auf die Hand gestützt da. Auf ihren Knien liegt ein aufgeschlagenes Notizbuch und ein Blatt mit vervielfältigten Tabellen, und sie raucht beim Lesen. Als sie mit dem kleinen Finger einen Tabakkrümel von der Lippe entfernt, sieht er, daß ihre Nägel kurzgeschnitten sind und die Nagelhaut abgebissen ist. Sie trägt kein Make-up und hat einen dünnen, flaumigen Schatten über der Oberlippe, und er denkt, daß die meisten jungen Frauen solche Details mit einem Rasierapparat oder einer Creme regeln lassen. An ihr ist nichts, das Aufsehen erregt. Sie würde im Gewimmel einer jeden beliebigen europäischen oder amerikanischen Straße in der Anonymität verschwinden, und hätte sie einige Meter weiter entfernt gesessen, würde er sie vermutlich nicht bemerkt haben. Wahrscheinlich war sie die ganze Zeit in Kastrup in der Transithalle gewesen, als er sie suchte.

Er denkt: Sei vorsichtig, Manuel. Die meinen es ernst.

Dann wendet sie den Kopf und sieht ihn mit ihren eigentümlich dunkelgrauen Augen an. Sie sagt nichts, sondern lächelt, leicht und gelassen.

Er schaut auf die Uhr und wendet sich zur anderen Seite, legt die Stirn ans Fenster und starrt hinaus in die Dunkelheit.

Er merkt, daß sie aufsteht und zur Toilette geht, und als sie den Gang entlang zurückkommt, folgt er ihr mit seinen Blicken. Sie geht wie ein Tier, weich und rhythmisch und mit sanft gleitenden Schritten.

Es war zehn nach neun, als sie in Zürich landeten. Während des langen Aufenthalts dort trank Manuel Ortega Kaffee und Cognac in der Transithalle. Sie saß ihm gegenüber und las ein amerikanisches Taschenbuch.

Bei einer Gelegenheit sagte er: «Sie haben einen eigentümlichen Namen.»

«Meine Mutter stammt aus Kroatien.»

«Ihr Vater nicht?»

«Nein.»

Und bei einer anderen: «Haben Sie ein klares Bild von der Aufgabe, die uns erwartet?»

«Nur im Prinzip.»

«Ich muß gleich zugeben, daß ich mich mit der Frage noch nicht eindringlich befassen konnte. Ich erhielt meine Instruktionen erst heute morgen um acht Uhr.»

«Meine kamen noch später.»

«Wir müssen mit den Verhandlungen so schnell wie möglich dort anknüpfen, wo sie ... abbrachen.»

«Ich glaube nicht, daß vor dem Tod von General Larrinaga schon irgendwelche Verhandlungen stattgefunden haben.»

Als sie das sagte, sah sie ihm direkt in die Augen.

«Ihr Wissen über die Provinz wird von großem Nutzen sein.»

«Ich bin lange nicht mehr dort gewesen.»

An diesem Punkt endete ihr Gespräch.

Während das Flugzeug in den Fallböen über den Alpen schaukelte, saß Manuel Ortega mit übergeschlagenen Beinen und schrieb. Er hatte sein Notizbuch mit dem schwarzen Wachstuchumschlag auf die Aktentasche gelegt und versuchte, seine Gedanken niederzuschreiben. Es war eine Angewohnheit, die er sich vor langer Zeit angeeignet hatte und die sich oft als nützlich erwiesen hatte.

Die Frau war eingeschlafen, und als er sie betrachtete, begriff er, wie angespannt und nervös ihr Gesicht eigentlich gewesen war, als sie wach war. Jetzt war es offen und entspannt, und er bemerkte, daß die Züge fein und rein wie die eines kleinen Mädchens waren. Sie atmete durch die Nase, und der Luftzug spielte in den flaumigen Haaren über der Oberlippe.

Er schrieb:

Habe ich Angst? Ja, aber die ist nicht vernunftgemäß. Ich habe mich gewiß nicht mit Politik in ihren aktiveren und extremeren Formen befaßt, aber andererseits bin ich vielen anderen und ähnlichen Situationen begegnet, zum Beispiel im Geschäftsleben, und ich habe schwierige Verhandlungen zwischen anscheinend unvereinbaren Parteien erlebt. In diesem Fall hat es sich immer als möglich erwiesen, die ungleichen Lager vernunftgemäß zusammenzubringen. Eine kleine Gruppe von Menschen, die unter gleichen Bedingungen miteinander sprechen, werden allmählich immer dahinter kommen, was möglich und was ganz und gar undenkbar oder unmöglich zu verwirklichen ist. Die große Politik liefert den Beweis: in Situationen, in denen es für beide Seiten darum geht, die eigene Haut zu retten, sind Kompromißlösungen immer äußerst ehrbar. Eine Voraussetzung ist gewiß, daß die Parteien von Personen repräsentiert werden, die nicht geisteskrank oder direkt unterbegabt sind. Die Arbeit, vor der ich in dieser unglücklichen Provinz stehe, dürfte auf meiner Seite mit guten Hoffnungen auf Fortschritte ausgeführt werden. Der erste Schritt muß sein, Frieden zu schaffen und die öffentliche Sicherheit zu garantieren. Danach sollte es möglich sein, auf vernünftige Weise praktische Lösungen zu finden, die in gewissem Maße zufriedenstellen und den zurückgebliebenen Massen nützen, ohne daß die besitzenden (und, das darf man wohl voraussetzen, tauglicheren) Klassen wirklichen Schaden erleiden. Es gibt bestimmt in dieser «Oberklasse» technisch und organisatorisch ausgebildete Leute, die man nicht abschieben darf, sondern für ein vernünftiges Projekt der Zusammenarbeit gewinnen muß. Ich kann nicht verstehen, daß es irgendeiner dieser Parteien dienen könnte, wenn man sich an meiner Person vergreift. Das müssen sie auch selbst einsehen. Die Ermordung von Larrinaga war vermutlich ein tragischer Irrtum, begangen von einem einzelnen Fanatiker. (Was ist übrigens mit dem Attentäter geschehen? Davon hat niemand etwas gesagt. Hat man ihn wohl ergriffen? In dem Fall kann das Verhör ergiebig sein.) Außerdem war es eine Herausforderung, den Posten des Residenten einem Militär zu geben, auch wenn er pensioniert war und als Nationalheld angesehen wurde. Eine unerklärliche Dummheit einer liberalen Regierung. Was ich jetzt einleite, gilt dem Wohlergehen von 300000 Menschen. Das ist eine große Aufgabe. Nein, ich habe keine Angst. Aber natürlich werde ich alle denkbaren Vorsichtsmaßnahmen ergreifen. Das beste wäre, wenn ich mich ganz auf die Bundespolizei verlasse. Ohne körperliche Sicherheit kann man nicht wirksam arbeiten.

Manuel Ortega hatte mehrere Seiten im Notizbuch gefüllt. Er schlug es zu und steckte es ins Außenfach seiner Aktentasche. Dann lehnte er sich zurück und wurde von den Fallwinden in Schlaf gewiegt.

Um Mitternacht landeten sie in Lissabon. Sie hatten noch das kalte und rauhe Wetter Nordeuropas in den Knochen und waren überrascht von der Nachtluft, die ihnen entgegenwallte, schwer, heiß und erstickend.

Wie ein kleiner Vorgeschmack auf den nächsten Tag.

4

Das Flugzeug ging von dreitausend auf zweihundert Meter herunter und zog eine aluminiumglänzende Spirale über der Hauptstadt der República Federal. Manuel Ortega saß auf der Innenseite der Kurve und sah die

Stadt größer werden und näher kommen. Sie war weiß und schön mit ihren Parks und den von Bäumen gesäumten Avenuen, mit dem Sonnenglanz auf dem Kupferdach der Kathedrale und den spielenden Reflexen auf Hunderttausenden von Glasfenstern. Zu dieser Tageszeit waren die Fensterladen im allgemeinen noch nicht geschlossen. Der Pilot ging kurz über den Hausdächern in einen ebenen Flug über; die runde Stierkampfarena und ein ovales Fußballstadion glitten unter den Tragflächen dahin, dann folgten Mietskasernen und ein Vorort mit schmutzigen kleinen Häusern und rußgeschwärzten Werkstätten, aber auch sie wirkten ziemlich ordentlich. Man sah sofort, dies war eine feine Stadt in einem wohlgeordneten Land, ein Land, auf das man stolz war. Dann kam eine Hühnerfarm mit Tausenden von formlosen weißen Bällen, die unter dem großen Schatten flüchtend herumirrten, dann Grasboden und ein Windrichtungsanzeiger und der erste Aufsetzer auf der Betonlandebahn.

Als das Flugzeug noch rollte und lange vor dem Ausschalten der Warnleuchten kam ein uniformiertes Besatzungsmitglied, vermutlich der Funker, durch den Mittelgang nach hinten. Er beugte sich vor und sagte leise: «Würden Sie und die Dame so freundlich sein und auf Ihren Plätzen sitzen bleiben, bis die anderen Passagiere von Bord gegangen sind?»

Sie blieben also sitzen und warteten. Als die Maschine endlich leer war, betrat ein Polizeioffizier in weißer Uniform die Kabine. Er salutierte und sagte: «Willkommen daheim, Provinzresident.»

Sein Tonfall war rauh und sein Gesicht ernst, als stehe er vor einem wichtigen und schwierigen Auftrag.

Am Fuß der Treppe hielt ein weißlackierter amerikanischer Polizeiwagen mit Funkantenne und Suchscheinwerfern auf dem Dach. Der Lack wurde durch das Wort POLICIA verunstaltet, das in schwarzen Blockbuchstaben quer auf den Türen stand. Zehn Meter weiter stand ein weißer Jeep mit laufendem Motor und einem Polizisten am Steuer, ein anderer stand aufrecht hinten. Sonst war niemand in Sicht. Das Flugzeug war auffallend weit entfernt von den Flughafengebäuden stehen geblieben.

Der Offizier hielt ihnen die Wagentür auf, machte eine befehlende Geste zum Posten an der Treppe und setzte sich auf den Rücksitz. Er war dick, und es war ziemlich eng. Der Jeep rollte mit eingeschalteter Sirene an ihnen vorbei und übernahm die Spitze. Dann fuhr der kleine Konvoi dreihundert Meter weiter zum Anbau des Flughafengebäudes, der nur selten zu Begrüßungszeremonien für prominente Besucher benutzt wurde. Manuel Ortega warf einen verwirrten Blick auf die Frau an seiner Seite. Ihr Gesicht wirkte völlig ausdruckslos.

Der Wagen hielt, und obwohl die Entfernung zum Eingang keine drei Meter betrug, wiederholte sich das Arrangement mit den Posten, ehe der Resident und seine Sekretärin den Vorraum betreten durften. Er war prahlerisch mit Luxusmöbeln und farbenprächtigen Wandbehängen eingerichtet. Ein Polizist öffnete an der hinteren Wand eine Tür und gab der Frau ein Zeichen, daß sie draußen bleiben solle.

Manuel Ortega betrat ein kleines Zimmer mit niedrigem Tisch und Ledersesseln.

Zwei Männer befanden sich bereits im Raum, den einen kannte er nur von Bildern und vom Hörensagen, der andere war ihm seit langem persönlich bekannt. Der erste war Jacinto Zaforteza, Innenminister der Bundesregierung, der andere Miguel Uribarri, Oberinspektor bei der Kriminalpolizei.

Manuel Ortega schüttelte Zaforteza die Hand und umarmte seinen Schwager.

Der Innenminister war ein großer, grober Kerl mit Stiernacken und kurzgeschnittenem grauem Haar. Mehrere Regierungschefs hatten ihn für unschätzbar gehalten, aber keiner wußte wirklich warum. Er war ein geübter Volksredner, und seine kraftvolle, polternde Stimme war mit den Jahren fast körperlich durchdringend geworden.

Er begann sofort zu sprechen.

«Das einzige, was ich im Augenblick für Sie tun kann, ist, Sie herzlich willkommen zu heißen und Ihnen ein Wort auf den Weg mitzugeben. Ihr Auftrag ist äußerst delikat, er kann mißliche Situationen für Sie mit sich bringen. Erwarten Sie keine schnellen oder großartigen Ergebnisse, dazu ist die Situation viel zu kompliziert. In dieser Hinsicht erwarten wir nichts von Ihnen. Was wir dagegen erwarten, ist unverbrüchliche Loyalität und den Willen zur totalen Zusammenarbeit. Zwei Dinge müssen Sie um jeden Preis vermeiden: offene militärische Aktionen und Zwischenfälle von der Art, die internationale Aufmerksamkeit erregen. Im übrigen haben Sie freie Hand. Es ist wichtig, daß Sie Ihr Reiseziel so schnell wie möglich erreichen. Deshalb wird Sie ein Hubschrauber der Luftwaffe in zwanzig Minuten abholen. Mit dem können Sie in weniger als fünf Stunden dort sein.»

Zaforteza warf einen Blick auf seine Armbanduhr, umarmte ihn, schwer und kraftvoll, und stürzte aus dem Zimmer.

Manuel Ortega starrte erstaunt auf die geschlossene Tür. Er hatte tatsächlich keine Gelegenheit gehabt, auch nur ein Wort zu sagen.

«Da siehst du, welche Hilfe du von der Seite erwarten kannst», sagte Uribarri.

Er war ein kleiner, schlanker Mann mit magerem Gesicht und schmalem schwarzem Schnurrbart. Obwohl er in Zivil war, wies seine Haltung Spuren langer Jahre in verschiedenen Uniformen auf. Er ging ungeduldig im Zimmer auf und ab.

«Manuel, was, zum Teufel, hast du gemacht?»

Er sagte es plötzlich und unerwartet heftig.

«Du hast einen furchtbaren Fehler gemacht. Die Situation dort unten ist entsetzlich. Alle sind verrückt.»

«Ich bin überzeugt, das Problem kann gelöst werden.»

«Zum Teufel mit dem Problem. Es ist möglich, daß du sie dazu bringen kannst, sich zu einigen, das kümmert mich nicht. Ich denke nur an deine persönliche Sicherheit.»

«Aber die Bundespolizei ...»

«Die Bundespolizei ist bestenfalls ein Haufen von Idioten. Hast du das Spektakel dort draußen nicht selbst gesehen? Eine große Eskorte, um einen einzigen Mann dreihundert Meter weit über einen menschenleeren Flugplatz zu bringen! Logischerweise wäre es angemessen gewesen, dich so unauffällig wie möglich hereinzulotsen.»

«Na, jedenfalls ist es jetzt zu spät.»

«Ja, zu spät, um dich zurückzuziehen – aber nicht zu spät, dein Leben zu retten. Höre mir jetzt mal zu. Ich habe vier Mann nach dort unten geschickt. Sie sind bereits dort. Sie werden dich am Flugzeug erwarten. Es sind meine Leute, die besten, die man finden kann. Ihre einzige Aufgabe ist, sich um dich zu kümmern, und ich verspreche dir, sie verstehen ihren Job. Halte dir stets eines vor Augen: von allen Menschen, die du dort unten triffst, sind diese vier die einzigen, von denen du *weißt*, daß du dich auf sie verlassen kannst. Verlasse dich nie auf jemand anders, nicht auf die Armee und nicht auf die Polizei, auf keinen.»

Uribarri ging zum Fenster und spähte durch die Jalousie nach draußen.

«Wer ist die Frau?»

«Meine Sekretärin.»

«Woher kommt sie?»

«Von der Botschaft in Kopenhagen.»

«Sie heißt?»

«Danića Rodriguez.»

Er dachte eine Weile über den Namen nach. «Sagt mir nichts», sagte er schließlich.

Manuel Ortega lächelte und sah auf die Uhr. «Ich muß jetzt wohl gehen, Miguel. Ich höre den Hubschrauber.»

«Bist du bewaffnet?»

«Ja.»

«Womit?»

«Mit einem Armeerevolver.»

«Wo hast du ihn?»

«In meinem Koffer.»

«Das ist der falsche Ort, Manuel, der falsche Ort. Hier! Hier!»

Er schlug mit der Handfläche auf seine linke Brustseite.

«Du bist schon immer so dramatisch gewesen, Miguel. Bist du ganz sicher, daß du das Risiko nicht übertreibst?»

«Nein! Nein! Ich weiß, daß ich nicht übertreibe. Die sind verrückt. Die haben völlig den Verstand verloren. Die werden versuchen, dich umzubringen, und sei es nur wegen des Vergnügens oder um behaupten zu können, jemand anders habe es getan.»

«Wer?»

«Alle, jeder beliebige. Obwohl kein Mensch hier oder sonstwo im Land daran denkt oder es auch nur weiß, daß die dort unten seit eineinhalb Jahren Krieg haben. Einen harten, blutigen, schonungslosen Krieg. Beide Seiten sind verzweifelt, erschöpft, verbraucht, aber keine weicht um einen Zoll zurück. Seit fünfzig Jahren waren die Menschen dort nur Figuren im innenpolitischen Schachspiel. Jetzt sind die Figuren verrückt geworden. Und dennoch gibt es Leute, die das Spiel mit ihnen fortsetzen.»

Zehn Minuten später hob der Hubschrauber ab, stieg brummend steil hoch, eingehüllt in seinen eigenen brüllenden Luftwirbel. Durch ein Plexiglassegment sah Manuel Ortega, wie die weißen Polizeiwagen zurücksetzten und abfuhren. Nur Uribarri blieb auf den Betonplatten stehen. Er stand dort breitbeinig, zwei Finger an der Hutkrempe, ganz still. Er wurde schnell kleiner. Bald war er nicht mehr zu erkennen.

Manuel Ortega wischte sich den Schweiß von der Stirn und schaute die Frau an, die mit einem aufgeschlagenen Buch auf den Knien neben ihm saß.

«Was für eine Hitze», sagte er.

«Warten Sie, bis wir dort sind», sagte sie, ohne aufzublicken. «Dann werden wir sehr viel mehr Grund haben, uns zu beklagen.»

5

«Es gibt hier keinen richtigen Flugplatz», sagte der Pilot und starrte nach unten.

Die Landschaft unter ihnen hatte keine Konturen und flimmerte. Es schien, als hätte die Sonne nicht nur alles Leben ausgebrannt, sondern auch die Erdoberfläche selbst zu einem harten, rauhen Schmelzkuchen aus Steinen und Erde umgeformt, graufleckig und gelbbraun.

«Eigentlich gibt es in der ganzen Provinz kaum eine Stelle, wo man landen kann. Die Armee hat südlich der Stadt einen kleinen Platz für ihre eigenen Beobachtungsmaschinen planiert, aber auch dort ist es gefährlich zu versuchen, ein Propellerflugzeug zu landen.»

Manuel Ortega gähnte. Er hatte eine Weile geschlafen und war soeben aufgewacht. Die Frau an seiner Seite wirkte gelassen und konzentriert. Sie trug eine dunkle Sonnenbrille, hatte den Ellbogen auf die Knie und das

Kinn auf die Hand gestützt. Ihre Finger waren lang und schlank, der Blick war zu Boden gerichtet.

«Man sagt, es kommt von der Hitze», sagte der Pilot. «Der Asphalt schmilzt, und als sie versuchten, Beton zu verwenden, quollen die Blöcke auf und zersprangen. Dabei können die Nächte manchmal sehr kalt sein.»

Manuel Ortega blinzelte und schüttelte den Kopf. Dennoch konnte er den Blick nicht richtig konzentrieren, um sich ein klares Bild von der trostlosen Landschaft dort unten zu machen.

«Sie werden es gleich selbst sehen. Hinter jenem Hügelrücken liegt die Provinzhauptstadt. Wir werden in zehn Minuten dort sein.»

Der Hubschrauber stieg noch etwas, um den Bergrücken in sicherem Abstand zu überklettern. Der eigentümliche Sonnendunst machte eine Beurteilung des Abstands schwierig.

Alle optischen Beobachtungen müssen sehr unsicher sein, dachte Manuel Ortega.

Er selbst hatte den Berg gar nicht gesehen, bevor der Pilot auf ihn gezeigt hatte. Jetzt flogen sie dicht über ihn hinweg. Er sah kantige, verwitterte Steinblöcke und struppige Büsche und plötzlich eine Straße mit Karren und einigen grauen Hütten. Dann die ersten Menschen, viele Gestalten mit Strohhüten und weißer Kleidung. Sie gingen in einer langen Reihe mit gebeugtem Nacken und geflochtenen Körben auf den Schultern. Mehr Gestalten, ein Gewimmel von ihnen, ein großer offener Tagebau mit mehreren Feldbahngleisen und schwarzen Öffnungen im Berg. Noch mehr Hütten, ein Schmelzwerk, hoch und grau und rußig, und eine Fahne aus giftigem gelbviolettem Rauch, der aus hohen Schornsteinen schoß und sich sofort ausbreitete und wie ein Schleier zu Boden sank.

«Manganbergwerke», sagte der Pilot. «Wenn die nicht wären, könnte man das verfluchte Land evakuieren und es dem Pack zurückgeben, das hier von Anfang an gewohnt hat. Dort ist übrigens die Stadt.»

Manuel Ortega hob den Blick und sah eine graugelbe Ebene, diffus und rauh und endlos. Mittendrin eine Gruppe viereckiger Kastenhäuser, die aussahen, als hätte jemand einen Haufen weißgestrichener Bauklötze zufällig fallen lassen und sich nicht die Mühe gemacht, sie wieder aufzuheben. Unten lief diagonal zur Stadt ein schnurgerades grauweißes Band, das eine Autostraße sein mußte. Als sie näher herankamen, erkannte er einen Haufen wahllos um die hohen weißen Häuser herumgepflanzter Bauwerke und einen Abhang mit Villen zwischen spärlichem, staubigem Gras.

Der Hubschrauber surrte in weitem Bogen am westlichen Stadtrand entlang, strich über die Dächer einer Reihe großer grauer Kasernen und sank zu Boden.

Der Pilot setzte die Maschine langsam und mit unendlicher Vorsicht nieder. Er fluchte dabei die ganze Zeit.

«Falls die Bolschewiki uns dieses verdammte Land nehmen wollen, müssen sie Fallschirmjäger verwenden. Kein Mensch, der bei vollem Verstand ist, kann hier landen.»

«Welche Bolschewiki?»

«Na, die Bolschewiki eben», sagte der Pilot unbestimmt. «Die da unten.» Er machte eine vage Geste in Richtung auf die im Nebel liegenden Berge weit im Süden.

«Die Regierung des Landes, auf das Sie sich beziehen, war nicht kommunistisch», sagte Manuel Ortega belehrend. «Sie war höchstens sozialistisch und demokratisch. Im übrigen stürzte diese Regierung, wie Sie vielleicht wissen, vor drei Wochen und wurde durch konservative Politiker ersetzt.»

«Gottlob!» sagte der Pilot.

Endlich stand der Hubschrauber auf dem Boden. Der Pilot hatte die Zündung ausgeschaltet, und sie hörten, wie das schrille Pfeifen der Rotorblätter nachließ, als die Umdrehungen langsamer wurden. Er kletterte von seinem Sitz, öffnete die Luke, sprang zu Boden und streckte seine Hand der Frau entgegen. Sie nahm sie und sprang heraus, geschmeidig und federnd. Manuel Ortega bemerkte, daß sie lächelte, flink und routiniert, als ihr Blick dem des Piloten begegnete. Er selbst nahm Aktentasche und Regenmantel, legte eine Hand auf die Schulter des Piloten und sprang. Sein rechtes Bein gab nach, so daß er fast lang hingefallen wäre.

Als er sich umsah, spürte er den heißen unebenen Asphalt durch die dünnen Schuhsohlen. Die Hitze war unerträglich. Er war bereits durchnäßt vom Schweiß.

Der Flugplatz war sehr klein und von einem doppelten Stacheldrahtzaun umgeben. Der Boden war mit grobem Kies bedeckt, die bucklige Asphaltpiste war vielleicht hundertfünfzig Meter lang. Am hinteren Ende lag das ausgebrannte Wrack eines kleinen Flugzeugs, das eine Bruchlandung gemacht hatte.

«Ja», sagte der Hubschrauberpilot. «Das war ihre Piper Cub. Jetzt haben sie nur noch die Aradon.»

In einer Ecke der Umzäunung stand ein gewölbter Wellblechschuppen. Davor stand ein grauer Personenwagen. Er hatte eindeutig auf sie gewartet, denn bevor das Pfeifen der Rotorblätter aufgehört hatte, begann das Auto über den holprigen Platz zu rollen. Es hielt, ein langer Mann in einem zerknitterten Leinenanzug mit Nadelstreifen stieg aus. Er nahm den Hut ab und wischte sich den Schweiß von der Stirn.

«Mein Name ist Frankenheimer», sagte er.

Er steckte eine Hand in die Tasche und zeigte seinen Ausweis. Manuel Ortega erkannte die schnörkelige Unterschrift seines Schwagers.

Hinter dem Blechhangar ertönte das Geheul einer Sirene, ein weißer

Jeep schwenkte auf den Platz ein. Der Mann im Leinenanzug warf einen Blick darauf und sagte:

«Unser Wagen ist gut, obwohl er klein ist. Mein Kollege und ich sind damit hergefahren. Ich schlage vor, daß Sie ihn benutzen, solange Sie hier sind.» Dann: «Das sollten Sie wirklich tun.»

Es war ein französischer Wagen, ein Citroën 2 CV. Manuel hatte solche schon in Schweden gesehen.

Der Jeep bremste in einigen Metern Entfernung, zwei Gendarmerieoffiziere in weißer Uniform stiegen aus. Der mit den meisten Streifen am Jakkenärmel salutierte und sagte: «Teniente Brown von der Bundespolizei, zu Ihren Diensten. Ich heiße Sie willkommen. Leider war weder General Gami noch Coronel Orbal in der Lage, Sie persönlich zu begrüßen. Sie haben gebeten, Ihnen durch uns ihr Bedauern zu übermitteln.»

«Sind Sie der Polizeichef?»

«Nein, Capitán Behounek ist Chef der Bundesgendarmerie. Auch er hatte keine Gelegenheit zu kommen, aber er ist bereit, Sie im Laufe des Tages zu treffen. Ich habe den Auftrag bekommen, Sie zu Ihrer Unterkunft zu fahren.»

«Wir ziehen es vor, unseren eigenen Wagen zu benutzen. Aber Sie sind vielleicht freundlich genug, Hand an das Gepäck zu legen.»

«Selbstverständlich», sagte Teniente Brown und warf einen Blick auf den Mann im Leinenanzug.

Der war anscheinend völlig uninteressiert.

«Wollen Sie nicht mitkommen und etwas essen?» fragte Danica den Piloten, der in ihrer Nähe stand und sich auf den Füßen wiegte.

«Sehr gern, aber ich muß auf dem Stützpunkt sein, bevor es dunkel wird. Aber ein andermal ...»

Nach einigen Sekunden fügte er hinzu: «Außerdem möchte ich am liebsten verschwinden, ehe es hier einen Bürgerkrieg gibt oder ein Erdbeben oder einen Vulkanausbruch oder sonst was.»

Manuel Ortega sah sich interessiert um, als sie an den Kasernen vorbeifuhren. Hinter dem rostigen Eisenzaun sah er nur wenige Soldaten. Sie lagen halb im schmalen Schatten bei den Steinmauern.

Der Mann im Leinenanzug bog in eine Abzweigung von der Hauptstraße ein und fuhr hinter einer Steinmauer einen schmalen, zertrampelten Pfad entlang. Rechts von ihnen standen wirr durcheinander verfallene Hütten. Die meisten waren ungeschickt zusammengefügt aus Schnüren und Brettern, andere bestanden aus rostigem Blech an aufgerichteten Pfählen. Überall wimmelte es von Kindern, schmutzig, zerlumpt, halbnackt und ausgemergelt. Auf dem Boden saßen Frauen in verblichenen Umhängen. Sie beschäftigten sich mit Eisentöpfen und kleinen Holzkohlefeuern. Andere gingen mit einem Wasserkrug auf dem Kopf den Weg entlang oder mit Eimern, die von einem Joch über den Schultern herabhingen. Einige wendeten den Kopf und starrten das Auto mit stumpfem, tierhaftem Widerwillen an. Von den Hütten erhob sich ein schwerer Gestank von Verrottetem, Schweiß und Abfall.

Frankenheimer fand eine Öffnung in der Mauer und bog wieder auf die gepflasterte Hauptstraße ein.

«Haben Sie so etwas jemals gesehen? Verzeihen Sie, wenn ich das sage, aber dies ist wirklich eine grauenvolle Stadt.»

Daniča Rodriguez hatte sich während der ganzen Zeit kein einziges Mal umgesehen. Sie saß aufrecht hinten im Wagen und starrte geradeaus.

Sie kamen in die Stadtmitte, fuhren zwischen einförmigen, weißflimmernden Häuserblöcken. Sie sahen Schaufenster hinter verschlossenen Gittern und einige Bars, die aussahen, als seien sie verriegelt. Auf den Fußwegen wuchsen niedrige, halbverdorrte Palmen. Die Straßen waren fast menschenleer.

«Es ist noch Siesta», sagte der Mann am Steuer. «Außerdem wagen sich die meisten nicht nach draußen. Und im übrigen sind nicht viele hiergeblieben.»

Er überquerte den Platz und hielt vor dem Gouverneurspalast an, der groß und weiß war und mit seinen breiten Fenstern und der Reihe weißer Pfeiler am Gesims wie ein ziemlich neuer Bau wirkte. Ein Polizist in weißer und ein Soldat in schwarzer Uniform flankierten den Eingang. Der Jeep war bereits da und das Gepäck ausgeladen worden. Teniente Brown saß auf dem Vordersitz und rauchte. Er bemühte sich nicht auszusteigen oder auch nur den Kopf zu drehen.

Als Manuel Ortega auf dem Fußweg stand, hörte er ein schwaches Brummen. Er schaute nach oben und sah den Hubschrauber wie ein groteskes Insekt vor dem fahlen taubenblauen Himmel.

Du mußt dich zusammennehmen, dachte er.

«Dort verschwindet Ihr Pilot», sagte er scherzend zu der Frau.

Sie gab ihm einen kühlen, müden Blick.

«Ja», sagte sie.

Dann ließ sie den Zigarettenstummel auf das Straßenpflaster fallen, trat darauf und ging durch die Schwingtüren hinter dem Soldaten, der ihr Gepäck trug.

Manuel Ortega ging in die Marmorhalle. Ein plötzlicher Gedanke ließ ihn anhalten und sich umdrehen.

«Ja», sagte Frankenheimer gelassen, «hier ist es passiert. Genau hier. Der Junge, der geschossen hat, stand dort hinter dem Empfangstisch. Wir haben gesagt, daß wir hier keine Boten mehr haben wollen. Die von der weißen Truppe sollen einen Mann hierher stellen. Ich habe das denen auch gesagt, aber sie haben es noch nicht getan.»

Er wirkte müde und verschwitzt und wischte das Gesicht mit einem zusammengerollten Taschentuch ab.

«Ja», sagte er. «Ich habe das gesagt. Das habe ich getan.»

Die Büros befanden sich eine Treppe höher in einer Reihe entlang einem weißen Korridor. Die meisten waren leer und sahen aus, als seien sie noch nie benutzt worden. In allen bis auf zwei herrschte Halbdunkel, da man die Fensterladen geschlossen hatte, um die Hitze wenigstens etwas fernzuhalten. Dennoch war die Luft drinnen schwer und staubig und stikkig. Ein relativ junger Mann in schwarzer Satinjacke und mit dunkler Brille saß in einem der Zimmer. Er hatte die unterste Schreibtischschublade herausgezogen, um die Füße darauf zu legen, während er Zeitung las. Als sie die Tür öffneten und hineingingen, schaute er auf, legte die Zeitung weg und erhob sich.

«Ich bin Ihr Kanzleichef», sagte er. «Aber es gibt keine Kanzlei.»

«Sind Sie hier der einzige Beamte?»

«Ja. Wir waren nur zu dritt. Der General und ich und ein ehemaliger Fähnrich, der Adjutant und Sekretär des Generals war. Er ging gleich nach dem Tod des Generals.»

«Vermutlich ein Kriegsinvalide», sagte Frankenheimer erläuternd.

Bevor sie die Tür hinter sich schließen konnten, saß der junge Mann wieder mit den Füßen auf der Schreibtischschublade und las seine Zeitung.

Am Ende des Korridors war das Zimmer, das Orestes de Larrinaga benutzt hatte. Es war groß und hell und kahl, aber es hatte jedenfalls einen elektrischen Ventilator an der Zimmerdecke.

Daniča Rodriguez stand am Fenster und rauchte. Sie schaute hinaus auf den Platz, und als der Luftzug vom Ventilator ihr kurzes Haar hob, sah man, daß ihr schmaler Nacken mit kleinen, feinen Schweißperlen bedeckt war.

Auf einem Stuhl an der Wand saß ein kleiner, dicker Mann mit breiten Beinen und den Händen auf den Knien und tat nichts.

«Das ist Lopez», sagte Frankenheimer. «Er und ich machen zusammen Dienst und werden immer in der Nähe sein. Zwölf Stunden ohne Unterbrechung, von zwölf Uhr mittags bis Mitternacht. Dann lösen uns die anderen ab. Sie werden sie heute nacht kennenlernen.»

Manuel Ortega schaute sich um. Es gab keine Aktenordner im Zimmer, keine Bücher, kein Papier, nichts außer Möbel. Er öffnete eine Schreibtischschublade. Sie war leer. Er ging ins Zimmer der Sekretärin. Ebenfalls leer. Dort stand ein grüner Geldschrank, die Türen angelehnt. Er war leer. Er ging wieder zu den anderen.

«Bitte, entschuldigen Sie, aber wir haben uns gedacht, daß wir es so machen sollten», sagte Frankenheimer und schwieg dann.

«Wie?»

«Sie nehmen dies Zimmer und die Dame sitzt im anderen; sollte es nicht so sein?»

Die Frau am Fenster sah ihn mißmutig an.

«Einer von uns wird immer hier drin sein. Wo der andere sich aufhält – ja, darüber brauchen Sie nicht nachzudenken.»

«Sie müssen einen von uns hier im Zimmer haben, weil es zwei Türen hat», fügte er düster hinzu, als beklage er sich über die Gestaltung des Hauses.

Manuel begann sich müde und irritiert zu fühlen. Außerdem war er schweißdurchnäßt.

«Beeilen Sie sich», sagte er.

Der Mann im Leinenanzug sah ihn traurig an.

«Dann wäre da noch die Frage, wo Sie wohnen», sagte er.

Er machte ein paar lange Schritte hinaus in den Korridor, schaute nach links, nahm einen Schlüssel und öffnete die Tür auf der gegenüberliegenden Seite.

«Hier», sagte er. «So ist es gut. Zwei Zimmer, ineinander übergehend, das Schlafzimmer ist hinten. Dort ist auch die Toilette mit Dusche. Vorher hat hier der Kanzleichef gewohnt, aber wir haben veranlaßt, daß er wieder auszieht. Wenn Sie sich tagsüber und abends hier aufhalten, dann ist derjenige, der die Nahwache hat, im Korridor.»

«Nahwache?»

«Ja, wir nennen es so. Im allgemeinen wird es so genannt. Übrigens werde ich einen Stuhl hierher stellen – ein Drehstuhl wäre gut.»

Er sagte es sehr nachdenklich.

«Könnten wir dies wirklich nicht etwas schneller hinter uns bringen? Ich bin müde und würde gern duschen und mich umkleiden.»

«Wenn Sie schlafen oder sich permanent im hinteren Zimmer aufhalten, dann ist derjenige, der die Nahwache hat, im vorderen Raum. Sind Sie damit einverstanden?»

«Was meinen Sie mit ‹permanent im hinteren Zimmer›?»

Frankenheimer beantwortete die Frage nicht.

«Ja, das dürfte wohl alles sein», sagte er zerstreut. «Nein, natürlich nicht. Ja, die Frau.»

Er ging ins Büro zurück. Danića Rodriguez stand noch am Fenster, rauchend, der dicke kleine Mann saß noch auf seinem Stuhl.

«Sie können auch hier wohnen», sagte Frankenheimer und bohrte sich in der Nase. «Das kann eingerichtet werden.»

«Ja, danke.»

«Aber wenn Sie nicht wollen, so haben wir eine Wohnung in der Stadt für Sie. Nur drei Häuserblocks von hier entfernt. Zwei Zimmer.»

«Das wäre mir lieber.»

«Ja, das ist besser. Dann haben wir Sie aus dem Wege.»

«Wie auch immer, ich ziehe die Wohnung vor.»

«Wir haben das ... sozusagen ... aus Vorsorge gemacht.»

«Danke.»

«Wir hatten Ihretwegen keine Instruktionen. Aber das war nicht so schwer. Es gibt genügend Wohnungen, viele Leute haben sich in letzter Zeit aus dem Staub gemacht», sagte Frankenheimer und starrte auf ihre Brüste.

«Dann gehe ich jetzt hinüber, nochmals vielen Dank.»

«Und Sie ziehen sich um, ja?»

«Nein, ich dachte daran, das Haus in die Luft zu sprengen.»

Frankenheimer verzog keine Miene.

«Was soll ich mit meinem Gepäck machen?»

«Sagen Sie es jemand», sagte Frankenheimer.

Der Kerl macht mich noch verrückt, dachte Manuel Ortega.

Das Telefon summte. Frankenheimer streckte die Hand aus und nahm den Hörer. Er schien einige Sekunden lang zuzuhören und legte dann wieder auf.

«Wer war das?» fragte Manuel Ortega.

«Tja, das war jemand, der sagte, er sei der Meinung, man sollte Sie aus dem Weg räumen.»

«Künftig ziehe ich es vor, meine Anrufe selbst entgegenzunehmen.»

«In diesem Loch sollte man einen Anrufer innerhalb von zehn Sekunden aufspüren können.»

«Falls Sie wollen», fügte er hinzu.

Das Telefon summte wieder.

«Ja, Ortega.»

«Gut. Willkommen in der Stadt. Hier spricht der Exekutivausschuß der Bürgerwehr. Wir wollen Sie daran erinnern, daß Sie innerhalb von zwei Wochen tot sein werden, gleichgültig, mit wieviel Leibwächtern Sie sich umgeben. Da wir unnötige Hinrichtungen vermeiden wollen, geben wir Ihnen inzwischen Gelegenheit, die Stadt sofort zu verlassen. Dies muß bis spätestens heute abend acht Uhr geschehen sein. Dies ist ein guter Rat, der übrigens ernst gemeint ist. Leben Sie wohl.»

Es war eine Frau, die das sagte. Ihre Stimme war klar und ruhig und geschäftsmäßig, in keiner Weise unfreundlich. Sie hatte das Wort «unnötige» betont, und hinterher glaubte Manuel Ortega, daß ihn diese Einzelheit erbeben und nach der Rückenlehne des Stuhls greifen ließ.

Als er aufsah, begegnete sein Blick dem der Sekretärin. Sie betrachtete ihn nachdenklich mit gerunzelten Augenbrauen. Plötzlich dachte er, daß sie schön war.

«Kümmern Sie sich nicht um die», sagte Frankenheimer.

Danica Rodriguez zuckte die Achseln. Sie nahm ihr Gepäck und ging. Es war offenbar schwer, aber sie trug es ohne größere Schwierigkeiten.

Eine Dreiviertelstunde später hatte Manuel Ortega geduscht und ein sauberes weißes Hemd und einen hellgrauen Anzug angezogen. Als er auf den Korridor trat, saß Lopez still auf einem Drehstuhl unmittelbar rechts neben der Tür, die Hände auf den Knien.

Manuel Ortega ging in sein Büro. Er öffnete die Tür und fühlte sein Herz klopfen, als erwarte er, daß etwas passiert. Er setzte sich an seinen leeren Schreibtisch. Obwohl der Ventilator lief, war die Hitze im Zimmer fast unerträglich.

Er saß regungslos da und spürte, wie ihm der Schweiß aus den Poren im Gesicht brach, und er dachte: Was wäre, wenn der Dicke auf dem Stuhl im Korridor säße. Was wäre, wenn er mir in dieses Zimmer gefolgt wäre. Aber ich bin zuerst gegangen, und er hatte es nicht besonders eilig, und wenn jemand hier gestanden hätte, so hätte er genügend Zeit gehabt, mich zehnmal umzubringen, bevor jemand hätte dagegen etwas unternehmen können.

Dann dachte er: Ich muß den Revolver holen. Ich muß ihn bei mir tragen.

Er hörte, wie sich im anderen Zimmer etwas rührte, und stand auf, um zu sehen, wer es war. Zwei Schritte vor der Tür blieb er stehen und schaute auf Lopez, der ruhig auf seinem Stuhl saß. Manuel öffnete den Mund, um etwas zu sagen, aber er machte ihn gleich wieder zu.

Das hier ist ja Wahnwitz, dachte er.

Jedenfalls war jemand dort draußen. Er machte einen schnellen Schritt und riß die Tür auf.

Daniča Rodriguez saß am Schreibtisch und sortierte einen Stapel Akten. Sie hatte nackte Beine und trug Riemensandalen an den bloßen Füßen. Ihr Kleid war grün und einfach und anscheinend aus einem sehr leichten Material gemacht, und sie sah frisch und klaräugig aus.

«Sie starten schnell.»

«Ja», sagte sie.

Er spürte, wie ihm das Hemd am Rücken klebte und der Schweiß am Hals herunterlief und zwischen Haut und Kragen sickerte. Er ging zurück ins Büro, dann quer über den Korridor, ins hintere Zimmer, zog die Jacke aus und öffnete die Reisetasche. Er nahm den Revolver, rieb ihn sorgfältig mit einem Tuch ab, öffnete eine Munitionsschachtel, drehte die Trommel mit dem Daumen und lud sie mit sechs Patronen. Dann befestigte er den Riemen über der Schulter, steckte den Revolver ins Halfter, zog die Jacke an und knöpfte sie zu. Sie spannte ein wenig an den Armen, wenn er sich bewegte, also knöpfte er die Jacke wieder auf und ließ sie offen hängen. Die ganze Zeit über stand der Dicke an der Tür und schaute zu. Oder auch nicht, denn sein Blick war trübe und schien auf einem Punkt in weiter Ferne zu ruhen.

Manuel Ortega fühlte sich etwas sicherer, als er zurück an seinen Schreibtisch ging und sich setzte. Er öffnete seine Aktentasche, nahm die Dokumente heraus, die er aus Stockholm mitgebracht hatte und legte sie vor sich hin. Sie hatten nichts mit der Angelegenheit zu tun. Alle Vorsätze und vorgefaßten Meinungen konnte er verschrotten.

Obwohl er nach dem Duschen ein Mittel gegen Transpiration verwendet hatte, schwitzte er bereits unter den Armen, besonders unter dem linken.

Zwanzig Minuten lang geschah überhaupt nichts.

Mehrmals knackte der Stuhl unter Lopez. Die Sonnenstrahlen fielen jetzt ins Zimmer und machten die Hitze noch kompakter.

Eine Klingel stand auf dem Schreibtisch, aus weißem Bakelit mit schwarzem Knopf. Er drückte mit dem Finger darauf und fragte sich, was geschehen würde.

Eine knappe Minute später klopfte es, und der Jüngling mit der dünnen Jacke und der rauchfarbenen Brille trat ins Zimmer.

«Wie weit ist der General mit seinen Kontakten für Verhandlungen gekommen?»

«Soweit ich weiß, hatte er keine Kontakte.»

«Aber hatte er nicht geplant, in nächster Zeit welche aufzunehmen?»

«Davon weiß ich nichts.»

«Was haben Sie in den vergangenen drei Wochen getan?»

«Ich persönlich?»

«Ja.»

«Gar nichts.»

«Waren Sie nicht bei den Sitzungen anwesend?»

«Es gab keine Sitzungen.»

«Hatte der General keine Besucher?»

«Nur wenige.»

«Mit wem verhandelte er?»

«Ich weiß nicht, ob er mit jemand verhandelte, aber Coronel Orbal war einige Male hier. Und ein Apotheker namens Dalgren. Vielleicht noch einige andere, aber keiner, den ich kannte oder wiedererkennen würde.»

«Was tat der General in diesen Wochen? Ich meine, während seiner Dienstzeit?»

«Er saß gewöhnlich hier drinnen.»

«Wo sind seine Papiere hingekommen?»

«Er hatte keine Papiere. Dagegen bekam er jeden Tag eine Zeitung, die die Reinmachefrau am nächsten Morgen wegwarf. Das war für sie ein Befehl.»

«Und die Post?»

«Da kam nicht sehr viel. Die eintreffende Post mußte der Adjutant lesen. Wenn etwas Besonderes dabei war, las er es dem General vor. Dann warf er die Briefe fort.»

«Wollen Sie mit anderen Worten behaupten, daß Orestes de Larrinaga während der ganzen Zeit als Resident nichts getan hat?»

«Das habe ich nicht behauptet. Er arbeitete an einer Proklamation.»

«An einer Proklamation?»

«Ja, an einer persönlichen Darlegung.»

«Drei Wochen lang jeden Tag?»

«Ich nehme an, daß er sehr sorgfältig arbeitete.»

«Wo ist diese Proklamation?»

«Sie wurde nie fertig.»

«Aber in diesem Fall muß der General doch Papiere hinterlassen haben, Entwürfe und Aufzeichnungen.»

«Er schrieb nie. Er diktierte alles seinem Kalfaktor, Verzeihung, seinem Sekretär.»

«Dann sollte dieser Sekretär Aufzeichnungen hinterlassen haben, also den Entwurf für die Proklamation.»

«Ja, die Proklamation sollte im Geldschrank sein. Sie war nicht sehr lang. Höchstens eine Schreibmaschinenseite. Alle Entwürfe und Aufzeichnungen wurden vernichtet.»

«Im Geldschrank ist nichts.»

«Nein.»

«Das wußten Sie?»

«Ja.»

«Wo ist nach Ihrer Meinung der Entwurf geblieben?»

«Ich weiß es nicht. Der General hat mich nicht ins Vertrauen gezogen. Er hat nie mit mir geredet und meine Dienste nicht in Anspruch genommen. Vielleicht hat der Adjutant den Entwurf vernichtet, als der General tot war.»

«Sie wissen also nichts?»

«Nein, leider.»

Manuel schwieg und sah den Kanzleichef nachdenklich an. Der junge Mann wirkte intelligent, aber kaum willig zur Zusammenarbeit. Irgendwie war ihre Beziehung zueinander von Anfang an schiefgelaufen. Es hatte nicht gut angefangen.

«Wie läute ich meiner Sekretärin?»

«Nehmen Sie das Telefon, es ist eine Direktleitung.»

Manuel verwünschte sich selbst, weil er diese einfache Lösung übersehen hatte.

«Kann ich jetzt gehen?»

«Ja.»

Er hob den Hörer, die Frau antwortete sofort.

«Rufen Sie den Gendarmeriechef an, Capitán Behounek.»

Nach etwa drei Minuten öffnete sie die Tür und sagte: «Das ist anscheinend schwierig. Ich komme nur durch bis zu jemand, der sich weigert, mich weiterzuverbinden.»

Im Geldschrank...

... ist nichts, sagte der Resident. Keine Proklamation. Womöglich auch kein Geld.

Wenn im Geldschrank nichts ist, ist nicht viel Staat zu machen.

«Lassen Sie mich mit ihm sprechen.»

Er nahm den Hörer und hörte jemand murmeln.

«Hallo», sagte die Stimme, «bist du noch da, Herzchen?»

«Hier ist der Provinzresident. Mit wem spreche ich?»

«Mit dem Wachoffizier.»

«Wollen Sie mich mit dem Polizeichef verbinden?»

«Er ist in einer Sitzung.»

«Sie müssen sie unterbrechen. Falls Sie mich nicht mit ihm sprechen lassen, ist das Ihr eigenes Risiko.»

Der Wachoffizier zögerte etwas.

«Einen Augenblick, ich werde mich erkundigen.»

Kurzes Schweigen. Dann knackte es im Hörer, jemand sagte: «Behounek hier.»

«Hier ist der Provinzresident Manuel Ortega.»

«Ah, willkommen. Leider konnte ich Sie heute nicht treffen. Aber wir sehen uns heute abend, nicht wahr?»

«Wieso?»

«Haben Sie keine Einladung bekommen? Seltsam. Eine Party bei Fabrikant Dalgren, besonders passend, da es auch eine Willkommensparty für Sie sein kann. Sie werden Gelegenheit haben, eine Menge Leute kennenzulernen und gewisse Kontakte zu knüpfen.»

Die Stimme des Mannes war lebhaft und kraftvoll. Er klang gewandt, aufrichtig und humorvoll.

«Zuvor hätte ich gern noch eine private Unterhaltung mit Ihnen. Am liebsten auch mit General Gami und Coronel Orbal.»

«Leider muß ich Ihnen mitteilen, daß Sie den General und seinen Stabschef frühestens in einer Woche treffen können. Beide sind mit wichtigen militärischen Angelegenheiten beschäftigt.»

«Haben sie die Stadt verlassen?»

«Vermutlich. Ehrlich gesagt, ich weiß es nicht. Aber ich stehe Ihnen selbstverständlich persönlich zur Verfügung. Wann können Sie kommen?»

«Ich ziehe es vor, daß wir uns hier unterhalten. In meinem Büro. In einer Stunde. Können Sie kommen?»

«Gewiß, ich werde kommen.»

Kurz darauf öffnete Daniča Rodriguez die Tür und sagte: «Wir haben eine Einladung zu einer Art von Party heute abend. Wollen Sie hingehen?»

«Ja. Akzeptieren Sie und bringen Sie Einzelheiten in Erfahrung.»

«Finden Sie es nicht unpassend, wenn ich auch hingehe?»

«Überhaupt nicht. In einer Stunde kommt der Polizeichef. Ich glaube, es wäre klug, wenn Sie das Wesentliche von unserem Gespräch mitstenografieren würden.»

«Sicherlich.»

Er blickte ihr erstaunt nach. Sie ging immer noch wie ein Tier.

Capitán Behounek kam vierzig Minuten nach der vereinbarten Zeit und schien davon überhaupt nichts zu wissen. Er war ein grobschlächtig gebauter Mann mit schmalem schwarzem Schnurrbart, einem kantigen, sonnenverbrannten Gesicht und einem polternden Lachen. Er ließ sich in den Besuchersessel nieder und schaute amüsiert Lopez an, der unbeweglich auf seinem Stuhl saß.

«Einer von Ihren Spezialisten?»

Manuel Ortega nickte. Die Sonne stand sehr tief, und die Hitze war kaum zu ertragen. Er fühlte sich verschwitzt und abgestumpft, vor allem in Gegenwart des Polizeioffiziers, der sich im Sessel breitmachte, unbeschwert und gut gelaunt, während er Danica Rodriguez' Füße und lange, nackte Beine betrachtete.

«Wollen Sie so freundlich sein, mir über die gegenwärtige Lage in der Provinz vom Standpunkt der Polizei aus zu berichten? Selbstverständlich nur in großen Zügen.»

Behounek riß seine Blicke mit offenbarem Unwillen von der Frau mit dem Stenogrammblock los, nahm eine Zigarre, schnitt die Spitze ab, steckte sie an und legte das Streichholz vorsichtig in den Aschenbecher.

«Es ist ruhig», sagte er. «Die Lage ist zufriedenstellend. Ich habe das Gefühl, daß sich unsere Schwierigkeiten innerhalb kurzer Zeit von selbst lösen werden.»

«Wie viele Gewalttaten sind in der vergangenen Woche gemeldet worden?»

«Nach dem tragischen Ereignis mit General Larrinaga ist praktisch überhaupt nichts geschehen. Die Partisanentätigkeit auf dem Lande scheint abzuebben. Hier in der Stadt hat es keine Zwischenfälle gegeben, über die zu reden sich lohnt.»

«Wie reagieren die Leute auf Polizeiaktionen?»

«Sehr positiv, in den meisten Fällen mit vollem Vertrauen. Der Begriff der Friedenspolizei ist im Bewußtsein aller gewachsen. Außerdem ist es ein Begriff, der eine gewisse Rückendeckung hat. Dank der Tätigkeit unserer fliegenden Patrouillen ist die Überwachung der ländlichen Gebiete ziemlich gut, und unsere Leute arbeiten wirkungsvoll. Besonders wenn Sie bedenken, wie schnell die Truppe aufgebaut und organisiert wurde, ist der Standard der Mannschaft verblüffend. Sie werden instruiert, Gewalt nur in zwingenden Situationen zu gebrauchen. Folglich gibt es nicht mehr so viele Todesopfer, und die eigenen Verluste sind unbedeutend.»

«Und die Zahl der Festnahmen?»

«Auch sehr gering. Kann ich ... ja, ich muß einfach ganz offen mit Ihnen reden. Tatsache ist, meine Leute haben Befehl, nicht so eifrig zu sein, außer bei gröberen Verstößen. Wir haben das angeordnet, weil wir daran dachten, was früher geschehen ist. Vorstöße der Armee, Partisanenüberfälle, das ständige Töten. Unsere ganze Tätigkeit baut auf vernünftigem Denken und Überredung auf. Im allgemeinen können die Menschen tatsächlich überredet werden, sich zu ändern, das gilt sowohl für die Reichen als auch für die Armen. Folglich haben wir in vielen Fällen bei widerrechtlichen Handlungen ein Auge zugedrückt. Persönlich bin ich überzeugt, daß diese Methode sicherer und schneller zum Erfolg führt als jede andere.»

Manuel mochte sowohl den Mann als auch dessen Argumente. Sie standen in wohltuendem Kontrast zu der negativen Haltung, die er hier bereits angetroffen hatte, und zu der Hysterie, von der er in der Bundeshauptstadt Beispiele gesehen hatte bei Männern wie Zaforteza und Uribarri. Er schielte hinüber zu dem unbeweglichen Lopez, und Behounek, der seinem Blick gefolgt war, unterdrückte ein Lächeln. Aber der Glanz in den braunen Augen ließ sich nicht so leicht unterdrücken, und Manuel wischte sich mit der Hand über den Mund, um ein Lächeln zu unterdrücken.

«Ich bin jetzt seit sieben Monaten hier», sagte Behounek. «Es dauert seine Zeit, sich an dieses Land hier zu gewöhnen, aber es geht schließlich. Ich dachte, wir seien definitiv auf dem Weg zum Erfolg, als dieser unglückselige Verrückte kam und Larrinaga erschoß.»

«Apropos, wann wird der Mörder vor Gericht gestellt?»

Behounek starrte ihn an, dann sagte er: «Man kann einen Toten nicht vor Gericht stellen.»

«Einen Toten?»

«Wollen Sie damit sagen, daß Sie nicht wissen, was geschehen ist? War die Regierung wirklich zu feige, eine korrekte Version zu veröffentlichen? Wissen Sie nicht, daß der Attentäter vor ein militärisches Standgericht gestellt und weniger als eine halbe Stunde nach dem Mord erschossen wurde? Na, dann wissen Sie es jetzt.»

«Warum haben Sie nicht eingegriffen?»

Der Polizeichef erhob sich und sagte: «Weil ich es nicht konnte. Der Chef der Eskorte, ein Teniente, verwundete den Attentäter mit einem Pistolenschuß, dann ergriffen Soldaten der Eskorte den Mann und führten ihn zu den Kasernen des dritten Infanterieregiments. Dort wurde er fast sofort erschossen. Ich kam zehn Minuten zu spät, um es zu verhindern. Vielleicht hätte ich es sowieso nicht verhindern können.»

«Wer gab den Befehl?»

«General Gami persönlich. Deshalb war es nicht einmal ungesetzlich. General Gami ist der Militärgouverneur, und nach Larrinagas Tod war er in jeder Hinsicht die höchste Autorität in der Provinz. Er verurteilte den Mord als Übergriff gegen einen Offizier, und die Lage sei so ernst, daß er das Kriegsrecht anwenden könne. Diese Militärs! Erinnern Sie sich an die alte Redensart, erst handeln, dann denken? Sogar als Polizist muß ich die Sache beklagen. Welch ein Objekt für Verhöre ging uns da verloren! Man wird zynisch auf seine alten Tage.»

«Wer war der Attentäter?»

«Ein junger Arbeiter, Gott weiß, woher er kam. Sein Name war ganz alltäglich, Pablo Gonzales, glaube ich. Ich habe die Angaben aus seinem Mitgliedsbuch der Kommunistischen Partei. Wir haben alles an uns genommen, was er in den Taschen hatte, bevor sie ihn begruben, aber das war auch alles.»

Er sah auf die Uhr.

«Die Angelegenheit war für die Armee verständlicherweise unangenehm. General Larrinaga verließ sich auf das Militär, wie Sie sich auf Ihre Experten verlassen. Wie auch immer, kommen Sie heute abend zu Dalgrens Villa?»

«Ja, mit Vergnügen. Wer ist dieser Dalgren?»

«Dieser Dalgren», sagte Behounek ruhig, «ist mit Gewißheit ein herausragender Rechtsextremist und Mitglied der Bürgerwehr. Vielleicht deren Führer. Wir werden vermutlich mit ihm verhandeln, falls es überhaupt zu Verhandlungen kommt. Nein, fragen Sie nicht, warum ich ihn nicht festnehme. Technisch gesehen ist jeder Einwohner dieser Provinz entweder ein Anhänger der Bürgerwehr oder der Befreiungsfront. Ich müßte 250000 Menschen festnehmen.»

«Ich habe nicht daran gedacht, das zu fragen.»

«Ansonsten war Dalgren früher Pharmazeut, Apotheker. Er fand in dieser Provinz Rohstoffe für gewisse Medikamente und begann mit der Arzneimittelherstellung. Sie hat ihm bereits Millionen eingebracht. Genaugenommen ist das natürlich eine üble Sache: bettelarme Indianer, Frauen und Kinder, klettern wochen- und monatelang in den Bergen umher und sammeln Wurzeln oder was es sonst ist, die er ihnen mit einem Achselzucken und für ein Nichts abkauft. So wird er Millionär, und sie hungern sich zu Tode. Aber so ist das nun einmal. Wir können es angeblich nicht ändern.»

«Nein, kaum. Ich bekam heute übrigens von der Bürgerwehr eine Morddrohung.»

«Ich weiß», sagte Behounek.

Manuel Ortega zuckte zusammen und öffnete den Mund, aber er sagte nichts.

Behounek warf einen Blick auf das Telefon und zuckte leicht mit den Achseln.

«Die Dame, die Sie bedroht hat, wurde zehn Minuten später festgenommen. Eine junge Frau, Besitzerin einer Parfümerie, drei Häuserblocks von hier. Ein ganz exaltierter Typ. Redet immerzu. Von denen gibt es viele. Morgen lassen wir sie wieder laufen. Aber», fuhr der Polizeichef nachdenklich fort, «das ändert nichts daran, daß Ihre Situation hier sehr brenzlig ist. Wir wollen hoffen, daß sich die Lage in den nächsten Wochen entspannt. Ich werde Sie im Auge behalten, und dann haben Sie ja noch Ihre ...»

Er machte eine Kopfbewegung zum Mann auf dem Stuhl.

Sie standen auf und gaben einander die Hand. Manuel Ortega hatte sich gefaßt und sagte: «Noch etwas. Wollen Sie mir die Kopien Ihrer Berichte und Ihre Verbrechensstatistik schicken, damit meine Mitarbeiter sie bearbeiten können?»

Behounek dachte nach.

«Ja, für die letzten sieben Monate. Die können Sie morgen haben. Was vorher passierte, ist beim Militär registriert, bestenfalls.»

Sie verabschiedeten sich voneinander.

Manuel Ortega ging duschen und wechselte das Hemd und die Unterwäsche. Als er wieder in den Korridor kam, saß Lopez dort auf seinem Drehstuhl.

Wenn er nicht bald die Hände von den Knien nimmt, erwürge ich ihn. Ich muß diese Orang-Utans zu Uribarri zurückschicken. Sonst werde ich verrückt. Ein Glück, daß man diesen Frankenheimer nicht zu sehen braucht.

Dachte Manuel Ortega. Als er die Hand auf den Türgriff legte und Lopez' langsame Bewegungen hinter seinem Rücken hörte, durchfuhr ihn der Schrecken. Er steckte die Hand in die Jackentasche und umfaßte nervös den Revolvergriff, bevor er die Tür zu seinem Büro aufstieß.

Natürlich war niemand drinnen.

6

Die Villa war groß und weiß und lag hoch oben am künstlich bewässerten Hang. Vorn eine breite Veranda mit Balustrade und ein prachtvoller Säulengang aus weißem Marmor. Dort gab Dalgren seine Party. Die Dunkelheit fiel schnell herein, danach schien die Luft noch dicker und schweißtreibender.

Manuel Ortega und Danica Rodriguez fuhren in dem kleinen französischen Personenwagen hin. Lopez steuerte und ging danach auf die Veranda, wo er sich mal hier, mal dort niederließ und winzig kleine Sandwiches von einem Teller aß.

Dalgren war ein Mann in den Sechzigern, mager und kahlköpfig. Er trug einen locker sitzenden weißen Smoking und betrachtete seine Gäste durch eine randlose Brille, freundlich und blinzelnd. Zu einem sehr frühen Zeitpunkt, als alle noch in Gruppen zusammenstanden und leise miteinander sprachen, ging er direkt auf Manuel Ortega zu und sprach ihn an. Er sprach ruhig und erklärend und strikt geschäftsmäßig. Er sagte unter anderem: «Ich solidarisiere mich völlig mit der Bürgerwehr, und wenn Sie wie ich hier dreißig Jahre gelebt hätten, vielleicht auch nur zehn, dann würden Sie den Grund dafür verstehen. Ich sage das, um meine Einstellung von Anfang an klarzumachen.»

«Ihre Organisation hat eine Art von Todesurteil gegen mich verkündet. Jemand hat schon heute mein Leben bedroht.»

«Ich muß darauf hinweisen, daß man diese Organisation in keiner Hinsicht *meine* Organisation nennen darf oder kann. Aber ich weiß, daß die Bürgerwehr manchmal auf harte Methoden zurückgreift. Aber ich will Sie noch auf folgendes aufmerksam machen: Alle Mitglieder, bis auf einige noch zur Schule gehende Jugendliche, sind schwer arbeitende Menschen, Leute, die ihre Familien und gesellschaftlichen Stellungen zu verteidigen haben, die hier leben und in vielen Fällen ihr ganzes Leben hier verbracht haben, deren ganzes Dasein folglich auf diesem Teil des Landes und dieser Stadt basiert. Glauben Sie, solche Menschen würden zur Gewalt greifen, ohne ein sehr starkes Motiv zu haben? Ohne daß sie sich dazu gezwungen fühlen? Wissen Sie, daß in den letzten vierzehn Monaten mehr als achthundert der besten Menschen in dieser Provinz umgebracht wurden? Sehen Sie ein, was das bedeutet? Oder nicht? Sie sind also praktisch so gut wie tot. Es gibt sie nicht mehr. Es waren Bauern, Akademiker, Techniker, was Sie wollen – sie sind tot, aber in vielen Fällen leben ihre Mörder noch. Und was sind diese Mörder für Leute? Ja, halbverrückte, greinende Kretins, die in Höhlen schlafen und in den Bergen herumschleichen, ganz einfach Wilde mit Schußwaffen und Messern und Patronengürteln.»

«Das ist unheimlich, aber ich kann dennoch nicht einsehen, daß dies Grund genug sein sollte, mir persönlich das Leben zu nehmen.»

«Rein prinzipiell kann ich sagen, daß wir Sie nicht kennen. Sie könnten aus reinem Unverstand dem Pöbel plötzlich Zugeständnisse machen, was der sogenannten Befreiungsfront freien Spielraum geben würde. Vor nur einem Monat wäre ein solches Zugeständnis verhängnisvoll gewesen, denn es hätte dazu geführt, daß die ganze Provinz, sogar die Stadt, innerhalb weniger Tage, ja, Stunden, von einem plündernden und mordenden Pöbelhaufen überschwemmt worden wäre. Sie hätten unsere Frauen vergewaltigt, uns und unsere Kinder gefoltert; alles das, was mit unendlicher Mühe und unerhörten Opfern aufgebaut wurde, wäre zerstört worden, Bergwerke, Grundbesitz, Fabriken und Werkstätten. Ehe die Armee hätte eingreifen können, wären Tausende von Menschenleben geopfert worden und große Teile des investierten Kapitals unrettbar verloren gewesen. Schließlich und letztlich wäre das Land vielleicht in einen grundlosen Krieg gezogen worden.»

Dalgren lächelte freundlich und senkte die Stimme.

«Jetzt ist die Lage glücklicherweise nicht mehr die gleiche. Deshalb brauchen Sie das Urteil der Bürgerwehr auch nicht mehr als unwiderruflich zu betrachten. In dieser Organisation gibt es, wie in den meisten anderen, ungestüme Geister, Jugendliche, die gefährliche Spiele spielen wollen, genau wie Sie und ich in dem Alter. Die heutige Drohung gegen Sie kommt mit an Sicherheit grenzender Wahrscheinlichkeit von der Seite. Ich kann Sie beruhigen, die Bürgerwehr ist eine gut organisierte Bewegung, die zwar nicht kontrollieren kann, was jedes einzelne Mitglied sagt oder denkt, die jedoch deren Handlungen voll unter Kontrolle hat. Ich glaube, wenn Sie einfach abwarten und nichts übereilt tun, können Sie sich sicher fühlen, was die Bürgerwehr betrifft. Die wirkliche Gefahr kommt von einer anderen Seite, wie der Fall Larrinaga klar und deutlich beweist.»

Der Gastgeber winkte einen Kellner in gestreifter Weste herbei, und sie nahmen beide einen Martini vom Tablett. Dalgren hob sein Glas und sagte: «Irgendwie bewundere ich Ihren Mut.»

«Ich bin nicht gekommen, um mutig zu sein. Ich bin gekommen, um vernünftig und praktisch und etwas nützlich zu sein.»

«Dann haben Sie eine sehr günstige Anfangsgrundlage. Die neue politische Lage ebnet den Weg für die Vernunft. Was vor drei Wochen in unserem südlichen Nachbarland geschehen ist, hat vielleicht unsere ganze República Federal vor einer ernsten Krise bewahrt. Als das sozialistische Regime dort unten nach zweijähriger Mißherrschaft endlich stürzte, änderte sich die Lage völlig. All unsere Schwierigkeiten waren ja eigentlich von dort gekommen. Denken Sie nur, Nacht für Nacht schickten sie Aufwiegler und bewaffnete Mörderbanden über die Grenze, Tag für Tag hämmerten deren Presse und Rundfunk ihre Lügenpropaganda, die gegen uns gerichtet war. Die ganze Zeit über kamen eine Menge Menschen und Material von dort. Das machte unsere Soldaten zu Märtyrern. Wie kann man schließlich einen Feind besiegen, der sich nur umzudrehen und über die Demarkationslinie zu gehen braucht, wenn ihm der Boden unter den Füßen zu brennen beginnt? Und wer kann sich da noch sicher fühlen? In spätestens einer Woche ist die ganze alte Verwaltung dort unten aus dem Rennen. Dann wird die Grenze geschlossen, und wir brauchen nur noch mit den Terroristen abzurechnen, die auf unserer Seite der Berge blieben. Das ist eine Aufgabe, die innerhalb weniger Wochen, höchstens innerhalb eines Monats erledigt werden kann. Alles Üble kommt von dort unten. Die führten ganz einfach Krieg gegen uns, ohne uns die Möglichkeit zum Zurückschlagen zu geben; es war ein schleichender Krieg, der nur der einen Seite alle Trümpfe in die Hand gab. Wenn Sie die Eingeborenen in dieser Provinz kennenlernen, werden Sie auch verstehen, daß eigentlich nichts von all diesem Terror von denen kommt. Sie sind arm und unwissend, aber auf irgendeine Art glücklich. Sie wollen ihrem eigenen Wesen gehorchen und im Grunde nur leben. Sie sind wie Kinder. Leider müssen sie wie alle Kinder manchmal auch bestraft werden.»

Dalgren lächelte und ließ seinen Blick über die Gäste schweifen, ehe er weitersprach: «Nun, ich habe Sie nicht eingeladen, nur um die Gelegenheit zu haben, Ihnen einen Vortrag zu halten. Aber ich werde Ihnen einige gute Ratschläge geben. Halten Sie an Ihrer Linie der Vernunft fest, übereilen Sie nichts, und versuchen Sie nicht, irgendeine Abmachung zu erzwingen. Dann droht Ihnen keine Gefahr von der Bürgerwehr. Dennoch müssen Sie vorsichtig sein, besonders in den nächsten Wochen. Hier gibt es noch Terroristengruppen, Leute von der Sorte wie der Wahnsinnige, der meinen alten Freund Orestes erschossen hat. Der Boden schwankt ihnen jetzt unter den Füßen, sie sind wütend und werden jeden beliebigen Menschen töten, nur um töten zu können.»

Er trank aus, stellte sein Glas auf die Balustrade und schaute zu einem Mann hinüber, der einige Meter von ihnen entfernt stand.

«Doktor Alvarado, haben Sie unseren neuen Provinzresidenten schon kennengelernt?»

Dann ging er mit seinem weißen Smoking und seinem Lächeln.

Doktor Alvarado war der medizinische Chef des Militärlazaretts und leicht betrunken. Er sagte: «Ich hörte die letzten Worte, ganz zufällig, töten, um zu töten. Er hat recht, das ist die äußerste Konsequenz des Hasses und der Verzweiflung. Persönlich scheiße ich auf deren Politik. Ich versuche, die zusammenzuflicken, die mir unter die Hände kommen, ungeachtet dessen, wer oder woher sie sind. In der schlimmsten Zeit kamen sie wie die Irren ins Krankenhaus und erschossen die Verwundeten in ihren Betten. Das ist erst sechs Monate her.»

«Wer tat das?»

«Eine Horde wahnwitziger Gymnasiasten mit Schußwaffen. Einige von denen habe ich später auf der Straße wiedergesehen. Mit Schulbüchern, die mit Riemen zusammengebunden waren, und die Turnschuhe an den Schuhbändern um den Hals. Also die Bürgerwehr. Die anderen feierten ihre Exzesse auf dem Lande. Und so erschossen sie auch den einen oder anderen Provinzresidenten.»

Er trank und warf Ortega einen Blick zu.

«Warum zeigen Sie sie nicht an, wenn Sie sie wiedererkennen?»

«Ich bin Arzt. Ich sagte schon, was ich von ihrer verrückten Politik halte. Außerdem waren sie geistesgestört, als sie das Verbrechen begingen. Ich erkläre sie für straffrei. Sie werden gesund und wieder hervorragende Bürger dieses Staates werden.»

«Aber das kann sich doch wiederholen. Sie können es noch einmal tun.»

«Ja, sie oder andere. Aber deren Opfer sahen nicht so entsetzlich aus wie jene, die ich vom Lande bekam. Es gibt sogar Abstufungen bei Leichen.»

Er schwieg und trank, aber dann sagte er plötzlich: «Denken Sie daran zu versuchen, die Selbstverwaltung durchzusetzen und die Bodenreform voranzutreiben? Ja, so etwas können Sie natürlich nicht beantworten, aber wenn Sie daran denken, sehen wir uns bestimmt wieder.»

«Die Regierung befaßt sich jedenfalls mit solchen Fragen», sagte Manuel Ortega ausweichend.

«Mir scheint, Sie sollten Miroslavan Radamek anrufen und ihn fragen, ob er glaubt, noch Präsident zu sein, wenn die Mandelbäume blühen», sagte Alvarado poetisch.

Der Arzt war offenbar nicht in Bestform. Als hätte er gemerkt, daß Manuel Ortega sich belästigt fühlte, wandte er sich ihm zu, packte ihn am Aufschlag der Smokingjacke und sagte: «Bevor Sie gehen, werde ich Ihnen noch eine große und unbestreitbare Wahrheit sagen. Orestes Larrinaga war ein stupider alter Narr. Er war in jeder Hinsicht ein Esel. Das Dümmste war zu versuchen, seinen Job gut zu erledigen. Ich hoffe, Sie sind so klug, nicht den gleichen Fehler zu begehen.»

Eine Kapelle hatte angefangen, in einer Ecke der Veranda Tanzmusik zu spielen. Der Himmel war schwarz und sternenklar, die Luft schwer und von Staub erfüllt. Manuel Ortega rann der Schweiß über das Gesicht. Als er ging, um den Waschraum zu suchen, sah er Danića Rodriguez zusammen mit einem großen Offizier in schwarzer Uniform an der Cocktailbar stehen. Sie trank einen Bourbon und schaute ihren Chef flüchtig an. Ihre Augen glänzten, und sie war recht wacklig auf den Beinen.

Kurz darauf sah er sie wieder. Sie tanzte mit dem Offizier und hatte ihre Schuhe ausgezogen. Soweit er es beurteilen konnte, tanzte sie sehr gut.

Einmal begegnete er Capitán Behounek, der ihm auf den Rücken klopfte und eine Weile redete. Zuletzt sagte er: «Ihre Sekretärin ist wirklich eine Wucht, obwohl sie eigentlich nicht besonders aussieht. Ich sehe, daß meine jungen Leute hier wie närrisch sind, sie geht meinen Männern ein wie ein warmes Messer in Butter. Aber jetzt hat ein Infanterist sie mit Beschlag belegt. Ja, dies Militär.»

Etwas später stieß er mit seinem Gastgeber zusammen, der eine flache Schachtel aus der Innentasche seines Jacketts nahm und sagte: «In der ersten Zeit wird es Ihnen schwerfallen, in diesem Klima zu schlafen. Dies ist ein ausgezeichnetes Schlafmittel, das meine Laboranten soeben herausgebracht haben. Sie schlafen wie ein Kind und erwachen nach acht Stunden – wie ein Kind, munter und ausgeruht. Aber nehmen Sie nie mehr als zwei Pillen.»

«Danke. Ich fühle mich tatsächlich müde und muß gleich gehen. Mich erwartet morgen ein arbeitsreicher Tag.»

«Ah, Sie sollten sich nicht so sehr anstrengen. Aber ich kann Sie verstehen. Ich hoffe, wir sehen uns unter ähnlich angenehmen Umständen wieder.»

Manuel Ortega ging zu Lopez, der zehn Meter entfernt auf der Balustrade saß.

«Wir gehen jetzt. Wissen Sie, wo die Dame sich aufhält?»

Lopez zeigte auf eine Tür direkt neben der Plattform für die Musiker. Manuel ging hinüber, öffnete die Tür und kam in ein Zimmer mit bequemen Sesseln und Palmen in Töpfen. Er ging weiter und stieß eine andere Tür auf, die angelehnt war.

«Señora Rodriguez?» sagte er und sah sie im gleichen Augenblick. Sie lehnte an der Wand hinter der Tür, barfuß und zwei Knöpfe der Bluse offen. Der große Offizier drückte sie an sich und küßte sie. Er hatte eine Hand unter ihre Bluse geschoben und auf die Brust gelegt und die andere rieb ihren Bauch, sehr weit unten. Sie hatte ihre Hände in seinem Haar.

Der Offizier zuckte zusammen, drehte sich um und starrte Manuel Ortega zornig an. Er hatte ein gewöhnliches und einfältiges Gesicht und war noch sehr jung.

Die Frau befreite sich, machte nervös einige Schritte im Zimmer, nahm eine Zigarette und steckte sie an.

«Verzeihung, ich gehe jetzt und wollte nur fragen, ob wir Sie in die Stadt mitnehmen können.»

«Nein», sagte sie kurz und tonlos, «ich bleibe.»

«Ich bitte um Entschuldigung.»

Der Offizier grinste selbstzufrieden und legte ihr die Hand auf die Schulter, aber sie schüttelte sie sofort ab.

Als Manuel sich umdrehte, sah er Lopez nur wenige Meter hinter sich.

«Sie machen nicht viel Lärm, nicht wahr?»

«Nein.»

Auf dem Heimweg wollte er ein Gespräch anknüpfen.

«Ihr Kollege, Frankenstein oder wie er heißt, wo ist er eigentlich?»

Der Mann am Steuer zuckte die Achseln, streckte die Unterlippe vor, sagte aber nichts.

Sein Versuch, einen leichteren Ton anzuschlagen, war also mißglückt.

Die Hauptstraße wurde von dicht beieinanderstehenden Laternen beleuchtet, aber die Slums auf beiden Seiten waren barmherzigerweise hinter weißen Steinmauern verborgen. Bei der Einfahrt zur Stadtmitte gab es eine Straßensperre. Ein weißer Jeep stand am Straßenrand, in der Mitte der Fahrbahn stand ein Polizist mit roter Handleuchte. Sie bremsten, der Polizist ließ einen Lichtstrahl über ihr Gesicht spielen. Dann machte er eine Ehrenbezeigung und gab die Straße frei.

Von irgendwo schräg hinten hörten sie drei Schüsse und einen gellenden, langen Schrei.

«Was war das?»

«Weiß nicht», sagte der Polizist.

Lopez legte den Gang ein und fuhr los.

Manuel Ortega war erschöpft, ohne wirklich schläfrig zu sein. Er nickte einige Male im Wagen ein, wachte aber sofort wieder auf. Er fühlte sich klebrig und ungesund, und der Revolver schien ihn nach links hinunterzuziehen.

Im Schlafzimmer ging er lange auf und ab, ehe er duschte und seinen Pyjama anzog. Dann fiel ihm etwas ein. Er nahm die Schachtel, die er von Dalgren bekommen hatte, schüttelte zwei Tabletten heraus, ging ins Bad und füllte ein Zahnputzglas mit Wasser. Er hatte die Tabletten schon fast auf der Zunge, als er innehielt und sie auf das Regal legte. Er ging wieder ins Schlafzimmer und wanderte mehrmals um das Bett herum.

«Nein, nein, so geht das nicht. Aber wenn man daran denkt, auf wie einfache Art ...»

Er holte die Pillen, schluckte sie und legte sich hin.

Sein letzter Gedanke vor dem Einschlafen waren die drei Schüsse und der lange, heulende Schrei aus dem Wohngebiet der Eingeborenen.

Die Pillen hielten, was ihr Hersteller versprochen hatte. Manuel Ortega erwachte um genau acht Uhr. Es war trübe im Zimmer und sehr warm. Die Bettlaken waren zerwühlt und feucht, der Pyjama klebte ihm wie ein Pflaster am Leib.

Als er sich angezogen hatte und ins vordere Zimmer ging, saß dort ein Mann. Manuel Ortega fuhr zusammen und griff nach der Waffe in der Innentasche seiner Jacke, bis ihm klarwurde, daß dies der Mann war, der um Mitternacht Lopez abgelöst hatte.

Der Mann hieß schlicht Fernandez. Er war klein und unbedeutend und las Comics. Draußen im Korridor saß sein Kollege, der älter und grobschlächtiger, aber ebenso unbedeutend aussah und Gomez hieß.

Wie der dicke Lopez blieb Fernandez hinter seinem Rücken stehen, wenn er die Tür zu seinem Büro öffnete und hineinging.

Manuel Ortega dachte, daß er dies Problem mit dem Mann im Leinenanzug besprechen mußte. Dann wurde ihm bewußt, daß er noch schlimmer dran wäre, wenn sein Rücken ungeschützt war, und die Chance, jemand könnte im Zimmer sein, eigentlich sehr gering war, und schließlich war das alles lächerlich. Natürlich würde niemand versuchen, ihn umzubringen. Es gab ja überhaupt keinen Grund dafür.

Er öffnete die Tür zum Vorzimmer und sah Daniča Rodriguez, die wie am Vortag gekleidet war.

«Guten Morgen. Capitán Behounek hat sein Material bereits geschickt», sagte sie.

Die Kopien der Berichte lagen in einem Haufen auf dem Schreibtisch. Er stellte sich neben sie und blätterte zerstreut in den Papieren. Dann richtete er seinen Blick auf sie. Sie sah frisch und fein aus, und ihre Bluse war nur lose zugeknöpft. Als sie sich ahnungslos vorbeugte, um sich am Unterschenkel zu kratzen, bemerkte er, daß sie keinen Büstenhalter trug und weit unten an der Innenseite ihrer rechten Brust einen blauroten Knutschfleck hatte.

Er trat ans Fenster, schaute hinaus und sagte ohne zu wissen warum: «Wurde es gestern abend spät?»

«Die Party endete um zwei.»

«Sind Sie müde?»

«Nein, ich hatte nicht viel getrunken.»

Manuel Ortega stand eine Weile schweigend da. Dann deutete er auf die Kopien und sagte: «Der Kanzleichef soll das in die Hand nehmen.»

Er ging in sein Büro, setzte sich an den Schreibtisch und wartete.

Fernandez machte mehr Lärm als Lopez. Er raschelte mit seinem Comic-Heft und kaute auf irgendeiner Sorte von Samen, die er offenbar lose in der Tasche hatte. Manchmal stand er auf und ging im Zimmer auf und ab. Einmal öffnete er die Tür und winkte Gomez zu, der ihn für eine Weile ablöste.

Bis zwölf Uhr wartete Manuel Ortega, daß etwas geschehe. Es war völlig ruhig im Haus, die Hitze wurde immer drückender.

7

Um zehn nach zwölf war Lopez gekommen und Fernandez gegangen. Manuel Ortega wurde es plötzlich bewußt, daß dies das einzige war, was während eines halben Arbeitstages geschehen war.

Er nahm das Telefon und rief Capitán Behounek an.

Es dauerte eine Weile, ehe er mit dem Polizeichef verbunden war.

«Wie war es die Nacht über?»

«Völlig ruhig.»

«Und auf dem Lande?»

«Ruhig.»

«Ich hörte Schreie und Schüsse in der Nähe der nördlichen Zufahrt, als ich gestern abend nach Hause fuhr.»

«Ich werde die Angelegenheit untersuchen. Gewiß war es nichts Ernstes oder Beunruhigendes.»

Es herrschte Schweigen. Manuel Ortega war nahe daran, eine falsch formulierte Frage zu stellen, aber er hielt sich zurück. Er überlegte und sagte dann: «Haben Sie, mit Ihrer Erfahrung von den Umständen hier, irgendeine Vorstellung, welche Maßnahmen ich zuerst ergreifen sollte?»

«Überhaupt keine.»

«Was meinen Sie mit ‹überhaupt keine›?»
«Genau was ich sagte. Warten.»
«Sie benachrichtigen mich, wenn etwas passiert, nicht wahr?»
«Selbstverständlich.»
Er legte den Hörer auf und klingelte nach dem Kanzleichef. Der junge Mann kam sofort.
«Haben Sie sich das Berichtsmaterial vorgenommen?»
«Ja, aber das wird eine Weile dauern. Ich habe fast vergessen, was man tut, wenn man arbeitet.»
«Das macht nichts. Ich wollte Sie einige andere Dinge fragen. Wissen Sie, wo sich die Mitglieder des Reformkomitees und die juristischen Experten aufhalten?»
«Das gemischte juristische und technische Komitee ist in die Hauptstadt zurückgereist, als vor einem Monat die Unruhen am schlimmsten waren. Ungefähr zur gleichen Zeit, als General Larrinaga ernannt wurde. Die arbeiten jetzt dort, nehme ich an. Die einzigen, die hiergeblieben sind, ist eine Gruppe von Landvermessern. Sie wohnen im Hotel.»
«In welchem Hotel?»
«Es gibt nur eins. Es heißt *Universal.* Ich wohne jetzt selbst dort – seit gestern.»
Die letzten Worte klangen bitter.
«Glauben Sie, daß sie jetzt dort sind?»
«Jedenfalls waren sie gestern dort.»
«Noch etwas. Wissen Sie, ob General Larrinaga Verwandte in der Stadt hatte?»
«Ja, seine Witwe wohnt hier und auch seine Tochter, die an der katholischen Schule ihren philanthropischen Neigungen nachgeht.»
«Danke, es ist gut. Sie können gehen.»
Manuel Ortega holte seinen Hut. Im Vorbeigehen sagte er zu Lopez: «Ich gehe eine Weile aus.»
Er kam in der schlimmsten Mittagshitze nach draußen. Er sah keinen Menschen auf dem Platz, abgesehen von den beiden Posten am Portal. Alles war blendend weiß, das Sonnenlicht und die Häuser und das Straßenpflaster. Wenn ich mein Augenlicht nicht verlieren will, muß ich mir eine Sonnenbrille anschaffen, dachte er.
Auf der Hauptstraße kam er an einem Geschäft vorbei, das optische Geräte und Artikel für die Krankenpflege verkaufte. Er schaute in das Fenster und sah in der Spiegelung der Scheibe, daß Lopez auf der anderen Straßenseite stand.
Er ging hinein, nach wenigen Sekunden kam Lopez, rot und keuchend. Die Jalousien raschelten, eine Frau kam ins Geschäft. Sie zeigte ihm mehrere Sonnenbrillen in verschiedenen Formen und Ausführungen. Er wählte eine aus, und als er gerade bezahlen wollte, sagte die Frau hinter

dem Ladentisch: «Ich weiß, wer Sie sind. Wenn ich mich nicht darauf verlassen würde, daß Sie uns gegen das Pack helfen, würde ich Ihnen nicht einmal ein Heftpflaster verkaufen. Nicht für alles Gold in der Welt.»

Als sie wieder auf die Straße kamen, sagte Lopez vorwurfsvoll: «So etwas müssen Sie nicht tun. Wenn Sie irgendwo hineingehen wollen, müssen Sie mir zuerst ein Zeichen geben, damit ich Sie einholen kann.»

Es waren kaum Menschen auf der Straße; das einzige, was er sehen konnte, waren ein paar Polizeijeeps und mehrere Personenwagen, grau vom Staub.

In der Hotelrezeption schlief ein griesgrämiger Portier, der eine Zeitung über sein Gesicht gelegt hatte. Als er aufwachte und sich erhob, sah Manuel, daß er einen Patronengürtel trug mit einem alten amerikanischen Revolver in einem Halfter an der rechten Hüfte.

Der Chef der Landvermesser hieß Ramirez und befand sich im Gesellschaftsraum des Hotels, wo er mit zwei anderen Billard spielte. Verblüfft stellte er den Billardstock in den Ständer und folgte Ortega in die Vorhalle.

«Aber weshalb ... weshalb haben Sie mich nicht angerufen? Ich hätte vielleicht daran denken und von selbst kommen sollen, aber der Gedanke ist mir nicht gekommen.»

«Ich brauche manchmal auch ein wenig Bewegung. Also, wie viele Männer haben Sie hier?»

«Jetzt zwanzig. Anfangs waren wir achtundzwanzig.»

«Wo sind sie jetzt?»

«Hier im Hotel.»

Der Mann schien erstaunt zu sein.

«Weshalb arbeiten Sie nicht?»

«Wir haben seit einem Monat nicht mehr gearbeitet.»

«Weshalb nicht?»

«Die Polizei hat es verboten. Wir hatten bereits acht Mann verloren, und das Risiko wurde als zu groß angesehen.»

«Aber ist das Reformkomitee nicht abhängig von Ihren Vermessungen?»

«Das nehme ich an, doch die haben nie von sich hören lassen. Wir haben seit einem Monat überhaupt nichts von denen gehört. Aber wir bekommen Geld geschickt, also weiß jemand, daß wir hier sind. Wir sitzen nur herum und vertrinken unsere Tagegelder. Was sollen wir sonst tun?»

«Wieviel von Ihrer Arbeit ist erledigt?»

«Vielleicht fünf Prozent. Vermutlich noch nicht einmal soviel.»

«Reicht das Personal hier, um die Arbeit zu beendigen?»

«Nicht innerhalb einer angemessenen Zeit. Ich habe diese Gruppe hier immer als einen symbolischen Trupp aufgefaßt.»

«Was ist mit den anderen acht passiert?»

«Vier wurden von Bauern erschossen, als sie sich Zutritt zu deren Land verschaffen wollten, einer wurde von Eingeborenen ermordet – wir wissen das, sie wollten seine Kleider und Schuhe – und drei sind einfach verschwunden.»

Manuel Ortega ging zum Gouverneurspalast zurück. Trotz der Sonnenbrille empfand er die funkelnde weiße Hitze als blendend und unerträglich. Als er den Platz überquerte, brummte sein Kopf und brannte die Sonne durch seine Kleidung auf die Haut. Ihm war, als ginge er durch flüssiges Feuer.

Als er die Tür zu seinem Büro öffnete, legte er wie gewöhnlich die Hand auf den Revolvergriff.

Er ging zu seiner Sekretärin.

«Rufen Sie bitte Capitán Behounek an.»

Das Gespräch kam nach zwei Minuten.

«Behounek hier, haben Sie Kummer?»

«Weshalb dürfen die Landvermesser ihre Arbeit nicht fortsetzen?»

«Das Risiko ist zu groß. Außerdem hatte ich Befehl von oben.»

«Von wem?»

«Von höchster Stelle. Vom Innenministerium.»

«Der Befehl kam vor einem Monat, während der Krise. Die haben wohl vergessen, ihn zu annullieren.»

«Fragen Sie nicht mich.»

«Noch etwas. Warum sind so wenige Leute auf der Straße?»

«Sie haben etwas vergessen: Wir haben den Ausnahmezustand.»

«Und das bedeutet?»

«Unter anderem, daß die Eingeborenen nicht an den Polizeisperren vorbei in die Innenstadt kommen.»

«Aber das ist ja absurd. Die sind doch wohl auch Bürger dieser Stadt, nicht wahr?»

«Die Weißen dürfen auch nicht in die Eingeborenenviertel. Das ist eine Verordnung, um beide Seiten zu schützen.»

«Aber wenn diese Eingeborenen, wie Sie sie nennen, etwas kaufen wollen, wenn sie Waren oder so was brauchen?»

«Sie haben eigene Läden. Was sollten sie übrigens kaufen können?»

«Wer hat den Ausnahmezustand proklamiert?»

«General Gami.»

«Wer hat das Recht, ihn aufzuheben?»

«General Gami.»

«Und der Innenminister.»

«Ja, ich nehme an, er kann den Militärgouverneur anweisen, ihn aufzuheben.»

«Wo ist General Gami?»

«Verreist in dienstlichen Angelegenheiten.»

«Für wie lange?»

«Noch für mindestens eine Woche. Das hatte ich Ihnen schon gesagt.»

«Wie beurteilen Sie die gegenwärtige Lage in der Provinz?»

«Als besonders gut.»

«Ich werde mich mit dem Innenminister in Verbindung setzen.»

«Viel Glück.»

Manuel Ortega saß lange unbeweglich da. Dann nahm er den Hörer auf und sagte zu Danića Rodriguez: «Rufen Sie Innenminister Zaforteza an.»

Zehn Minuten später teilte sie ihm mit, daß Sie nicht zur Hauptstadt durchkäme. Die Leitung sei unterbrochen.

«Aber wir können telegrafieren», sagte sie.

Er grübelte eine halbe Stunde über der Formulierung, bevor er mit dem Text fertig war, aber auch dann war er noch nicht damit zufrieden. Er lautete:

LAGE ZUFRIEDENSTELLEND. ANWEISEN SIE MILITÄROBERBEFEHLSHABER AUFHEBUNG AUSNAHMEZUSTAND. ARRANGIEREN SIE BERICHT ÜBER ARBEITSERGEBNISSE REFORMKOMITEE. ORDNEN SIE WEIDERAUFNAHME LANDVERMESSUNG AN. ORTEGA

Danića Rodriguez schickte das Telegramm ab. Die Telefonzentrale versprach, es werde innerhalb einer Stunde dort sein.

Manuel Ortega wartete den ganzen Nachmittag auf Antwort. Um fünf Uhr hatte er noch immer nichts gehört. Die Telefonzentrale teilte mit, daß die Verbindung noch unterbrochen sei.

Um halb sechs versuchte er, Behounek zu erreichen. Man sagte ihm, der Polizeichef sei in einer wichtigen Angelegenheit außerhalb.

Um sechs hatte er eine Idee und rief das Hauptquartier des dritten Infanterieregiments an. Der wachhabende Offizier teilte mit, daß General Gami nicht beim Regiment sei, auch Coronel Orbal nicht. Ob sie denn nicht in ihrem Dienstzimmer im Gouverneurspalast seien. Regimentschef Coronel Ruiz sei nach Hause gegangen, aber er werde vermutlich am nächsten Vormittag anzutreffen sein.

Der Telefonist in der Zentrale des Gouverneurspalastes teilte mit, daß das Büro des Militärgouverneurs geschlossen sei. General Gami und Coronel Orbal befänden sich auf einer zehntägigen Dienstreise, das Büropersonal sei ins Hauptquartier des dritten Infanterieregiments verlegt worden.

Um halb sieben war Capitán Behounek noch nicht zurück. Der wachhabende Teniente glaubte nicht, daß er vor dem nächsten Morgen wiederkommen werde.

Manuel Ortega warf einen Blick auf den unbeweglichen Lopez. Dann klingelte er nach dem Kanzleichef. Niemand kam. Der junge Mann war offenbar schon gegangen.

Ich bin allein in diesem furchtbaren Haus, allein bis auf einen stummen

Leibwächter und einer Frau mit Schnurrbart und einem Knutschfleck an der rechten Brust, dachte Manuel Ortega.

Er stand auf und ging hinüber zu Danica Rodriguez.

Sie saß am Tisch, hatte den linken Ellbogen aufgestützt und rauchte, während sie eine Berichtskopie las. Ohne aufzublicken, sagte sie: «1932 wurde die Rate der Kindersterblichkeit in dieser Provinz auf 48 Prozent geschätzt. Im vergangenen Jahr stieg sie auf 62 Prozent. 1932 waren 98 Prozent der Indianer Analphabeten. Ein Bericht vor zweieinhalb Jahren nannte als Ziffer 97. Ein eingeborener Bergarbeiter hier verdient mit Akkord und allem den zehnten Teil dessen, was ein Arbeiter in den Kohlezechen im nördlichen Bundesland als Grundlohn hat.»

Sie drückte den Zigarettenstummel aus und fuhr fort: «Dies ist ein offizieller Bericht, erstellt von Soziologen an der Universität der Hauptstadt. Er war im Winter fertig und wurde vom Justizministerium sofort mit dem Geheimstempel versehen. Sie sollten ihn lesen.»

«Woher haben Sie ihn?»

«Gestohlen», sagte sie ruhig.

«Haben Sie heute schon gegessen?»

«Nein.»

«Sollen wir uns einen Ort suchen, wo man essen kann?»

Sie nickte, ohne aufzublicken. Nach einer Weile sagte sie: «Wissen Sie, daß Sie eine große Dienstwohnung in der Stadt haben? Fünf Zimmer, Küche und Hauspersonal.»

«Was ist denn das für ein Unsinn?»

«Das ist kein Unsinn. Aber ein Señor Frankenheimer inspizierte sie am Morgen des Tages, an dem wir eintrafen. Er beurteilte sie als schlecht und entließ das Personal. Wer hat uns diesen Experten eigentlich geschickt?»

Er wollte schon antworten, hielt sich aber zurück. Warum sollte er seiner Sekretärin beichten?

«Keine Ahnung», sagte er.

«Wohin ist er übrigens gegangen?»

«Vermutlich zurück zur Hauptstadt. Wahrscheinlich sitzt er jetzt in einem kühlen Straßenrestaurant und trinkt Whisky mit Eiswasser.»

Das Telefon auf ihrem Tisch klingelte. Er stand bereit, um den Hörer zu übernehmen, aber dann begriff er, daß das Gespräch nicht für ihn war. Er hörte sie sagen:

«Ja, Hallo ... Danke, gleichfalls ... Nein, heute abend nicht ... Nein, tatsächlich habe ich zu tun und muß dann schlafen ... Ja, selbstverständlich kannst du das ... Ja, ruf an, wenn du Lust hast.»

Sie legte den Hörer auf und strich sich mit den Fingern über die Stirn. Ihr Blick war müde und resigniert und weit weg.

Manuel Ortega stand für einen Moment schweigend da und sagte dann: «Wollen Sie zu mir durchstellen? Ich muß noch einen Anruf erledigen, bevor wir gehen.»

Er ging wieder in sein Zimmer, schloß die Tür, rief die Wohnung der Familie Larrinaga an und bat, die Tochter des Hauses sprechen zu dürfen. Es dauerte eine Weile, ehe sie ans Telefon kam.

«Ja, hier ist Francisca de Larrinaga.»

«Mein Name ist Ortega, ich bin der Nachfolger Ihres Vaters als Provinzresident. Ich rufe an, um meine Bewunderung für Ihren Vater und sein Lebenswerk auszudrücken und mein Beileid zu übermitteln ...»

Er machte eine Pause.

«... und auch, um Sie um einen Gefallen zu bitten: Kann ich Sie einmal persönlich sprechen?»

Sie klang unschlüssig und sagte: «Heute abend?»

«Wann immer es Ihnen paßt.»

«Dann morgen vormittag um zehn.»

«Wo?»

«Hier in meinem Haus. Ich verlasse es nicht gern in der ersten Zeit der Trauer.»

Er ging zu seiner Sekretärin zurück.

«Nun, gehen wir essen?»

Sie nickte, stand auf und nahm ihre Tasche. Ihr Kleid war feucht vom Schweiß auf dem Rücken und unter den Achseln.

Als er hinter ihr durch den Korridor ging, spürte er überdeutlich ihre körperliche Gegenwart.

Sie fanden ein geöffnetes Restaurant in einer Seitenstraße zur Avenida de la República. Es war klein und fast leer. Sie setzten sich in eine Ecke und bestellten Wein, Brot und Fleisch. Lopez saß an der Wand gegenüber. Er studierte lange die Speisekarte und schien einmal nicht ganz und gar gleichgültig zu sein.

«Jetzt essen wir so schnell wie möglich und verschwinden, dann muß er seine Bestellung im Stich lassen», sagte Daniča Rodriguez.

Sie lachten beide über diese Idee.

Der Wein war abgestanden, das Ziegenfleisch zäh, sehnig und das Brot schlecht gebacken, aber sie hatten beide seit langem nichts gegessen und verschlangen gierig ihre Portionen.

«Ja, kulinarische Sensationen kann man in einem solchen Land wohl nicht erwarten», sagte Manuel Ortega.

«Dennoch wäre dies ein Festmahl für achtzig Prozent der Menschen hier, die so etwa noch nie gehabt haben.»

Sie sagte es mit einem Ton und einer Stimme, die er bei ihr noch nie gehört hatte. Sie hatte es offenbar selbst gemerkt, denn sie schüttelte sich und sagte leichthin: «Das war banal und pathetisch gesagt, aber so denke ich tatsächlich. Andererseits soll man nie sagen, was man denkt.»

Sie saßen einander gegenüber und tranken weiter den schlechten Wein. Plötzlich legte sie beide Ellbogen auf den Tisch und ihr Kinn auf die Handflächen. Sie lächelte. «Sind Sie an Orestes de Larrinaga interessiert? Oder nur an seiner Tochter?»

«Belauschen Sie meine Telefongespräche?»

«Natürlich.»

Diese Erwiderung machte ihn bestürzt, und um sich zu retten, nahm er einen tiefen Schluck aus dem Weinglas.

«Aber wenn Sie an Orestes de Larrinaga interessiert sind, dann habe ich einige Fragen.»

«Zum Beispiel?»

«Zum Beispiel folgende: Der Attentäter erschoß Larrinaga aus einer Entfernung von drei Metern mit einer Maschinenpistole, die neunzig Schuß im Magazin hatte. Zwei Schritte von Larrinaga entfernt stand ein Teniente, der Martinez heißen soll und eindeutig völlig unvorbereitet war. Soweit man feststellen kann, wäre es für den Mörder eine Leichtigkeit gewesen, auch den Teniente zu erschießen, da er schon einmal dabei war, nicht wahr?»

«Ich verstehe nicht, worauf Sie hinauswollen.»

«Das weiß ich selbst nicht, noch nicht. Aber der Mann, der das Attentat ausführte, unterließ es nicht nur, diesen Martinez zu erschießen – er blieb auch lange genug stehen, daß der Teniente seine Pistole ziehen und drei Schüsse abgeben konnte, von denen mindestens einer den Attentäter traf und schwer verwundete. Es gab jedoch hinter dem Empfangstisch eine Tür, durch die er hätte fliehen können.»

«Man kann von den Leuten nicht verlangen, daß sie sich in einer solchen Situation logisch verhalten.»

«Ich bin sicher, daß sich unser Freund, der dort drüben seine Tamales ißt, immer logisch verhält. Ihre Erklärung kann natürlich dennoch richtig sein. Dafür habe ich noch eine Frage, obwohl sie noch verwirrender ist.»

Sie sprach leise, und Manuel Ortega beugte sich über den Tisch, um sie zu verstehen.

«Trotz der Tatsache, daß es gegenwärtig bestimmte Vorschriften gibt, wie und wo sich militärische Fahrzeuge und Einheiten außerhalb des Kasernengebiets zeigen dürfen, kam ein Gefangenentransportwagen der Armee weniger als zehn Minuten nach dem Attentat zum Gouverneurspalast.»

«Was ist so merkwürdig daran?»

«Er kann kaum zufällig vorbeigekommen sein. Wie Sie wissen, gilt praktisch für das ganze Regiment oder die Garnison oder wie Sie das nennen ein Ausgangsverbot, seit Radamek Präsident wurde und einen weichen Kurs steuerte. Um die Stimmung nicht zu verschärfen, dürfen nur im voraus ergangene Befehle sowie routinemäßige Wachgänge außerhalb des Standortgebiets ausgeführt werden. Larrinaga hatte eine Militäreskorte, aber nur, weil er General war und den Teufel in Bewegung gesetzt hatte, um sie zu bekommen. Dennoch stand dieser Gefangenentransportwagen sieben oder acht Minuten nach dem Mord dort.»

«Soweit ich das verstehe, beweist das nichts. Die haben deswegen wohl angerufen. Haben Sie noch mehr solche Fragen?»

«Eine noch. Der Teniente verwundete den Attentäter mit mindestens einem Schuß. Er wurde in den Unterleib getroffen und offenbar sehr schwer verletzt. Er blutete stark und konnte weder gehen noch aufrecht stehen. Die Soldaten, die ihn zum Wagen trugen, hatten ihm ein Tuch um den Kopf gebunden. Sie brauchten zehn Minuten, um ihn zum Militärstandort zu transportieren – so weit ist es nämlich, nur Gefangenentransportwagen können offenbar die Strecke ohne vorangegangene Warnung schneller zurücklegen. Nur wenige Minuten nach dem Eintreffen des Mörders dort war schon ein Hinrichtungsbefehl ausgefertigt und von General Gami unterzeichnet. Fünf Minuten später schleppte ein Exekutionskommando den Mann zur Hinrichtungsstätte im inneren Kasernenhof und füsilierte ihn. Er konnte nicht aufstehen, sondern er lag auf dem Boden, als sie ihn erschossen, und er hatte das Tuch noch um den Kopf. Als er tot war, zogen sie das Tuch fort und legten ihn zur allgemeinen Besichtigung hin. So lag er da, bis Behounek kam, und einige Stunden später wurde er irgendwo begraben.»

«Sind diese Angaben wirklich wahr?»

«Dessen bin ich fast sicher. Ich wollte nur folgendes fragen: Weshalb hatte man so rasende Eile? Und weshalb verhüllte man das Gesicht des Mannes, wenn man ihn dennoch später zeigte?»

«Und welche Antwort haben Sie darauf?»

«Ich weiß keine.»

«Woher haben Sie all diese Details?»

«Sagen wir, ich habe sie gesammelt.»

Manuel Ortega lehnte sich auf seinem Stuhl zurück, griff nach seinem Glas und hörte sich sagen: «Schlafen Sie deshalb mit Offizieren?»

Sie richtete sich auf und kaute irritiert an einem Nietnagel. Ihre Augen flackerten.

«Verzeihung. Das war eine ganz und gar unmögliche Frage. Ich wollte das nicht sagen. Ich bitte um Entschuldigung.»

Sie sah ihn an, und jetzt war ihr Blick fest und ernst.

«Sie brauchen sich nicht zu entschuldigen. Ich werde Ihnen sogar eine Antwort geben: Nein, deshalb schlafe ich nicht mit Offizieren. Das ist nicht einmal der Hauptgrund dafür.»

Sie wollten das Thema wechseln und sahen sich im Lokal um. Außer ihnen saß als einziger Gast noch Lopez dort. Er war schon lange mit dem Essen fertig. Jetzt stocherte er zwischen den Zähnen und starrte mit philosophischem Blick in den Raum. Es war stockfinster hinter den Fenstern draußen und sehr warm in dem niedrigen kleinen Lokal.

Kurz darauf kam der Wirt an den Tisch und sagte: «Ich muß jetzt leider schließen. Wegen des Ausnahmezustands.»

Sie gingen eine kurze Strecke zusammen, bis zu dem Haus, in dem sie wohnte. Lopez ging auf demselben Bürgersteig, sechs oder sieben Meter hinter ihnen. Als sie an der Haustür stehenblieben, verhielt auch er in seinen Schritt.

Plötzlich kicherte sie.

«Was ist?»

«Nichts. Ich denke manchmal so alberne Sachen. Ich stellte mir vor: Wenn Sie mit nach oben gehen, wird er dann dort mit den Händen auf den Knien sitzen und zuschauen, wie wir miteinander schlafen? Oder wird er auf einem Drehstuhl vor der Tür sitzen und lauschen?»

Sie kicherte wieder und begann nach den Schlüsseln in ihrer Handtasche zu suchen. Dabei senkte sie den Kopf und stieß spielerisch gegen seine Brust.

«Was haben Sie da?» sagte sie plötzlich und tastete mit den Fingern durch den Stoff der Jacke nach dem Revolvergriff.

«O je», sagte sie.

Es war wieder einmal die alte Situation. Er war dabei, überwältigt zu werden, und dachte gleichzeitig, daß alles so lächerlich war. Er würde sich den Teufel um Lopez und Behounek und General Gami kümmern. Er ging einen Schritt auf sie zu und sagte: «Daniča ...»

Sie erstarrte sofort, nahm einen letzten Zug an der Zigarette und zerdrückte sie an der Wand. Dann sagte sie: «Ich werde jetzt nach oben gehen und schlafen. Ich habe in den letzten Nächten kaum geschlafen, wie Sie wissen. Gute Nacht.»

Er dachte noch immer an sie, als er den Platz überquerte.

Dann hörte er eine Explosion in weiter Ferne und gleich darauf noch eine. Er blieb lange stehen und lauschte, aber er hörte keine Sirenen.

Als er sein Schlafzimmer betrat, beschlich ihn plötzlich ein Gefühl der Angst, obwohl es völlig unvernünftig war, und er spähte zweimal hinter die Tür, um zu sehen, ob Lopez wirklich draußen saß. Erst als er sich auszog, merkte er, daß seine Kleidung vom Schweiß durchnäßt war. Er duschte, fühlte sich aber kaum besser.

Dann nahm er zwei von Dalgrens Pillen, legte sich ins Bett und dachte an eine Tür, die er öffnen mußte, obwohl er es nicht wagte. Er stand wieder auf, holte die Astra aus der Kommode und legte sie unters Kopfkissen. Dann schlief er ein.

8

Am nächsten Morgen um neun rief er die Gendarmerie an. Der Wachoffizier teilte mit, daß der Polizeichef noch nicht gekommen sei. Manuel Ortega fragte: «Wie war die Nacht?»

«Ruhig.»

«Ich hörte gestern abend kurz vor elf ein paar Explosionen.»

«Wahrscheinlich war das nur ein Sprengkommando.»

«Was für ein Sprengkommando?»

Der Wachoffizier beantwortete die Frage nicht, sondern sagte: «Ich bin überzeugt, daß Capitán Behounek heute mittag hier sein wird.»

Eine halbe Stunde später ging er, um General Larrinagas Tochter aufzusuchen. Fernandez fuhr, Gomez saß hinten. Fernandez roch nach Knoblauch und kaute auf seinen Samenkörnern, wobei er ständig redete. Außerdem hatte er Schwierigkeiten, den Weg zu finden, und er fuhr nervös.

Sowohl bei der Fahrt aus der Innenstadt als auch am Fuße des Hügels, wo das Villenviertel war, wurden sie von Polizeisperren angehalten. Beide Male setzte der Motor aus.

Die Straße zur Villengegend führte in langen Serpentinen nach oben, und da sie noch Zeit hatten, ließ Manuel den Wagen in einer Kurve anhalten, von wo aus sie freie Sicht auf das Arbeiterviertel der Stadt hatten. Der Stadtteil, der sich vor ihnen ausbreitete, hatte die Form eines Dreiecks, war zwischen hohen Stacheldrahtzäunen und langen, krummen Mauern zusammengedrängt. Jetzt sah er, daß die Gebäude dort nicht nur Blechschuppen und Holzbaracken waren, sondern daß es auch viele niedrige graugelbe Steinhäuser mit Flachdach gab. Zwischen ihnen verlief ein System schmaler Straßen, und im Kern des Stadtteils befand sich ein viereckiger Marktplatz. Es waren dort unten viele Menschen unterwegs, und hier und da konnte man weiße Polizeiwagen sehen. Zwei standen auf dem Marktplatz. Offenbar war es ein sehr alter Teil der Stadt, der auf die denkbar einfachste Art errichtet worden war, um ungefähr das Vierfache der ursprünglichen Einwohnerzahl aufzunehmen. Als er sich wieder in den Wagen setzte, dachte er daran, daß etwa die Hälfte der Wohnungen im Zentrum der Stadt leerstanden und es im großen und ganzen immer so gewesen war, weil die Leute lieber in der künstlich bewässerten Gegend wohnten.

Die Villa, in der Orestes de Larrinaga gewohnt hatte, war sehr groß, fast ein Palast, und von einem Garten umgeben, der unendliche Mühen und unerhört viel Wasser gekostet haben mußte.

Ein Diener mit einem zu einer Rosette geschlungenen Trauerflor auf der weißen Jacke führte sie in einen Patio mit Steinbänken, einem Springbrunnen und üppigen Blumen. Der Patio war mit Schieferplatten ausgelegt, ebenso der Boden eines Goldfischteichs.

Manuel Ortega ließ sich auf einer Steinbank nieder und wartete. Fernandez räusperte sich und überlegte eine ganze Weile, wohin er spucken sollte, bevor er sich für den Goldfischteich entschied. Als ein Goldfisch an die Oberfläche kam, um nach der Spucke zu sehen, lachte er laut und lange und herzlich.

Manuel kam endgültig zu dem Schluß, daß ihm dieser Leibwächter am meisten mißfiel, vor allem jetzt, da Frankenheimer gegangen war.

Nach einigen Minuten kam der Diener mit zwei Gläsern eisgekühlter Mandelmilch auf einem Silbertablett zurück. Fernandez schnupperte mißtrauisch daran und stellte es neben sich auf die Steinbank. Unmittelbar darauf zog er seinen Revolver, drehte die Trommel langsam mit dem Daumen, nahm Patrone für Patrone heraus und betrachtete sie nachdenklich. Manuel hielt dies für ungefähr so geschmackvoll, als wenn jemand am Mittagstisch plötzlich sein Gebiß herausnimmt und kontrolliert, und er fand sich veranlaßt zu sagen: «Denken Sie daran, daß wir uns hier in einem Trauerhaus befinden.»

Fernandez glotzte ihn gekränkt und verständnislos an. Dann seufzte er und steckte sehr umständlich den Revolver weg, wobei er die Lage der Waffe im Halfter mehrmals korrigierte.

Manuel dachte: Ich muß dieses Affenrudel loswerden. Außerdem bin ich überzeugt, daß sie sowieso nichts taugen. Behounek muß die Sache morgen in die Hand nehmen. Laut sagte er: «Wenn die Dame kommt, gehen Sie auf die andere Seite, außer Hörweite.»

Fünf Minuten später kam Francisca de Larrinaga die Treppe vom oberen Stockwerk herab. Manuel Ortega stand auf und ging ihr entgegen. Sie trug Trauerkleidung und war sehr schön, aber ihre Schönheit war von unnahbarer Art und reizte ihn wenig.

Sie setzten sich an den Goldfischteich, und der Diener brachte noch einmal Mandelmilch. Manuel warf einen Blick auf Fernandez, der seine beiden Gläser mit verwirrtem und unglücklichem Ausdruck betrachtete.

Er brauchte nur zwei Minuten, um zu entdecken, daß er direkt zur Sache kommen konnte. Die Frau hörte sich seine artigen Phrasen höflich an. Dann sagte sie scharf und kühl: «Was wollen Sie?»

«Während seiner Zeit als Provinzresident muß der General bestimmte Maßnahmen ...»

«Mein Vater berührte nie dienstliche Angelegenheiten in Gegenwart seiner Familie, weder während seiner Zeit als aktiver Offizier noch in der letzten Periode.»

«Dennoch hat er in den letzten drei Wochen an einer Proklamation gearbeitet, an einer persönlichen Erklärung.»

«Das ist möglich.»

«Diese Proklamation wurde nicht vollendet, aber anscheinend war sie fast fertig.»

«Und?»

«Der Text wurde nach seinem Hinscheiden nicht gefunden.»

«Würden Sie so freundlich sein, das etwas näher zu erklären?»

«Lassen Sie mich ganz aufrichtig sein. Ich bin der Nachfolger Ihres Vaters auf diesem schwierigen Posten und will die Arbeit in dem Sinne und mit den Absichten fortsetzen, mit denen er begonnen hat. Der fortdauernde Beitrag, den Ihr Vater leisten wollte, war zweifellos mit dieser Proklamation verknüpft. Ich halte es deshalb für wertvoll, einen Eindruck von ihrem Inhalt und den Ansichten, die sie ausdrückt, zu bekommen. Am liebsten hätte ich sie selbstverständlich in meiner Hand.»

Nach kurzer Pause fügte er hinzu: «Ich glaube nämlich, daß der Text zu dem Zeitpunkt, als der General starb, von jemand vernichtet wurde, jemand, der nicht will, daß er bekannt wird. Entweder vom Mörder oder von dessen Auftraggeber.»

Das Gespräch stockte. Die einzigen Geräusche, die sie hörten, war das Kauen und Füßescharren von Fernandez auf der anderen Seite des Fischteichs.

Francisca de Larrinaga betrachtete ihren Besucher. Sie hatte die Augenbrauen leicht gerunzelt und ein hartes und ernstes Gesicht hinter dem Trauerschleier. Schließlich sagte sie: «Sie haben unrecht. Wenn der Mörder oder sein Auftraggeber den Inhalt der Proklamation gekannt hätte, würde mein Vater noch leben.»

Manuel sagte nichts. Er überlegte fieberhaft, fand aber keine Worte.

Nach einer Weile sagte sie: «Sie sind erstaunt. Nun, lassen Sie mich eines gleich sagen: Es existiert eine Kopie des Entwurfs der Erklärung meines Vaters. Ich fand sie rein zufällig nach seinem Tod. In der Tasche seines Hausrocks. Er muß seine Papiere mit heimgenommen haben, um sie abends zu studieren. Das widersprach seinen Gewohnheiten und weist bereits darauf hin, welche Bedeutung er dieser ... Proklamation beilegte. Andererseits erwähnte er sie nie. Ich hatte eigentlich nie eine Ahnung von seiner Arbeit, ebensowenig jetzt wie vorher, als er im militärischen Dienst stand.»

«Und Sie haben sie gelesen?»

«Ja, ich habe sie gelesen und aufbewahrt. Die Ansichten, die er darin ausdrückt, würden, wenn man sie an die Öffentlichkeit brächte, viele Menschen sehr erstaunen. Ich war selbst verwirrt. Mein Vater war ein sehr prinzipientreuer Mann, alle wußten das, aber in letzter Zeit scheint er seine Meinung in einer Reihe von Punkten geändert zu haben.»

«In welcher Hinsicht?»

Sie beantwortete die Frage nicht, sondern sagte: «Ich stand meinem Vater sehr nahe. In meiner Gegenwart fiel es ihm leicht, sich zu entspannen, leicht, er selbst zu sein. Ich fuhr fast jeden Morgen mit ihm im Wagen. Bei einer dieser Gelegenheiten sprach er über seinen Auftrag, nicht eigentlich mit mir, sondern eher zu sich selbst. Das tat er manchmal in Gesellschaft von jemand, den er gut kannte und dem er völlig vertraute. Ich war eine dieser Personen, vielleicht die einzige. Nun ja, jedenfalls hatte ich den Eindruck, daß er im Auftrag der Regierung eine Konferenz einberufen und leiten sollte, eine Art von Friedensverhandlungen zwischen den sogenannten Rechtsextremisten und den Kommunisten. Er weigerte sich, teils, weil er – wie er sich ausdrückte – Soldat war und kein gewiefter Diplomat, teils, weil er es als erniedrigend und unsinnig ansah, daß Männer wie Graf Ponti und Dalgren und General Gami an einem Verhandlungstisch sitzen sollten mit Indianern und Bergbanditen und Partisanenhäuptlingen. Mit ‹El Campesino› und wie man die jetzt alle nennt.»

Sie machte wieder eine Pause. Dann sagte sie: «Wenn ich Ihnen die Erklärung meines Vaters überlasse, was werden Sie dann damit tun?»

«Veröffentlichen, was sie auch beinhalten mag. In meiner Eigenschaft als sein Nachfolger sehe ich das als meine Pflicht an.»

«Und als seine Tochter und nächste Vertraute sehe ich es als meine Pflicht an, genau zu erwägen, was mit seinem Nachlaß geschehen soll.»

Woher hat sie das nur alles, dachte Manuel Ortega zerknirscht. Aber er nahm sich sofort zusammen und sagte: «Ich bin aus verschiedenen Gründen an den Umständen des Todes Ihres Vaters interessiert. Schmerzt es Sie zu sehr, über ihn zu sprechen?»

«Ich kann über alles sprechen», sagte sie.

«Da Sie bei dem Vorfall zugegen waren ...»

Er brach ab.

«Ja?»

«Ich habe gehört, daß der Mörder mit verhülltem Kopf abgeführt wurde.»

«Das ist richtig. Ich saß draußen im Wagen und hörte die Schüsse. Als ich hineinkam, war mein Vater bereits tot. Er war von fünfzehn oder zwanzig Schüssen in die Brust getroffen worden. Der Chef der Eskorte, ein junger Teniente, hatte den Mörder niedergeschossen. Der Mann war am Unterleib schwer verwundet und lag auf dem Fußboden hinter dem Empfangstisch. Die ganze Zeit über brüllte er Flüche und Beschimpfungen wie ein wildes Tier. Ein Capitán, der kurz darauf kam, gab Befehl, ihn zum Schweigen zu bringen, und mehrere Soldaten holten eine Tischdekke, die sie ihm um den Kopf wickelten und mit einem Gürtel festbanden.»

«Konnten Sie verstehen, was er sagte?»

«Ich war, wie Sie vielleicht verstehen können, zutiefst entsetzt. Tatsächlich glaube ich, daß seine Verletzung tödlich war, auf jeden Fall hätte sie ihn für alle Zukunft zum Invaliden gemacht. Er hatte vermutlich starke Schmerzen, seine Stimme war unartikuliert, und die Worte waren nur sehr schwer zu verstehen. Soweit ich es verstehen konnte, verfluchte er den, der ihn niedergeschossen hatte, die Generale, die Regierung und die Bürgerwehr.»

Manuel Ortega sah die junge Frau an. Ihr Gesicht war ruhig und ihre Stimme beherrscht und sachlich. Sie hatte die gleiche Tonlage wie jene Frau, die ihn vor zwei Tagen am Telefon bedroht hatte.

«Ich danke Ihnen für die Freundlichkeit, mir diese Auskünfte zu geben. Darf ich die Erklärung Ihres Vaters sehen?»

«Ich kann mich mit dieser Frage hier und jetzt nicht befassen. Aber ich werde Ihnen innerhalb von vier Tagen Bescheid geben.»

«Verzeihen Sie, wenn ich Ihnen noch eine aufdringliche Frage stelle. Wer außer Ihnen weiß, daß dieses Dokument existiert?»

«Nur Sie.»

«Ich glaube, es wäre klug, vorerst niemand anderen von dieser Angelegenheit etwas wissen zu lassen.»

«Der Augenblick», sagte Francisca de Larrinaga, «da ich Ihren Rat brauchen werde, ist, soweit ich es sehen kann, noch in weiter Ferne. Sollte er jemals kommen, was ich bezweifle, werde ich die Angelegenheit auf jeden Fall selbst in die Hand nehmen. Um es noch präziser auszudrücken: Ich kenne Sie nicht, Señor Provinzresident, und ich habe mir auch noch keine Meinung über Sie gebildet. Die Auskünfte, die ich gegeben habe und eventuell noch geben werde, stelle ich einfach deshalb zur Verfügung, weil ich meine, daß Sie in der Eigenschaft des Nachfolgers meines Vaters ein Recht darauf haben.»

Sie standen auf, tauschten aber noch einige Bemerkungen aus.

«Wer ist der Mann mit den Sonnenblumenkernen?»

«Mein Leibwächter.»

«Wirklich? Auf Wiedersehen.»

«Auf Wiedersehen.»

Im Wagen saß Fernandez bei dem leicht schlaftrunkenen Gomez.

«Was für ein Weib! Jesus Christus, was für eine Puppe! Du hättest sie sehen sollen. Ich war dabei, direkt einen Ständer zu kriegen. Das war was anderes als diese bärtige Vogelscheuche da bei uns.»

Er trommelte mit den Fingern auf dem Lenkrad und sagte unglücklich: «Verzeihung. Ich habe keine feine Lebensart, ich weiß das. Das ist nun mal so.»

«Abfahren», sagte Manuel Ortega.

Er fühlte sich körperlich und seelisch ermattet wie nach einem Tennisspiel oder einer wichtigen geschäftlichen Verhandlung. Bevor Fernandez anfing zu reden, hatte er gedacht, daß Francisca de Larrinaga eine Frau war, die er sich bestimmt nicht ausgezogen vorstellen konnte.

Aber, sagte er zu sich selbst, über das meiste gibt es eben verschiedene Auffassungen.

Dann dachte er: Warum habe ich angefangen, so häufig an so etwas zu denken.

Als sie durch das sorgfältig abgeschirmte Arbeiterviertel fuhren, kam ihm plötzlich der Gedanke, falls jemand mit einem Gewehr hinter der Mauer liege, könne dieser ihn mit Leichtigkeit erschießen, und niemand könne auch nur das geringste tun, um das zu verhindern.

Zu seiner eigenen Beschämung verkroch er sich hinter Gomez und versuchte, den Kopf so niedrig wie möglich zu halten.

Um zwei Uhr nachmittags bekam er eine Verbindung mit Capitán Behounek.

«Wie ist die Lage?»

«Ruhig.»

«Auch auf dem Lande?»

«Ich komme soeben von dort. Habe eine kleine persönliche Inspektion durchgeführt.»

«Und?»

«Alles ruhig.»

«Keine Überfälle?»

«Kaum. Ich glaube, unsere Patrouillen haben die Partisanen in die Berge vertrieben.»

«Ich würde gelegentlich gern einmal mit Ihnen aufs Land fahren.»

«Dazu haben Sie morgen eine ausgezeichnete Gelegenheit. Eine Sanitätsstreife wird eines der größeren Indianerdörfer besuchen. Sie wird eine sichere Eskorte erhalten.»

«Wollen Sie das für mich arrangieren?»

«Gern.»

«Eine Frage: Was ist mit Sprengkommando gemeint? Einer Ihrer Untergebenen erwähnte das Wort, als sei es eine alltägliche Erscheinung.»

«Tja, das ist eine unangenehme Geschichte. Kurz gesagt: die Jugendlichen in der Bürgerwehr haben inzwischen gelernt, mit Plastiksprengstoff umzugehen. Ursprünglich war das ja wohl eine europäische Idee. Man nimmt eine zähe Masse, die man festkleben kann, wo man will, und steckt beispielsweise eine Lunte mit Reibzünder hinein. Nachts gingen dann kleine Gruppen von drei oder vier jungen Lümmeln in die Eingeborenenviertel und brachten die Plastikbombe an, wo immer sie hinkamen. Während der schlimmsten Unruhen hatten wir großen Kummer mit ihnen. Die Straßen sind dort schlecht beleuchtet – die meisten überhaupt nicht. Es ist schwierig, dort nachts einen Überblick zu gewinnen.»

«Kommt das noch immer vor?»

«In begrenztem Umfang.»

«Gab es in der vergangenen Nacht einen solchen Überfall?»

«Ja.»

«Und Schaden?»

«Unbedeutend. Diese Ladungen haben eine freie Sprengwirkung, und der Schaden ist oft nicht so groß. Mir wird übel bei dem Gedanken, daß sie auf die Idee kommen, den Sprengstoff beispielsweise in ein Eisenrohr zu stopfen.»

«Gab es Tote in der Nacht?»

«Nein, ich glaube nicht.»

«Glauben?»

«Ich meine, daß nichts darüber gemeldet wurde. Einige dieser Eingeborenen sind ganz sonderbar, verstehen Sie, entweder wollen sie nicht oder sie wagen es nicht, Schäden oder Todesopfer zu melden. Aber ihr Vertrauen in uns wächst unablässig.»

«Haben Sie die Täter ergriffen?»

«Noch nicht.»

«Na, hoffen wir das beste.»

Er legte den Hörer auf, klingelte nach Danića Rodriguez und war erstaunt, als er sie sah. Sie war gekleidet wie am Vortag, aber ihr Gesicht war bleich und resigniert und ihr Blick sehr ernst. Trotzdem fragte er sie: «Wie geht es?»

«Danke, gut.»

«Sie waren übrigens noch nicht hier, als ich heute morgen ging.»

«Nein, ich bitte um Entschuldigung.»

«Na ja. Wissen Sie, ob die Telefonverbindungen wieder hergestellt sind?»

«Sie sind noch unterbrochen.»

«Haben Sie nach einer Antwort auf mein Telegramm gefragt?»

«Es ist keine gekommen.»

«Schicken Sie eine Erinnerung. Nein, schicken Sie eine Kopie des Textes und weisen Sie im übrigen darauf hin, daß es eilig ist.»

«Ja.»

Als sie an der Tür war, sagte er: «Kommen Sie bitte für einen Augenblick rein.»

Er versuchte, sie anzulächeln, aber entweder war sein Lächeln nicht überzeugend oder sie war in ihrer ernsten Stimmung unempfindlich dafür.

«Ich habe einige Informationen für Sie. Über das Attentat.»

Er gab die Einzelheiten des Mordes wieder, an die er sich nach seinem Gespräch mit Francisca de Larrinaga erinnerte.

Sie lauschte mit Interesse, gab aber keinen Kommentar. Dann sagte sie ernst: «Haben Sie das für mich in Erfahrung gebracht?»

«Tja, zum Teil.»

«Danke.»

Als sie sein Büro verließ, starrte er auf ihre Schenkel und Hüften. Vorher hatte er versucht festzustellen, ob sie noch immer keinen Büstenhalter trug, aber er war außerstande gewesen, das zu entscheiden.

Kurz darauf wandte er sich an den dicken Mann, der wie immer an der Wand saß, die Hände auf den Knien.

«Lopez, sind Sie verheiratet?»

«Ja.»

Das Gespräch stockte. Für einen Augenblick dachte er daran, ihn vielleicht zu fragen: Haben Sie Kinder? oder: Was halten Sie denn davon? Aber er ließ es bei dem Gedanken.

Manuel Ortega saß da und spürte, wie die Hitze immer kompakter wurde und das Zimmer mehr und mehr erfüllte. Trotz des Ventilators war er schweißnaß, aber er konnte sich nicht aufraffen, duschen zu gehen.

Er dachte über seine Entschlußlosigkeit nach und erkannte, daß er es aus Angst unterließ. Er wollte nicht unnötig die Tür zu seinem Zimmer öffnen und hineingehen, während Lopez hinter seinem Rücken auf seinem Stuhl sitzen blieb. Aber nach einer Weile ging er dennoch, um zu duschen und die Kleider zu wechseln, wobei er das Experiment machte, die Tür angelehnt zu lassen. Als er die Tür zu seiner Wohnung öffnete, entstand Zugluft, wahrscheinlich durch den Ventilator, und die Tür schlug zu.

Als er zurückkam, hatte er wie gewöhnlich die Hand am Revolvergriff.

Das mit der Tür war zu einer fixen Idee geworden. Natürlich sah er ein, daß es viele Situationen gab, in denen er ängstlich sein konnte – aber was half Vernunft in einem Fall wie diesem?

Was hilft Vernunft?

Er setzte sich und dachte über seine Situation nach. Er war von einer Reihe lächerlicher Umstände gefangen und den willkürlichen Beschlüssen anderer Menschen ausgeliefert.

Solange das Ministerium sein Telegramm nicht beantwortete, wußte er nicht, wie er seine Arbeit in nächster Zeit organisieren sollte.

Solange sich General Gami und Coronel Orbal in der Ferne aufzuhalten beliebten, konnte er keine Verhandlungen auf höchster Ebene führen.

Solange das Mädchen in dem großen Haus auf dem Hügel noch nicht entschieden hatte, was sie mit dem berühmten Papier machen sollte, wußte er nicht, was General Larrinagas Arbeit eigentlich beinhaltete.

Alles dies zwang ihn zur Untätigkeit.

Außerdem klagte er sich selbst an, zu dienstbeflissen zu sein, zu wenig Initiative zu zeigen, zu sehr an konventionelle Gesichtspunkte gebunden, wie eine Arbeit ausgeführt werden sollte. Und am schlimmsten war, daß er in seiner Einspurigkeit im Begriff war, seinen Auftrag in einen einfachen Bürojob zu verwandeln.

Und dann war da die Angst.

Er dachte, daß er eine ausgedehnte Rundfahrt durch die Stadt machen sollte, aber er konnte sich nicht dazu aufraffen. Die Stadt flößte ihm Furcht ein, und er wollte nicht noch mehr in ihre Gewalttätigkeiten verwickelt werden, als er es bereits war, zumal er sicher war, daß das Bild, das er sich von der gesellschaftlich-sozialen Situation gemacht hatte, korrekt war. Zumindest in großen Zügen.

Er ging ans Fenster und schaute hinaus auf den großen, öde daliegenden Platz und das weiße Steinpflaster auf der gegenüberliegenden Seite. Irgendwie fand er dies leere, glutheiße, ausgestorbene Zentrum noch widerlicher als den scharfen Gestand nach Not und Entbehrung in den Vierteln der Eingeborenen.

Um sechs Uhr verließ er sein Büro und fragte die Frau in dem grünen Kleid, ob sie ausgehen und zusammen essen sollten.

«Nein, tut mir leid, ich kann heute abend nicht», sagte sie.

Er lieh sich von ihr die Kopie des soziologischen Berichts und ging in sein Zimmer. Er stellte das Radio an und hörte zwei Stunden lang lokale Sendungen, die so gut wie ausschließlich aus grölender Schallplattenmusik und Reklameeinlagen für einige mehr oder weniger bedeutungslose Waren bestanden. Dreimal wiederholte man einen routinemäßigen Appell von General Gami, der zur Ruhe und Ordnung mahnte. Die Stimme des Generals klang pathetisch und brüchig.

Einmal kam eine Nachrichtensendung mit klanglosen und nichtssagenden Meldungen aus irgendwelchen fernen Ländern, wo etwas passiert war und wo man zumindest zu wissen schien, was passiert war.

Um neun Uhr nahm er Lopez mit und ging essen. Die Mahlzeit war ungenießbar.

Als er zurückkam, legte er sich gleich ins Bett. Er nahm sich den soziologischen Bericht vor, und das beschäftigte ihn so lange, bis er hörte, wie Fernandez draußen Lopez ablöste. Damit war auch ein Teil seines Gefühls der Sicherheit verschwunden. Er konstatierte mit einem gewissen Erstaunen, daß er dem einen mehr als dem andern vertraute, obwohl er eigentlich keinen von beiden kannte.

Er stand auf und nahm zwei von Dalgrens Pillen, schaute unter das Bett, löschte das Licht und legte sich hin.

Seine letzte bewußte Aktion war, daß er kontrollierte, ob die Astra an ihrem Platz unter dem Kissen lag.

Manuel Ortega schlief, in der Hand den Nußbaumgriff der Waffe.

9

Die Sanitätsstreife startete von der Plaza am nächsten Morgen um acht, zwei Stunden nach der vereinbarten Zeit.

Im ersten Wagen, einem großen weißen Landrover mit Suchscheinwerfer und Segeltuchplane, saßen der Chef der Eskorte und drei Gendarmen.

Manuel Ortega und Daniča Rodriguez fuhren mit einem Militär-Krankenwagen, ein geländegängiges Fahrzeug mit einem roten Kreuz an den hinteren Türen. Dann kamen Gomez und Fernandez in ihrem grauen Citroën und zuletzt ein gewöhnlicher Polizeijeep mit zwei weiteren Gendarmen. Capitán Behounek überließ offensichtlich nichts dem Zufall.

Der Konvoi fuhr diagonal über den Platz und dann nach Süden zwischen den staubigen Palmen der Avenida de la República. Die Bürgersteige waren fast menschenleer, aber vor der großen neuen Kirche an der Ecke der Avenida und der Calle San Martin befand sich eine größere Gruppe Menschen, die offenbar auf dem Nachhauseweg von der Messe waren.

Die Stadt kam einem weiß und tot und sehr heiß vor.

Sie passierten die Polizeisperren und die Garnisonsgebäude, die wie ausgestorben dalagen, nur ein paar Posten an den Eisentoren und den wenigen müßigen Soldaten, die auf dem großen staubigen Kasernenhof herumstanden.

Ein paar Kilometer weiter südlich war die Autobahn zu Ende. Quer über die Fahrbahn war eine Stacheldrahtsperre gezogen worden, und dahinter sah man große Steinhaufen, einige Lastwagenwracks und einen verrosteten Bagger. Es schien, als sei die Arbeit unvermittelt vor langer Zeit abgebrochen worden, so als hätte man plötzlich jedes Interesse an dem Projekt verloren und sei einfach weggegangen.

«Angeblich war vorgesehen, die Autobahn bis zur Grenze zu bauen, aber dann trat die Regierung zurück, und es wurde nichts daraus», sagte der Arzt, der am Steuer saß.

Er war jung, kaum älter als fünfundzwanzig. Manuel Ortega saß rechts außen, den Ellbogen auf dem offenen Seitenfenster. Zwischen ihnen, auf dem breiten Vordersitz, saß Daniča Rodriguez. Sie hatte die Beine übereinandergeschlagen und starrte durch die Windschutzscheibe. Es war unmöglich, ihren Blick hinter der dunklen Sonnenbrille einzufangen.

Im Wagen saß noch ein Krankenpfleger mittleren Alters in einer zerknitterten grauen Leinenuniform mit Messingknöpfen. Er saß auf einem Haufen Decken hinter dem Vordersitz und rauchte eine dicke gelbbraune Zigarette.

«Es wird jetzt ziemlich unbequem werden», sagte der Arzt. «Die Straße ist nicht sehr gut.»

Sie bogen von der Autobahn ab und kamen auf einen schmalen, steinigen Kiesweg, der in langen Serpentinen zwischen den Bergen anstieg.

«Diese Straße wurde aus strategischen Gründen gebaut», sagte Daniča Rodriguez. «Von einer Militärregierung, die meinte, daß die Armee eine Aufmarschstraße nach Süden brauchte.»

«Das ist denkbar», sagte der Arzt. «Wie auch immer, sie wurde nicht fertig, und an und für sich spielt das auch keine Rolle, ebensowenig wie unser Ausflug.»

«Wieso?» fragte Manuel Ortega.

«Hier ist alles ohne Bedeutung. Sie werden es bald merken.»

Die Landschaft war graugelb und trostlos. Das hügelige Gelände sah trocken und öde aus, nirgends ein Baum, nur ein paar Reisigsträucher wuchsen verstreut zwischen den verwitterten Steinblöcken.

Der Konvoi fuhr durch ein kleines Dorf, das aus etwa zwanzig niedrigen Lehmhütten bestand. Nirgends ein Mensch, nur ein magerer Esel, der im plumpen Zickzack verängstigt über die Dorfstraße sprang.

«Ist dieser Ort unbewohnt?» fragte Manuel Ortega.

«Das glaube ich nicht. Die Menschen haben sich anscheinend versteckt, als sie die Wagen oben auf dem Bergrücken sahen. Die haben Angst.»

«Vor uns?»

«Polizeiwagen», sagte der Arzt lakonisch.

Während der folgenden fünfzehn Minuten konzentrierte er seine ganze Aufmerksamkeit auf die Straße. Dann sagte er: «Die Menschen hier sind sehr unzugänglich. Südlich der Provinzhauptstadt leben fast nur Indianer, bis auf einige weiße Landbesitzer. Aber zwischen ihnen liegen große Entfernungen. Die Besitzungen sind sehr groß, und im übrigen ziehen es die meisten Eigentümer vor, in der Stadt zu wohnen. Sie haben mehrere Vormänner auf den Gütern und begnügen sich damit, ein- oder zweimal im Monat zur Inspektion hinauszufahren. Der Vormann ist meistens ein Halbblut.»

Er machte eine Pause, bevor er hinzufügte: «Die sind nicht sehr beliebt.»

«Wie lange sind Sie schon hier?»

«Seit fast zwei Jahren. Anfangs ging mir das sehr an die Nieren. Man kann kaum etwas tun. Die Menschen sind schwer zu ergründen, wie ich schon sagte. Sie stehen gleichsam außen vor und sehen zu. Man kommt nicht an sie heran. Sie sind ängstlich und unwissend, und wenn man mit ihnen spricht, antworten sie einsilbig und immer mit einer sinnlosen Phrase, nur damit man sich zufriedengibt. Wenn jemand todkrank ist und sehr starke Schmerzen hat und man ihn fragt, ob es weh tut, antwortet er meistens mit nein. Er glaubt, daß man sonst zornig ist. Außerdem sind unsere Mittel sehr begrenzt. Die Zuteilungen an Arzneimitteln decken nicht einmal fünf Prozent des Bedarfs. Darüber hinaus haben wir keine Möglichkeit, sie zu lehren, wie man die Präparate anwendet. Meistens haben sie nur Angst und werfen die Medizin weg, sobald man ihnen den Rücken zukehrt.»

«Aber es gibt doch wohl Lehrer im Ort?»

«Ja, gewiß. Sie werden bald einen von ihnen kennenlernen. Sehen Sie übrigens die kleinen Äcker dort oben?»

«Ja.»

«Sie sind eine typische Illustration des Problems. Früher war hier sehr viel Wald. Aber die Indianer brannten ihn aus Unwissenheit nieder und säten in die Asche. Nach einigen Jahren waren die Felder durch Erosion vernichtet. Auf diese Art geht der Wald zum Teufel, und der Rest des kultivierbaren Bodens liegt in der Hand von Eigentümern, die wissen, wie man damit umgehen muß. Die Lebensmittelsituation ist bereits hoffnungslos. Fast alle, die hier leben, sind unterernährt, und die Kinder sterben wie die Fliegen.»

«Wie heißt der Ort, den wir besuchen werden?»

«Pozo del Tigre – auf spanisch. Den indianischen Namen habe ich vergessen.»

Das Gespräch verstummte. Der Motor kreischte in den unteren Gängen. Manuel Ortega wischte sich den Schweiß von der Stirn und starrte auf die steinige, von der Hitze flimmernde Landschaft. Danića saß schweigend da und rauchte. Vor ihnen kletterte der weiße Jeep durch steile Kurven höher und höher. Einmal begegneten sie einer Polizeistreife, die auf dem Weg nach unten war, und mehrmals sahen sie niedrige Hütten an den Abhängen, aber nirgendwo ein menschliches Wesen.

Anderthalb Stunden später waren die Wagen in Pozo del Tigre angelangt und hielten auf dem Marktplatz. Kinder, Schweine und Hunde rannten in alle Richtungen davon. Mehrere alte Indianer mit eingefallenen Wangen starrten resigniert auf die Menschen in den weißen Uniformen.

«Wie groß ist dieser Ort?» fragte Manuel Ortega.

Der Arzt zuckte die Achseln, aber Danića Rodriguez beantwortete die Frage.

«Hier gibt es ungefähr sechzig Haushalte, insgesamt vierhundert Menschen.»

«Waren Sie schon mal hier?»

Sie nickte.

Manuel Ortega steckte die Hand in die Jacke und tastete nach der Astra. Dann stieg er aus auf den harten Boden und sah sich um.

Das Dorf bestand aus etwa fünfzig niedrigen Hütten mit Lehmwänden und schmutziggrauen Strohdächern. Jede Hütte stand auf einem eingezäunten Grundstück, und es gab anscheinend drei parallel verlaufende Dorfstraßen aus holprigem von der Sonne getrocknetem Lehm. Am Marktplatz stand das dominierende Gebäude des Ortes, eine große weiße Kirche mit einem Anbau, der für die Priester und ihre Bediensteten bestimmt sein mußte.

Auf der gegenüberliegenden Seite des Marktplatzes stand ein weiteres weißes Steinhaus; es war flach und langgestreckt, und quer über der Fassade war in großen braunen Buchstaben das Wort ESCUELA zu lesen. Über der braunen Holztür hing ein Pappschild mit dem Text

CUARTEL DE LA GENDARMERIA. Auf der Treppe der Schule saßen zwei Polizisten ohne Uniformmütze, die Jacke aufgeknöpft.

Mitten auf dem Marktplatz befand sich ein überdachter Brunnen mit Wasserhähnen und rostigen Eisenrohren. Etwas abseits vom Brunnen stand eine kleine Gruppe Menschen, die scheu auf die Autos schaute. Die Männer trugen Strohhüte, weiße Hemden und weiße Hosen mit einer breiten weißen Schärpe, die Frauen hatten Tücher aus grobem Zeug um den Leib gewickelt und trugen eine Art Bluse aus dreieckigen Tüchern, die im Nacken verknotet war. Die Menschen waren schmutzig und ausgemergelt, und ihre Kleidung hing in Fetzen herab.

Daniča Rodriguez sah sich um und biß sich nachdenklich auf die Unterlippe.

«Die bauen Schulen und verwenden sie als Polizeiposten», murmelte sie. «Es ist immer dasselbe.»

Sie sagte es sehr leise, aber Manuel Ortega stand nahe genug, um ihre Worte zu verstehen. Er fragte: «Ist dies Ihr Heimatdorf?»

Sie schüttelte den Kopf und ging einige Schritte quer über den Platz.

«Kommen Sie», sagte sie.

Manuel Ortega zögerte. Er fühlte sich unangenehm berührt von den Menschen und ihrer Umgebung, und das Gefühl des Fremdseins ließ ihn sich sträuben, sich zu weit von den Gendarmen und ihren Wagen zu entfernen.

«Sie brauchen keine Angst zu haben», sagte sie. «Hier ist es ungefährlich. Kein Mensch wird Sie erkennen, und ich zweifle, ob auch nur einer von denen weiß, daß es so etwas wie einen Provinzresidenten gibt.»

Er sah ein, daß sie recht hatte. Außerdem war er bewaffnet, und Gomez und Fernandez waren weniger als zehn Meter entfernt, gar nicht zu reden von den Männern in weißer Uniform.

Sie gingen quer über den Platz, und die Menschen auf ihrem Weg gingen schweigend zur Seite.

Hinter der Kirche befand sich eine niedrige primitive Steinbarriere und dahinter ein steiler, steiniger Abhang, den eine tiefe Schlucht durchschnitt. Auf dem Boden der Schlucht sahen sie eine schleimiggrüne Wasseransammlung, ohne Strömung, stinkend, und jenseits des Abhangs öffnete sich die Landschaft zu verbrannten Talfurchen zwischen grauweißen Bergrücken.

«Sehen Sie die Straße dort unten?» sagte sie. «Wenn man ihr fünfunddreißig Kilometer nach Südwesten folgt, kommt man in das Dorf, in dem ich geboren wurde. Es ist nur ein Drittel so groß wie dies hier. Dort hinter den Bergen.»

Sie zeigte hinüber, und er blickte auf die eintönige Landschaft.

«Dort drüben bin ich, wie gesagt, geboren und aufgewachsen. Die Hütten sahen genauso aus wie diese hier, und da war auch eine Kirche und ein katholischer Priester, der davon lebte, daß er die Analphabeten erpreßte. Ich erinnere mich, daß er Wachskerzen an die Leute verkaufte und es dann unterließ, sie anzuzünden. Am nächsten Tag behauptete er, das Opfer habe der heiligen Jungfrau und den Heiligen gefallen, und er verkaufte die Kerzen noch einmal. Auf diese Weise konnte er die Preise niedrighalten und dennoch ein gutes Geschäft machen.»

«Und Ihre Familie?»

«Mein Vater starb dort unten vor mehr als zehn Jahren. Er war Arzt, obwohl er sein Studium ziemlich früh abgebrochen hatte.»

Sie steckte eine Zigarette an, stellte einen Fuß auf die Steinmauer und richtete die Riemen an ihren Sandalen.

«Er war natürlich verrückt. Ein naiver Idealist, der dazu verurteilt war, daß ihm alles fehlschlug, was er sich vornahm.»

Manuel Ortega sagte nichts, sondern schaute auf ihre Beine und Füße. Er spürte wieder eine vage Unruhe, als ob er sich ein wenig vor ihr fürchte und dann auch wieder nicht.

«Es ist lächerlich», sagte sie, «aber dennoch eine Tatsache: Er lernte in der Provinzhauptstadt ein Mädchen kennen und heiratete. Er hatte ein Kind mit ihr und dann noch eins, dann zog er nach dort unten und baute ein Krankenhaus. Nach einem Jahr oder so war sie es müde und ging fort, aber er blieb. Bei uns.»

«Für wie lange?»

«Er blieb bis zum Ende. In den letzten Jahren trank er noch recht viel, dann starb er. Da war sein Krankenhaus bereits zusammengefallen. Er lebte bei irgendeiner Indianerin, ich glaube, sie hatten noch ein Kind miteinander.»

«Und Sie?»

«Ich ging, als ich vierzehn war.»

«Weshalb?»

Sie antwortete nicht gleich, sondern stand eine Weile da mit in die Ferne gerichtetem Blick. Dann sagte sie: «Ich sah bereits damals ein, daß es keinen Sinn hatte zu bleiben, wenn man etwas Nützliches tun wollte.»

Manuel Ortega sagte nichts und dachte eigentlich auch an nichts Besonderes. Sie mußte sein Schweigen mißverstanden haben, denn sie atmete tief ein und sagte heftig: «Verstehen Sie nicht, was geschehen war? Mit dreizehn fingen die Jungen an, mit einem zu schlafen. In dieser Hinsicht unterschieden sie sich nicht von anderen. Dann hätte man ein Kind gekriegt und wäre mit einem Handikap belastet gewesen, der außerhalb der eigenen Urteilsfähigkeit und Kontrolle lag und so ... ja, dann wäre man dort geblieben.»

«Ja», sagte Manuel Ortega.

Als sie wieder auf den Marktplatz kamen, hatten die Polizisten dafür gesorgt, daß die Leute vor der Schule in einer Reihe standen, die meisten waren Frauen, und fast alle hatten ihre Kinder bei sich. Sie standen entspannt und apathisch da, ohne sich zu rühren oder etwas zu sagen. Kein Kind weinte oder quengelte, obwohl viele von ihnen schorfig vom eingewachsenen Schmutz waren und eitrigen Ausschlag im Gesicht hatten.

Als Manuel Ortega sich an den Wartenden vorbeidrängte, spürte er wieder den scharfen Geruch von Schmutz und Armut.

In einem der Räume hatte der Arzt sein provisorisches Sprechzimmer. Er hatte seine Instrumente und Spritzen in einen Holzkasten gelegt; schräg hinter ihm stand der Krankenpfleger in der grauen Leinenuniform und suchte aus einem Kasten Ampullen heraus. Es war auch eine Frau dort; sie war noch sehr jung und hatte dunkle Augen und braune Haut. Es war die Lehrerin in Pozo del Tigre. Jetzt half sie bei den Injektionen, rieb mit einer Kompresse mit einem Desinfektionsmittel ungeschickt über die Arme der Kinder, legte danach ein Stückchen Mull darauf und klebte es mit einem Streifen Heftpflaster fest.

Der Arzt sah bereits müde und abgespannt aus. Er tastete mit dem Stethoskop zwischen den Kleiderfetzen des kleinen Mädchens herum, das vor ihm stand, warf einen Blick auf Manuel Ortega und sagte: «Die haben hier eine Epidemie. Masern.»

Dann widmete er sich wieder dem Kind. Das Mädchen war vielleicht sieben oder acht Jahre alt. Während er es untersuchte, stand die Mutter an der einen Seite, ruhig und resigniert mit hängenden Armen.

«Das Kind hat eine Lungenentzündung», sagte der Arzt wie zu sich selbst. Dann wandte er sich an die Mutter und fuhr fort: «Sie muß von der Lehrerin einen Monat lang täglich eine Spritze bekommen, also dreißig Tage. Verstehst du?»

«Ja, ja.»

«Also jeden Tag einen Monat lang.»

«Ja, ja.»

«Ein- oder zweimal reichen nicht. Du mußt mit ihr jeden Tag kommen.»

«Ja, ja.»

«Wann sollst du das nächste Mal kommen?»

Die Frau dachte nach.

«Morgen», sagte sie.

«Und dann?»

«Wenn Sie das nächste Mal mit dem Auto kommen.»

«Nein! Übermorgen! An dem Tag nach morgen! Hast du verstanden?»

«Ja, ja.»

«Und du mußt ihr diese Medizin hier jeden Morgen und jeden Abend geben. Verstehst du das auch?»

«Ja, ja.»

Er winkte sie weg und wandte sich dem nächsten Patienten zu.

«Wir haben viel zu wenig Medizin», sagte er im Vorbeigehen. «Und die werfen sie weg. Es ist so entsetzlich hoffnungslos.»

Manuel Ortega durchquerte den Raum und lehnte sich an die Wand. Er schwitzte und hatte ein rotes Gesicht und wischte es unablässig mit dem feuchten Taschentuch ab. Nach einer Weile kam die Lehrerin zu ihm.

«Der Doktor hat unrecht. Das Kind hat eine andere Krankheit. Nicht die, die er sagt. In dem Haus nebenan liegt ein Toter, und die Kühle hat sich auf das Kind übertragen. Bestimmt ist es das, nicht wahr?»

Manuel Ortega starrte sie an.

«Welche Ausbildung hatten Sie?» fragte er.

«Ich kann Spanisch», sagte sie. «Ich glaube an den einzigen wahren Gott. Ich war hundertdrei Tage auf einem Ausbildungslehrgang in der Provinzhauptstadt. In dem großen Haus mit den Soldaten.»

Sie ging zu ihren Kompressen zurück.

Manuel Ortega schaute seine Sekretärin an; sie schob die Sonnenbrille in die Stirn und begegnete seinem Blick.

Im Hintergrund hörte er die nächste Indianerin sagen: «Ja, ja ... ja, ja ... ja, ja ...»

Auf dem Heimweg, fünf Stunden später, sagte der Arzt: «Masern sind keine sehr ernste Krankheit. Es ist nur, daß sie daran sterben. In der Nacht werden dort zehn Kinder sterben. Und man darf nicht daran denken. Wenn man daran denken würde, würde man verrückt.»

«Dennoch sollte es nicht so schwierig sein, etwas dagegen zu tun», sagte Manuel Ortega.

«Nein, natürlich nicht. Gebt uns mehr Geld, mehr Medizin und mehr Leute. Gebt uns Leute, die sie lehren, ihre Eier zu essen, statt sie dem Priester zu geben, die sie lehren, das Wasser nicht aus dem Tümpel zu holen, weil jemand ihnen eingeredet hat, daß es im Brunnen spukt, die sie lehren, die Latrine zu benutzen, Seife zu benutzen, sich von Läusen freizuhalten. Gebt uns mehr Instrumente. Es fehlt schlicht das Geld.»

«Und der Wille», sagte Daniča Rodriguez.

«Ja», sagte der Arzt, «genau das. Ich kehre mich den Teufel daran, daß ihre Kinder sterben. Ich will leben.»

10

Es war der Morgen des fünften Tages, und Manuel Ortega erwachte dieses Mal nicht wie ein Kind.

Er wurde von jemand geweckt, der sich über ihn beugte und ihn an den Schultern rüttelte.

Zuerst war es ein Alptraum, dann falsch verstandene Wirklichkeit. Er fuhr mit der Hand verzweifelt unter das Kopfkissen und versuchte, sich zu Boden zu werfen. Und dann eine Stimme: «Ruhig, ruhig, zum Teufel! Ich bin es nur.»

Er setzte sich endlich aufrecht hin und starrte den Mann an, der ihn geweckt hatte. Es war Fernandez.

«Es ist etwas passiert, und ich dachte, ich müßte Sie wecken.»

«Was ist passiert?»

«Ich weiß es nicht, aber in der Stadt geht es schlimm zu. Es dauert bereits eine gute Stunde. Gomez, der draußen an der Vorderseite nachgesehen hat, sagt, es ist irgendwo rechts. Zuerst war da eine Reihe von Explosionen in der Ferne, die fast wie Bombenabwürfe klangen, das war vor mehr als zwei Stunden. Jetzt schießen sie wie wild. Man hört Schreie und anderen Lärm, sagt Gomez.»

«Gehen Sie raus, während ich mich anziehe.»

Er machte sich nicht die Mühe zu duschen, obwohl er schweißnaß und noch benommen von den Schlaftabletten war.

Er spülte nur die Hände und das Gesicht mit Wasser ab, das nur zögernd und tröpfelnd aus dem Hahn kam.

Er zog sich an, schnallte die Astra fest, warf sich die Jacke über und sprang in sein Büro. Zum erstenmal vergaß er, Angst vor der Tür zu haben, und jetzt war tatsächlich jemand im Raum, aber es war Gomez.

Er nahm den Telefonhörer ab und schaute auf die Uhr. Fünf vor halb sechs. Es dauerte lange, bevor er eine Antwort aus der Telefonzentrale bekam, dagegen meldete sich das Polizeipräsidium sofort. Eine aufgeregte Stimme sagte: «Der Chef? Nein, er ist nicht ... ja, einen Augenblick, er kommt soeben vorbei ...»

Gepolter.

«Ja, zum Teufel, hier ist Behounek.».

«Was ist passiert?»

«Die Schurken haben die Pumpstation und die Hauptleitung des Wasserwerks gesprengt. Die Gebäude dort brennen, und die ganze Stadt ist ohne Wasser.»

«Wer hat das getan?»

«Ein kommunistischer Sabotagetrupp, vor zweieinhalb Stunden. Es hat fast die ganze Belegschaft erwischt und auch einen meiner Männer.»

«Was sind das für Schießereien?»

«Die Bürgerwehr hat ihren Alarmverband in Bewegung gesetzt. Er ist soeben dabei, in ... zum Teufel, Sie sehen doch, daß mich mit dem Provinzresidenten spreche ... in die Eingeborenen ... ja, in die Arbeiterviertel im Norden einzudringen. Entschuldigen Sie mich, ich muß jetzt gehen.»

«Im Norden, sagen Sie, ich fahre hin.»

«Nein, um Gottes willen, lassen Sie das bleiben. Ich bitte Sie. Kein Mensch kann die Verantwortung für die Sicherheit von irgend jemand dort oben jetzt übernehmen.»

«Ich trage das Risiko.»

«Sie sind der letzte von allen, der dorthin gehen sollte. Aber wenn Sie so sehr darauf bestehen, dann zumindest in meinem Wagen. Ich hole Sie in zehn Minuten ab.»

Der Polizeichef war weg, aber anscheinend hatte er den Hörer auf den Tisch geworfen, denn er konnte weiterhin Getrampel, Rufe und Telefongeklingel hören.

Zehn Minuten später fuhr ein weißer Dodge mit heulender Sirene quer über den Platz.

«Steigen Sie hinten ein. Nein, für Ihre Gorillas habe ich keinen Platz. Die sollen ihre eigene Karre nehmen.»

Er saß vorn neben dem Fahrer und bastelte am Kurzwellengerät herum, in dem es knatterte und rauschte. Hinten saß der Stellvertreter vom Flugplatz, Teniente Brown.

«Gebe Gott, daß wir keine militärische Hilfe brauchen», sagte Behounek.

«Ist es so kritisch?»

«Es geht so. Falls wir die beiden nächsten Stunden überleben, ist das Risiko überstanden. Die haben das zum denkbar schlechtesten Zeitpunkt in Gang gesetzt.»

«Wer?»

«Die Bürgerwehr. Vor halb sechs sind die Bergleute nicht zur Arbeit gegangen. Das bedeutet, daß sich viertausend voll arbeitsfähige Kerle im Sperrgebiet aufhalten. Die sind gefährlich. Es besteht das Risiko eines koordinierten Ausbruchs aus dem Sperrgebiet. Damit werde ich nicht fertig.»

«Wie kommen die Arbeiter zu den Gruben?»

«Zu Fuß. Sie brauchen etwa anderthalb Stunden, um hinzukommen.»

Manuel Ortega dachte, daß dies eine wahre Völkerwanderung sein mußte, und ihm schien, er hätte davon etwas merken müssen, zumindest abends.

Behounek löste dies Problem sofort für ihn.

«Sie gehen ihre eigene Straße entlang, in einem Bogen südöstlich um die Stadt herum.»

«Aber das Wasserwerk zu sprengen ...» sagte Manuel, «das trifft doch alle gleichermaßen.»

«Nein, das ist viel besser berechnet. Die Eingeborenenviertel hängen nicht vom Wasserwerk ab. Die liegen in den alten Teilen der Stadt, wo es mehrere Brunnen gibt. Die sind gewiß schlecht, aber immerhin. Doch die ganze Innenstadt und die Villengegend sind ohne Wasser. Das ist die reine Hölle.»

Der Wagen fuhr in rasendem Tempo mitten auf der Straße zwischen den Steinmauern mit heulender Sirene und eingeschaltetem Blaulicht. Viele Leute waren auf der Straße, und entlang der Mauern standen Polizeijeeps.

Sie bogen zur Villengegend ab, nahmen einige Kurven und hielten an genau derselben Stelle, an der Manuel seinen Wagen am Vortag für eine Weile geparkt hatte.

Behounek stieg aus. Er hatte einen Feldstecher vor der Brust hängen. Der Fahrer bemühte sich, ein tragbares Kurzwellengerät einzustellen.

Ein großer offener amerikanischer Wagen voller Leute mit gelben Armbinden rollte talwärts an ihnen vorbei. Die meisten Männer waren mit Gewehren bewaffnet und hatten Patronengurte um die Schultern geschlungen.

«Die Bürgerwehr», sagte Behounek. «Die werden jetzt quicklebendig. Die schicken keine Kinder mehr.»

«Lassen Sie die durch die Sperren?»

Der Polizeichef beantwortete die Frage nicht, sondern sagte: «Wenn es zu schlimm wird, mobilisiere ich sie als Miliz. Das habe ich schon mal gemacht. Das Problem ist jetzt, die Eingeborenen innerhalb des Sperrgebiets zu halten und die Weißen möglichst draußen.»

Aus dem dreieckigen Stadtteil unten stieg eine Kakophonie von Schreien, Schüssen und unbestimmbaren Geräuschen von Gewalt herauf.

«Sehen Sie», sagte Behounek, «ich habe nicht genug Leute, um mit einem gemeinsamen Ausbruch fertig zu werden.»

«Wo liegt das Wasserwerk?»

«Weiter südlich. Dort, sehen Sie den Rauch über dem Bergrücken da hinten?»

«Warum haben die Scherereien dann hier angefangen?»

«Die meisten von der Bürgerwehr wohnen hier oben», sagte Behounek lakonisch.

Er hatte sein tragbares Sprechfunkgerät in Ordnung gebracht und Kontakt aufgenommen.

«Räumt den Platz», sagte er.

Manuel versuchte, seinen Blick auf den offenen Platz inmitten der Zusammenballung von Häusern zu konzentrieren. Er schien so voll zu sein, daß man sich drängelte, aber nach nur wenigen Minuten fuhren mehrere weiße Polizeijeeps vor, und man konnte mit bloßem Auge erkennen, wie die Menschenmenge aufgelöst und in die Seitenstraßen getrieben wurde.

«Ihr müßt die Idioten dort daran hindern, daß sie die Straße beschießen», schrie Behounek ins Mikrofon. «Was habt ihr für Leute dort? Ja, ja, schickt sie, schickt sie alle hin! Sofort! Seht zu, daß die Straße frei wird und die Leute sie umgehen. Herhören! Da liegt eine Gruppe Lümmel von der Bürgerwehr auf dem Feld westlich der Straße in Quadrat vierzehn und beschießt die Leute auf der Straße. Ihr müßt dafür sorgen, daß sie damit jetzt aufhören, sofort!

Das ist Wahnsinn. Die halten alle auf, die zu den Bergwerken sollen. Auf der Straße ist bereits ein Stau. Das muß sofort aufhören. Seht zu, daß die Leute auf der Straße weitergehen. Je schneller wir die Arbeiter aus der Stadt haben, desto besser.»

Gegen seinen Willen war Manuel Ortega fasziniert von dem, was er sah, auf die gleiche Art und Weise, wie er sich früher schon mehrmals ertappt hatte, daß er von Feuersbrünsten und Verkehrsunfällen fasziniert gewesen war. Die Entfernung machte das Drama mehr oder weniger abstrakt, machte es schwierig zu denken und wirklich zu verstehen, daß jeder Punkt dort unten ein Individuum repräsentierte.

Außerdem entging er nicht der ansteckenden Energie von Behounek, wie er die Operationen leitete, ebenso wie er sich kurz zuvor von der offenbaren Furcht des Polizeichefs hatte anstecken lassen, als die Bürgerwehr die Arbeiter zur Raserei trieb, indem sie die Straße zu den Bergwerken beschoß.

«Zerstreut die Menschenmenge an der Mauer in Sektor drei. Sofort!»

«Sperrt die Straße vom Marktplatz zum östlichen Brunnen.»

«Weitere vier Mann zum Nordtor. Funktioniert die Lautsprecheranlage? Gut.»

Zur Seite gewandt, sagte er: «Wir haben dort unten eine Lautsprecheranlage installiert. Jetzt bekommen die Leute den Befehl, in ihre Häuser zu gehen und sich dort aufzuhalten.»

Eine halbe Stunde später hatten die Schießereien fast aufgehört. Behouneks Befehle hatten jetzt einen endgültigeren Charakter: «Räumt den ersten Sektor. – Räumt den zweiten Sektor. Funktionieren die Lautsprecher noch? Gut. Teilt allen mit, wer zur Arbeit muß, hat freien Durchgang am Osttor. Und daß es schnell gehen muß. Ich glaube, für diesmal ist es vorbei», sagte er zu Manuel Ortega.

Er fuhr sich mit dem Jackenärmel über die Stirn und nahm den rechten Fuß von der niedrigen Steinmauer.

«Pfui Teufel!» sagte er.

«Würden Sie mir Ihr Fernglas leihen?» fragte Manuel Ortega.

«Ja, ja, gewiß. Bitte. Aber ich bereite Sie darauf vor, daß Ihnen nicht gefallen wird, was Sie dort sehen.»

In dem Augenblick, da er die Schärfe richtig eingestellt hatte, erfaßte Manuel Ortega das ganze Ausmaß der Tragödie, deren passiver Zuschauer er seit eineinhalb Stunden gewesen war. Allein auf dem Marktplatz, der sein Richtpunkt war, zählte er acht Leichen. Er ließ den Blick weitergleiten entlang der Strecken, die so gut wie freie Sicht boten. Er zählte, aber bei zwanzig ging ihm die genaue Anzahl verloren. Jetzt sah er dort unten fast nur noch Gendarmen in weißer Uniform. An einigen Stellen sah er, wie sich Menschen über liegende Gestalten beugten und weitergingen, als hätten sie nicht den gefunden, den sie suchten. Dann richtete er das Fernglas nach Osten und sah eine Menge Menschen diagonal über ein verdorrtes Feld gehen zu der Straße, die zu den Bergwerken führte.

Ihn überfiel plötzlich Frösteln und Übelkeit, er ließ das Fernglas sinken.

Der Polizeichef sah ihn verstohlen an.

«Ja, wie gesagt, das forderte einige Menschenleben.»

«Wie viele, meinen Sie?»

Behounek zuckte resigniert die Achseln.

«Wie soll ich das wissen?»

Und gleich darauf: «Ich weiß nur, es hätte schlimmer kommen können. Viel schlimmer.»

Ich stehe hier und sehe Menschen sterben, dachte Manuel Ortega verwirrt. Ich stehe hier oben wie auf einer Tribüne und sehe, wie Menschen verstümmelt werden und sterben, und ich denke nur, wie lange die Polizei brauchen würde, um die Straßen zu räumen und die Menschenmengen zu zerstreuen.

«Ich stehe hier und sehe sie sterben», murmelte er.

«Ja, damit sind wir also fertig geworden», sagte Behounek und blinzelte zum Himmel.

Dann fügte er zerstreut hinzu: «Das wird ein warmer Tag. Ansonsten war diese Woche gut.»

«Meinen Sie?»

«Ja, Sie sind nur noch nicht daran gewöhnt. Die letzten Tage waren frisch und fein. Heute wird es schlimmer.»

Er wandte sich dem Polizeiwagen zu.

«Dort unten ist jetzt alles vorbei. Sollen wir hinfahren und uns das ansehen?»

Manuel Ortega sah ihn geistesabwesend an. Behounek runzelte die Stirn.

«Vielleicht ist es besser, darauf zu verzichten. Die halten noch nicht besonders viel von Ihnen, und es könnte ja sein, daß Sie zufällig durch einen Schuß aus einem der Häuser getroffen werden. Sie sehen übrigens nicht sehr munter aus.»

Er schaute auf seine Armbanduhr.

«Schon acht. Ich muß jetzt hinüber zur Pumpstation. Dort sieht es auch nicht besonders gut aus. Sie werden sich im übrigen der Wasserfrage annehmen, nicht wahr? Zum Teufel auch, daß General Gami nicht hier ist.»

«Wer ist sein Stellvertreter?»

«Coronel Orbal.»

«Und dessen Vertreter?»

«Der Regierungskommandeur, Coronel Ruiz.»

«Ich werde Kontakt zu ihm aufnehmen.»

Manuel Ortega fuhr zusammen mit Gomez und Fernandez in dem kleinen französischen Personenwagen in die Stadt zurück. Auf dem Weg sah er mehrere Armee-Ambulanzen, und an den Öffnungen im Mauerwerk standen Polizisten und Bürgergardisten mit gelben Armbinden auf Posten.

Auf der anderen Seite der Polizeisperren rings um die Innenstadt waren mehrere bewaffnete Patrouillen der Bürgerwehr.

«Da stimmt etwas nicht», sagte Manuel Ortega laut zu sich selbst. «Da stimmt überhaupt nichts.»

Er fühlte sich müde und krank, und als er in die Toilette neben dem Schlafzimmer kam, wurde ihm sofort übel. Als der Brechreiz abgeebbt war, sah er, daß jemand, vermutlich das Hausmädchen, zwei Tonkrüge mit Wasser hingestellt hatte. Nachdem er eine Viertelstunde auf dem Bett gelegen und apathisch die Zimmerdecke angestarrt hatte, raffte er sich auf und ging in sein Büro. Als er die Tür öffnete, stand dort jemand mitten im Raum. Er zuckte zusammen wie von einer Ohrfeige getroffen oder einem heftigen Schmerz, obwohl er sofort gesehen haben mußte, wer es war.

Danića Rodriguez sah ihn an, ernst und forschend, bevor sie sagte: «Sind Sie dort gewesen?»

«Ja, es sah unheimlich aus.»

«Es ist unheimlich.»

«Am schlimmsten war, daß sich anscheinend niemand darum kümmerte. Als es vorbei war, gingen die Männer zu den Bergwerken, so als sei nichts geschehen. Dennoch lagen bestimmt dreißig Tote auf den Straßen und dem Marktplatz.»

«Die Menschen hier sind Fatalisten», sagte sie. «Sie mußten lernen, es zu sein. Sie meinen, es ist das einzige, das sich lohnt. So ist es immer gewesen.»

«Wie können Sie so sicher sein?»

«Ich bin hier geboren.»

Er ging ans Fenster und sah hinaus auf den blendend weißen Platz. Auf der anderen Seite marschierte eine Gruppe Männer mit Gewehren und gelben Armbinden.

«Der Regimentskommandeur hat bereits dreimal nach Ihnen gefragt», sagte sie.

«Verbinden Sie mich mit ihm.»

Das Gespräch kam sofort. Coronel Ruiz sprach in einem leichten Diskant und sehr schnell, als bemühte er sich, wirkungsvoll zu sein.

«Die Lage ist prekär, aber alle verfügbaren Kräfte arbeiten, um damit fertig zu werden. Ich habe eine Kompanie Techniker zum Wasserwerk geschickt. Sobald das Feuer gelöscht ist, beginnen die Reparaturen.»

«Haben Sie eine Ahnung, wie lange das dauern kann?»

«Das ist schwer zu sagen. Vielleicht zwei Tage. Es kann schneller gehen, aber es kann auch länger dauern. Der Schaden ist noch nicht zu übersehen.»

«Wie wird die Wasserversorgung bis dahin organisiert?»

«Wir haben drei militärische Tankwagen, und von privaten Unternehmern wurden uns weitere zwölf zur Verfügung gestellt. Zusammen also fünfzehn. Die sollen Tag und Nacht fahren. Ich rechne damit, daß wir innerhalb weniger Stunden in der Stadt provisorische Reservoirs einrichten können. Dafür brauchen wir Freiwillige. Wenn Sie im Rundfunk sprechen, wäre es am besten, daß Sie die freiwilligen Helfer aufrufen, sich entweder auf der Plaza oder an der Haupteinfahrt einzufinden.»

Manuel hatte keine Ahnung gehabt, daß man von ihm erwartete, im Rundfunk zu sprechen. Überhaupt hatte er den Rundfunk als verfügbares Kommunikationsmittel vergessen. Er sagte: «Können Sie kein Militär zum Reservoirbau abkommandieren?»

«Ich habe keine Leute», sagte Coronel Ruiz kurz angebunden. Überfreundlich fügte er hinzu: «Aber ich kann ein paar Aufseher und einige Pioniere schicken. Meine Situation ist einigermaßen prekär. Der Polizeichef hat zum Beispiel 60000 Meter Stacheldraht requiriert. Ich habe kaum die Hälfte davon auf Lager.»

«Was will er mit so viel?»

Es war eine spontane Frage, die natürlich nicht hätte gestellt werden sollen.

«Zur Verstärkung der Sperren, nehme ich an», sagte der Coronel mißtrauisch. «Das ist offenbar nötig. Im übrigen sollte ich Sie vielleicht informieren, daß ich die Bürgerwehr beauftragt habe, die Verantwortung für die Ordnung in der Innenstadt zu übernehmen.»

«Die Bürgerwehr ist doch eine illegale Organisation, oder nicht?»

«Na ja, schon. Sie ist jedenfalls verwendbar und zuverlässig. Und selbst Capitán Behounek hat keine Leute. Die Bürgerwehr hat auch versprochen, die Verantwortung für die Wasserrationierung zu übernehmen. In dieser Frage möchte ich Ihnen raten, Kontakt mit dem Leiter des Exekutivkomitees der Bürgerwehr aufzunehmen.»

«Wer ist das?»

«Dalgren, wußten Sie das nicht? Nein, bestimmt nicht, Sie sind ja neu hier. Übrigens sollten Sie und ich mal gemeinsam überlegen, wie wir die Befehlskompetenzen organisieren und unsere Aufgaben verteilen.»

«Bis auf weiteres werden wir sicher in der Lage sein, daß wir von Fall zu Fall vernünftige und realisierbare Lösungen finden.»

«Das hört sich zwar gut an, geht aber in der Praxis gewöhnlich schief.

Unorganisierte Vernunft ist das schlimmste, was ich kenne.»

Damit endete das Gespräch. Manuel Ortega rief sofort seinen Kanzleichef an.

«Sind Sie mit militärischen Fragen vertraut?»

«Einigermaßen.»

«Wie groß ist ein Regiment?»

«Etwa zweitausend Mann.»

«Wie viele Fahrzeuge, die für den Wassertransport geeignet sind, könnten die nach Ihrer Meinung haben?»

«Tja, dreißig mindestens, vermutlich mehr. Ich schlage vor, Sie rufen den Regimentskommandeur an und fragen.»

«Danke für den Rat.»

Er legte den Hörer auf. Der Wille des Militärs zur Zusammenarbeit ließ anscheinend zu wünschen übrig.

«Alle Militärs sind Tagediebe, Strolche in Uniform», sagte Fernandez philosophisch. Er stand am Fenster, die Hände auf dem Rücken und kaute auf seinen Samenkörnern.

Die Hitze im Zimmer übertraf alle früheren Rekorde, und als Manuel sich erhob, sah er auf dem Stuhlsitz einen dunklen runden Schweißfleck. Dennoch fühlte er, daß er allmählich in Form kam. Vor ihm lag eine Reihe zu erledigender Arbeiten, die zwar nicht besonders interessant, aber dennoch dringend waren. Er schob die Astra unter der Jacke zurecht und ging ins Nebenzimmer, um seiner Sekretärin den Rundfunkaufruf zu diktieren. Als sie den Text geschrieben hatte, las er ihn durch, und sie sagte, gleichsam nebenbei: «Sollte diese sogenannte Bürgerwehr nicht schärfer verurteilt werden?»

«Soweit ich sehen kann, sind beide Seiten äußerst rücksichtslos aufgetreten. Die Krawalle heute morgen hatten zumindest noch spontanen Charakter. Die Sprengung des Wasserwerks mit Belegschaft und allem war dagegen ein geplantes Verbrechen.»

«Ja, das war nicht schön.»

«Außerdem sind wir anscheinend in eine Situation geraten, in der die ganze Stadt von der Hilfe der Bürgerwehr abhängig ist. In einer solchen Lage muß man vernünftig sein.»

«Ihr Aufruf ist zweifellos vernünftig», sagte sie mit formloser Stimme.

«Außerdem verurteilt er ja tatsächlich die Vorgänge von heute morgen.»

«Ja, sicher.»

Als er wieder am Schreibtisch saß, sah er ein, daß sie recht hatte. Der Text war genauso routinemäßig wie die Botschaft von General Gami, die er am Vortag gehört hatte. Er mahnte alle politischen Organisationen und Bevölkerungsgruppen zu Ruhe und Würde, verurteilte Gewaltmaßnahmen und rief zu Solidarität und Vernunft auf. Danach endete er mit einer

Reihe von Mitteilungen, wo und wann die Leute sich einstellen sollten, um bei den Notstandsarbeiten zu helfen.

Der Aufruf enthielt keine persönlichen Ansichten oder Stellungnahmen, weder Zorn noch Trauer oder Bitterkeit klangen daraus. Er hatte ganz einfach aus der Erinnerung Hunderte ähnlicher Appelle kopiert, die er im Laufe der Jahre gelesen oder gehört hatte. Manuel Ortega war sich dessen bewußt und je öfter er den Text las, desto schlechter fand er ihn.

Um Viertel nach zwölf fuhr er mit Lopez zum Rundfunkgebäude und verlas seine Botschaft. Sie wurde ohne Proben live gesendet, was ihn äußerst nervös machte; seine Stimme war angespannt und unnatürlich. Gleichzeitig machte man eine Bandaufzeichnung, die alle halbe Stunde gesendet werden konnte. Das Rundfunkgebäude war ganz neu und lag im westlichen Teil der Stadt. Es wurde von der Gendarmerie und der Bürgerwehr bewacht.

Als Manuel Ortega zum Gouverneurspalast zurückkam, hatte Daniča Rodriguez ein Radio in ihr Zimmer gebracht, wo sie saß und sich die erste Wiederholung anhörte. Sie sah ihn mit müdem, gleichgültigem Blick an. Er ging in sein Zimmer, kam aber gleich zurück, stellte sich in den Türrahmen und sagte: «Ich halte auch nichts davon.»

Sie schaute erstaunt auf. Ein schneller, kühler Blick traf ihn, sie sagte aber nichts.

Fünf Minuten später rief Dalgren an.

«Ihre Rede war vortrefflich», sagte er. «Ich bin selbst der erste, der seitens der Bürgerwehr die übereilten Handlungen von heute morgen beklagt. Jugendlicher Unverstand und spontane Rachegelüste haben für eine kleine Weile überhandgenommen. Es war ganz richtig von Ihnen, eine solche Handlungsweise zu verurteilen. Es wird Sie freuen zu hören, daß das gesamte Exekutivkomitee in diesem Punkt mit mir übereinstimmt.»

Dann ging er zur Frage der Wasserversorgung über.

«Wir haben jetzt zwanzig große Tankwagen laufen. Ich vermute, die werden reichen. Ich habe eigene Leute an die Arbeit gesetzt, die Rationen pro Haushalt und Familienmitglied auszurechnen, damit sie verteilt werden können. Sie können die Einzelheiten ruhig uns überlassen. Dagegen möchte ich Sie bitten, die Arbeiten an den Wasserspeichern im Auge zu behalten. Sonst stehen nachher womöglich die Fahrzeuge vollbeladen herum, weil uns die Sammelstellen fehlen.»

Kurz darauf rief ein unbekannter Bürger an und sagte: «Ich hoffe wirklich, daß Sie die Lage, in die wir Villenbesitzer geraten sind, nicht mißverstanden haben. Wir haben viel Geld in unsere Gartenanlagen investiert, und bei diesem Klima hier sind die Gärten innerhalb weniger Tage verdorrt, wenn wir kein Wasser bekommen. Ein Teil der Wassertransporte muß zu diesem Zweck abgezweigt werden.»

«Sie werden wohl verstehen, daß wir uns zuerst um das Trinkwasser für die Menschen kümmern müssen und danach für sonstige Bedürfnisse Wasser abgeben.»

«Ja, ja, ich muß wohl Dalgren persönlich anrufen. Sie scheinen nicht zu begreifen, wovon ich rede.»

Kurz darauf war Coronel Ruiz wieder an der Leitung.

«Ich habe jetzt einen ersten Bericht vom Befehlshaber der Pioniere bekommen. Er meint, der Betrieb im Wasserwerk könne in zwei oder drei Tagen in begrenztem Umfang wiederaufgenommen werden.»

«Haben Sie die Möglichkeit, weitere Tankwagen zur Verfügung zu stellen?»

«Im Augenblick nicht.»

«Der Wasserspeicherbau kommt zu langsam voran, besonders an der südlichen Stadteinfahrt.»

«Ich werde versuchen, einige Leute hinzuschicken.»

Später am Nachmittag meldete sich sogar Behounek. «Hier Behounek. Ich wollte nur mitteilen, daß in allen Teilen der Stadt Ruhe herrscht.»

«Wie ist die Stimmung? Aufrührerisch?»

«Nein, überhaupt nicht.»

«Auch nicht in den Arbeitervierteln?»

«Nein, Ihr Appell hatte eine beruhigende Wirkung. Wir verbreiten ihn über das interne Lautsprechersystem.»

«Und er wurde gut aufgenommen?»

«Ja, vor allem bei den Eingeborenen. Die meisten sind anständige, friedfertige Geschöpfe. Wie Kinder. Sie glauben, was man ihnen sagt.»

«Haben Sie die Verluste gezählt?»

«Ja. Am Wasserwerk wurde ein Polizist getötet, zwei wurden leicht verletzt. Von der Bürgerwehr ist ein Mann tot, übrigens nur ein junger Bursche, und sieben sind verletzt, davon einer schwer.»

Nach einer Weile des Schweigens fragte Manuel: «Und unter den Eingeborenen?»

«Das ist unklar. Schätzungsweise starben etwa dreißig, kaum mehr.»

«Durch die Polizei?»

«Meine Leute haben sechs solcher Fälle gemeldet.»

«Und Verwundete?»

«Etwa zehn sind ins Lazarett gebracht worden. Aber das ist natürlich keine zuverlässige oder endgültige Zahl.»

«Wie viele Festnahmen?»

«Keine bis jetzt. Aber es wird Sie freuen zu hören, daß die Saboteure wahrscheinlich schon heute nacht aufgespürt werden. Sie kamen in einem kleinen Lastwagen. Vor einer Stunde fanden wir den demolierten Laster in einem Sektor, den wir seit langem kennen. Ich glaube sogar, ich weiß, wo sie sind.»

Behouneks Stimme war hart und kühl.

Niemand rief in den nächsten zehn Minuten an, und Manuel Ortega hatte Gelegenheit, über einige Einzelheiten nachzudenken. Mindestens dreißig Menschen waren im Arbeiterviertel getötet worden, und laut Behounek waren nur sechs von ihnen durch Polizeikugeln gefallen. Die anderen hatte eine Organisation ums Leben gebracht, die in jeder Hinsicht illegal war. Mit anderen Worten, sie hatte vierundzwanzig Morde begangen und keiner der Mörder war festgenommen oder auch nur verhört worden. Niemand schien zu erwarten, daß die Polizei jemand ergreift, nicht einmal die Angehörigen der Ermordeten. Diese entsetzliche Ungerechtigkeit erfüllte ihn mit kaltem Zorn, und ohne weiter nachzudenken, hob er den Hörer und rief Behounek an.

Das dann folgende Gespräch verlief ausgesprochen hitzig.

«Ich weigere mich zu akzeptieren, daß Sie es unterlassen, Leute festzunehmen, die unter dem Deckmantel einer illegalen paramilitärischen Organisation Morde begehen.»

«Sie haben es selbst gesehen, zum Teufel! Alles war ein einziges großes Durcheinander. Können *Sie* sagen, wer wen erschossen hat? Glauben Sie, wir haben Zeit, Einzelfälle polizeilich zu ermitteln, während Krieg und Revolution um uns herum tobt?»

«In diesem Fall sollten Sie Dalgren festnehmen, der für die Bürgerwehr und deren Mitglieder verantwortlich ist.»

«Sie sind ja verrückt. Wen soll ich denn dafür festnehmen, daß einer meiner Polizisten dort unten erschossen wurde?»

«Den Mörder oder den, der Befehl dazu gegeben hat.»

«Mann, hören Sie nicht, was ich sage? Ich *weiß* nicht, wer wen getötet hat. Ich weiß nicht, wer die Schuld daran trägt. Deshalb habe ich niemand festgenommen.»

«In diesem Fall ist es Ihre Pflicht zu versuchen, das zu klären. Wenn Sie in einem solchen Konflikt parteiisch sind, haben Sie Ihre Aufgabe falsch verstanden. Es ist möglich, daß Sie ein guter Offizier sind, Capitán Behounek, aber Sie sind ein schlechter Polizist.»

«Jetzt ist es genug mit den Beleidigungen. Was haben Sie während der Krawalle getan? Ich frage nur, was haben Sie denn getan? Dagestanden und aus einer Entfernung von einem halben Kilometer zugeglotzt. Außerdem hatten Sie die ganze Zeit über Gelegenheit, mich bei der Arbeit zu beobachten.»

«Ich bleibe dabei, Sie haben gesehen, wie dreißig Menschen ermordet wurden, ohne einen Finger zu rühren, um die Schuldigen zu ergreifen. Sie haben sich nicht einmal bemüht, die Todesopfer zu zählen.»

«Sie können zur Hölle fahren mit Ihren Moralpredigten.»

«Nennen Sie die Erwähnung von dreißig Leichen eine Moralpredigt? Fehlt Ihnen jede Achtung vor Menschenleben? Sie sind ja ein Monstrum.»

«Was sind denn Sie? Was haben Sie hier zu suchen? Sie sind eine völlig bedeutungslose Figur, eine Null, hergeschickt, um ... na ja ... ich kenne wenigstens meinen Job.»

«Nein, ich wiederhole: Sie kennen Ihren Job nicht. Und falls doch, dann verbergen Sie das verdammt gut. Sie sind entweder ein Betrüger oder ein Stümper, Capitán Behounek. Sie sollten Ihren Abschied nehmen oder verlangen, daß man Sie verhaftet.»

Fünf Sekunden lang herrschte Schweigen, dann sagte Behounek mit furchteinflößender Schärfe und Konzentration: «Sie sind erschüttert, weil Sie heute etwas Neues und Schreckliches erlebt haben. Ich bin müde, weil ich seit achtundvierzig Stunden gearbeitet habe, ohne zu schlafen. Im Interesse von uns beiden weigere ich mich deshalb, das Gespräch fortzusetzen.»

Manuel Ortega legte den Hörer mitten im letzten Wort auf.

Er stand auf und ging wütend auf und ab. Sein Herz klopfte, und es flimmerte ihm vor den Augen. Er atmete schwer und unregelmäßig, und der Schweiß rann ihm über das Gesicht.

Noch nie im Leben hatte er so etwas erlebt. Es war Jahre her, seit er überhaupt in Erregung geraten war. Er war daran gewöhnt, sowohl seine Arbeit als auch seine privaten Angelegenheiten auf vernünftiger Basis und rein geschäftsmäßig zu erledigen. Jetzt sah er nicht einmal mehr die Menschen in seiner Umgebung, weder den ungerührten Lopez noch Danića Rodriguez, die in dem Augenblick ins Zimmer kam, als er den Hörer auflegte.

Dunkel wurde ihm bewußt, daß Behounek den längsten Strohhalm gezogen hatte, daß es ihm gelungen war, kühlen Kopf zu bewahren und genug Geistesgegenwart zu haben, um sich zusammenzunehmen und das siegreiche letzte Wort zu behalten. Und dennoch war er irgendwie davon überzeugt, daß er selbst recht hatte und die ganze Zeit über einer klaren Linie gefolgt war. Mit anderen Worten, daß er richtig handelte.

Manuel Ortega stapfte noch einige Male auf und ab. An der Tür blieb er plötzlich stehen und blieb dort mit gesenktem Kopf vielleicht eine halbe Minute reglos stehen. Dann schlug er mit der Faust an den Türpfosten, drehte sich um und sah die anderen an. Lopez saß auf seinem Stuhl, die Hände auf den Knien. Mit seinen kurzen Beinen und den dicken Armen erinnerte er an irgendein orientalisches Götzenbild.

Danića Rodriguez stand am Schreibtisch; sie rauchte und hatte ein Papier in der Hand. Sie stand ganz still und betrachtete ihn, ihre grauen Augen schienen zu glitzern. Sie legte das Papier auf den Schreibtisch, nahm die Zigarette aus dem Mund, lächelte ein kleines, lüsternes Lächeln. Dann drehte sie sich um und ging wieder in ihr Vorzimmer.

Manuel Ortega stand still und schaute ihr nach, erfüllt von einem wilden Impuls, sie sich über die Schulter zu werfen, ins Schlafzimmer zu tragen, aufs Bett zu schleudern und ihr die Kleider herunterzureißen. Er unterdrückte den Impuls und ging an seinen Platz hinter dem Schreibtisch.

«Höchst bemerkenswert», sagte er zu sich und schüttelte den Kopf.

Bei Einbruch der Dämmerung war ihre Arbeit noch längst nicht abgeschlossen. Das Telefon klingelte immer wieder und Berichte strömten herein. Durch das Fenster sah man Leute, die im Licht von Autoscheinwerfern am Bau eines Wasserbehälters aus Persenning und Brettern arbeiteten. Er war schnell fertiggestellt und bereits halb voll Wasser. Die Lage war unter Kontrolle.

Um halb neun klingelte das Telefon zum vielleicht fünfzehntenmal. Es war Behounek. Seine Stimme klang ruhig und formell.

«Ich möchte betonen», sagte er, «daß ich immer noch der Ansicht bin, es ist wichtiger, eine rücksichtslose Terroristengruppe, die vielleicht schon heute nacht wiederkommen und das Lazarett oder das Elektrizitätswerk in die Luft sprengen kann, aufzuspüren und unschädlich zu machen, als von Tür zu Tür zu gehen und anständige Bürger zu fragen, was sie heute morgen um sechs gemacht haben.»

«Ich gebe Ihnen recht, bin aber weiterhin der Überzeugung, daß die eine Pflicht die andere nicht verdrängen darf. Gleichwohl bitte ich um Entschuldigung für meinen Ton bei unserem letzten Gespräch.»

«Ich auch. Wir sind beide müde, und bei mir sieht es so aus, daß ich auch in dieser Nacht kaum zum Schlafen komme.»

«Ich wünsche Ihnen Erfolg bei Ihren Ermittlungen.»

Kurz darauf ging Manuel Ortega endlich zu der Frau im Vorzimmer.

«Essen wir zusammen heute abend?»

«Nein, es geht nicht. Es tut mir leid, aber ich bin verabredet. Es geht einfach nicht.»

«Das braucht Ihnen nicht leid zu tun», sagte er.

Um zehn ließ er sich von Lopez in der Stadt herumfahren. Die Wasserspeicher waren fertig und gefüllt, die Straßen fast menschenleer, nur an wenigen Stellen waren Patrouillen mit den gelben Armbinden der Bürgerwehr zu sehen.

Als sie wieder vor dem Gouverneurspalast standen, gingen plötzlich alle Lichter aus.

Die ganze Welt war völlig still. Das einzige Geräusch, das Manuel auszumachen glaubte, war ein schwaches Tröpfeln aus dem provisorischen Wasserbehälter. Die Dunkelheit hatte nicht die geringste Kühle gebracht. Die Hitze war schwer und drückend und die Nacht schwarz wie Asphalt.

Zehn Sekunden später schaltete Lopez eine Taschenlampe ein und ging voran in das Gebäude. Manuel ging ins Büro und rief das Polizeipräsidium an.

«Nur ein gelegentlicher Leitungsausfall», sagte der Wachhabende. «Das kommt nicht selten vor.»

Manuel Ortega lag auf dem Bett, der völligen Dunkelheit des Zimmers ausgeliefert. Er war sowohl psychisch als auch physisch müde, aber zum erstenmal seit langem spürte er eine gewisse Zufriedenheit mit sich selbst. Er war sich auch bewußt, daß ihn morgen etwas Positives und Bedeutungsvolles erwartete, das ihm Anlaß geben würde, seine Kräfte anzuspannen und sich voll und ganz dahinterzustellen.

Gleich darauf schlief er ohne Furcht ein.

Er erwachte um zwei. Das Licht brannte, und er hörte, wie Fernandez sich im vorderen Zimmer bewegte. Er stand auf, zog sich aus, schaute unters Bett und legte die Astra unter das Kopfkissen. Dann legte er sich wieder hin, aber es dauerte eine Weile, ehe er wieder einschlief.

Manuel Ortega lag mit geschlossenen Augen auf dem Rücken und ließ den Feldstecher über das von der Sonne versengte graugelbe Steinpflaster wandern, während er die ausgestreckten Körper zählte. Eins – zwei – drei – vier – fünf – sechs – sieben – acht.

Die ganze Zeit über erinnerte er sich an die metallische Stimme, die den Befehl gab: «Räumt den Platz!»

11

Es war halb acht. Manuel Ortega öffnete die Tür und sah Fernandez auf dem Drehstuhl sitzen. Er machte zwei Schritte quer durch den Korridor, legte die linke Hand auf den Türöffner und steckte die rechte in die Jacke. Er spürte die Sicherheit des Revolvergriffs.

Noch hatte Fernandez nicht angefangen, sich zu erheben. Manuel öffnete die Tür und ging ins Zimmer. Es war leer, und der Krampf im Zwerchfell ließ sofort nach. Er ging ans Fenster und schaute hinaus auf die Stadt, auf den großen, blendend weißen Platz, die weißen Häuserwürfel auf der anderen Seite, die hohen, staubigen Palmen, den Wasserbehälter aus Brettern und Persenning und davor die kleine Menschenschlange mit Blechgefäßen und Tonkrügen sowie zwei Mitglieder der Bürgerwehr.

Es waren Frauen, die die gelbe Schärpe der Bürgerwehr diagonal über den Brüsten trugen und ein Sonnendach aus Segeltuch errichtet hatten. Unter dem Sonnenschutz stand ein kleiner Tisch, den alle Wasserholer passieren mußten; die Frauen waren mit einer Art von Kontrolle beschäftigt, und trotz der Entfernung sah er, daß die eine die Papiere der Vorbeigehenden stempelte.

«Schauen Sie nach, ob die Sekretärin gekommen ist», sagte Manuel Ortega.

Aus irgendeinem Grund war Fernandez der einzige unter den Leibwächtern, bei dem er die Kraft aufbrachte, einen Befehl oder Auftrag zu geben. Es kam ihm absurd vor, Lopez oder dem hoch aufgeschossenen Gomez einen Befehl zu erteilen, gar nicht zu reden von Frankenheimer.

Manuel beobachtete Fernandez, wie er die Tür öffnete. Zuerst machte der Mann einen kurzen Schritt mit dem linken Fuß, beugte sich leicht vor und zog den Kopf zwischen die Schultern, während er das Körpergewicht auf das rechte Bein verlagerte. Sein ganzer Körper sah gespannt und wachsam aus. Er erinnerte an eine Katze, die auf dem Weg in ein fremdes Haus ist.

Manuel Ortega schauderte es vor Unbehagen, dann stieß Fernandez die Tür auf, erschlaffte und sagte gleichgültig: «Ja, sie sitzt dort.»

«Señora Rodriguez!»

Sie trug ein leichtes weißes Kleid und bestimmt keinen Büstenhalter, denn die Linien ihres Körpers sahen weich und natürlich aus, und er glaubte, daß er unter dem Stoff die Brustwarzen erkannte. Ihr Gesichtsausdruck war nicht wie sonst; nie zuvor war er ihm so offen und erwartungsvoll vorgekommen.

«Das Antworttelegramm ist gekommen», sagte sie. «Ein Polizist war vor zwei oder drei Minuten damit hier.»

Er hielt das zusammengefaltete graubraune Papier einen Augenblick lang in der Hand, bevor er es öffnete. Es sah sehr vertrauenswürdig aus mit Stempeln wie EXPRESO, PRIORIAD und SERVICIO OFICIAL, und er dachte resigniert an die lange Zeit, die er bereits darauf gewartet hatte. Dann las er:

FREUNDLICHST VERZICHTEN AUF EINMISCHUNG IN REGIERUNGSANGELEGENHEITEN STOP PRIMAERE AUFGABE SCHNELLSTMOEGLICH ANORDNEN VERMITTLUNGSBEGEGNUNG ZWISCHEN BEVOLLMAECHTIGTEN REPRAESENTANTEN VON BUERGERWEHR UND FUEHRERN VON KOMMUNISTISCHER BEFREIUNGSBEWEGUNG STOP FREIES GELEIT FUER ALLE STOP POLIZEI UND MILITAER SEPARAT INFORMIERT STOP EMPFEHLEN ZUSAMMENARBEIT MIT BEHOUNEK DER IHNEN BIS AUF WEITERES UNTERSTELLT

ZAFORTEZA

Manuel Ortega war sich bewußt, daß die Frau ihn beobachtete, während er las, und er bemühte sich, keine Miene zu verziehen.

«Danke», sagte er.

Danića Rodriguez konnte eine gewisse Enttäuschung nicht ganz verbergen, was ihn aus irgendeinem Grund freute. Sie ging, drehte sich aber an der Türschwelle um und sagte: «Wenn Sie das nächste Mal mit Ihrem Freund Capitán Behounek sprechen, könnten Sie ihn bei passender Gelegenheit fragen, was die Friedenspolizei gestern abend in einem Dorf namens Santa Rosa vorhatte.»

«Können Sie das etwas näher erklären?»

«Leider nicht.»

Das Telegramm lag vor ihm auf dem Schreibtisch. Seine erste Reaktion auf die einleitende Zurechtweisung waren Ohnmacht und Wut gewesen, aber bereits beim zweiten Durchlesen erkannte er, das Wesentliche an Zafortezas Mitteilung war, daß die Regierung ihm einen konstruktiven und positiven Auftrag gab. Die Instruktionen waren klar und knapp, kurz gesagt ein Befehl, und er konnte sich kaum einen Auftrag denken, den er lieber ausführen würde. Eine Konferenz zwischen den streitenden Parteien zu arrangieren, war vermutlich alles andere als leicht, aber andererseits war es wirklich ein Auftrag, den anzupacken sich lohnte. Er dachte, in einem viel früheren Stadium, vielleicht schon in Stockholm, hatte er erkannt, daß Verhandlungen zwischen den Parteien auf höchster Ebene der einzige Weg war, der zu einer friedlichen Lösung führen könnte.

Sogar der abschließende Rat im Telegramm des Innenministers kam ihm vernünftig vor. Denn um wirklich an die richtigen Leute heranzukommen, war er in hohem Maße von der Hilfe der Polizei und von Behouneks persönlicher Erfahrung und von dessen Überblick abhängig.

Im selben Augenblick, da er die Hand ausstreckte, um das Polizeipräsidium anzurufen, gab das Telefon ein Summen von sich.

«Ja, Ortega.»

«Behounek, guten Morgen.»

«Ich wollte Sie gerade in einer sehr wichtigen und eiligen Angelegenheit anrufen.»

«Ich glaube, ich ahne, um was es geht. Vor zehn Minuten erhielt ich telegrafisch gewisse Informationen. Außerdem eine freundliche Mahnung, mit Ihnen zusammenzuarbeiten.»

«Glauben Sie, daß die Pläne der Regierung in relativ baldiger Zukunft verwirklicht werden können?»

«Ja, warum nicht? Die Schwierigkeit ist, gewisse Herren aus ihren Löchern in den Bergen zu locken.»

«Ich schlage vor, daß wir uns im Laufe des Tages zu einem persönlichen Gespräch treffen. Wie ging es übrigens in der vergangenen Nacht?»

«Planmäßig.»

«Sie meinen, daß ...»

«Ja, wir kreisten die Saboteure ein, sechs Mann, in dem Sektor, den ich vorher erwähnte. Leider ließen sie sich nicht lebend ergreifen.»

«Keiner von denen?»

«Nein, nicht einer. Einer von ihnen war noch am Leben, aber er starb auf dem Weg hierher. Dort unten war eine wilde Schießerei. Einer meiner Männer ist gefallen und ein anderer am Bein verwundet worden. Das macht drei Todesopfer innerhalb von weniger als vierundzwanzig Stunden. Nichts trifft mich so hart, als wenn meine Männer im Dienst ihr Leben opfern müssen.»

«Ich verstehe.»

«Ich fürchte, daß Sie das kaum können. Ich habe die meisten dieser Männer aus einem ganz anderen Teil des Landes mitgebracht. Sie haben ihr Heim und ihre Familie, zu denen sie zurückkehren sollten. Sie sind keine Soldaten und nicht gekommen, um zu sterben, sondern um Sicherheit und Ordnung zu schaffen. Na, wie es auch sei, diese Saboteure lassen sich sehr selten gefangennehmen. Sie sind gut bewaffnet und leisten meistens Widerstand bis zum letzten. So war es auch diesmal. Nur gut, daß es uns gelungen ist, sie in dem Gebiet zu überraschen, sonst hätten wir kaum nur einen Mann verloren.»

«Und alle wurden getötet?»

«Ja.»

Manuel Ortega dachte auf einmal wieder an den lapidaren Befehl: Räumt den Platz.

Laut sagte er: «Ich gratuliere Ihnen zu dem schnellen Erfolg.»

«Danke. Das einzig Gute ist, es erspart uns viel Kummer in der Zukunft.»

«Und die Lage hier in der Stadt?»

«Beinahe ruhig, bis auf eine Einzelheit. Deswegen habe ich Sie eigentlich angerufen. Aus dem Eingeborenendistrikt im Norden wird eine erregte Stimmung gemeldet. Wie es scheint, sucht eine Art Delegation von dort um Erlaubnis, Sie aufzusuchen. Im Augenblick veranstaltet sie angeblich einen Sitzstreik an der Polizeisperre. Ich bin selbst nicht dort gewesen.»

«Wissen Sie, was die vorhaben?»

«Die behaupten, das Wasser in ihren Brunnen sei vergiftet.»

«Kann das stimmen?»

«Ich weiß nicht. Es kommt mir unwahrscheinlich vor. Brunnen zu vergiften, ist eine legendäre Methode, von der ich mir kaum vorstellen kann, daß eine Organisation wie die Bürgerwehr dazu greift. Aber einer meiner Tenientes, der im Nordsektor die Befehlsgewalt hat, sagt, das Wasser sei anscheinend mysteriös. Ja, das ist seine eigene Wortwahl – mysteriös.»

«Schicken Sie eine Wasserprobe zur Analyse ins Lazarett. Dr. Alvarado hat gewiß Laborpersonal, das die Sache schnell erledigen kann, vom medizinischen und chemischen Gesichtspunkt aus.»

«Ja, das ist eine Idee. Ich werde das sofort veranlassen.»

«Und deren Delegation werde ich wohl empfangen.»

«Ja-ha. Wie viele sollen wir durchlassen?»

«Können die das nicht selbst bestimmen?»

«Falls die keinen klaren Bescheid bekommen, haben Sie etwa zweitausend Menschen in einer halben Stunde in Ihrem Zimmer.»

«Ach so! Ja, drei dürften wohl reichen.»

«Also drei, ja. Und wann?»

«Sagen wir um elf. Bis dann kann die Wasseranalyse vielleicht vorgenommen worden sein.»

Für eine Weile war es still; inzwischen machte Behounek sich einige Notizen. Dann sagte Manuel: «Noch etwas, jemand hat mich gebeten, Ihnen eine Frage zu stellen.»

«Worüber?»

«Die Frage lautet: Was hatte die Friedenspolizei gestern abend in einem Dorf namens Santa Rosa vor?»

Es war still im Hörer. Schließlich sagte Behounek: «Wer hat diese höchst bemerkenswerte Frage gestellt?»

Manuel war nahe daran, wahrheitsgemäß zu antworten, aber er besann sich im letzten Augenblick.

«Ich weiß nicht. Es war eine anonyme Stimme am Telefon, ein Mann, soweit ich feststellen konnte.

«Hmmm, ach so, am Telefon ...»

«Ja.»

«Sehen Sie, der da gefragt hat, scheint verdächtig gut informiert zu sein. Santa Rosa heißt der Ort, in dessen Nähe es unseren Patrouillen gestern abend gelungen ist, die kommunistischen Saboteure zu überraschen.»

«Und im Dorf selbst?»

«Es ist verlassen. Niemand wohnt dort.»

Manuel Ortega ging zu der Frau ins Nebenzimmer, stellte sich neben ihren Schreibtisch und sagte: «Die kommunistische Terrorgruppe, die das Wasserwerk gesprengt hat, wurde gestern abend in der Nähe von Santa Rosa unschädlich gemacht. Das Dorf selbst ist verlassen. Niemand wohnt dort.»

«Stimmt», sagte sie, ohne aufzusehen, «das ist völlig richtig, dort wohnt niemand.»

Er blieb noch eine Weile stehen und betrachtete ihr schwarzes Haar, das kurz und zerzaust war.

Sie kaute nervös auf ihrem Fingernagel herum, ohne den Kopf zu heben. Plötzlich sagte sie: «Sie machten einen Fehler, als Sie das anonyme Telefongespräch erwähnten. Er kann das sofort bei der Abhörzentrale kontrollieren.»

Manuel Ortega zuckte zusammen.

«Abhörzentrale», sagte er scharf. «Und das sollen Sie ...»

Da hob sie den Kopf und sah ihn ruhig und ernst an.

«Ja, ich habe doch gesagt, daß ich lausche.»

Manuel Ortega tat etwas ganz und gar Unüberlegtes. Er hob die rechte Hand und schlug sie. Ihr Kopf flog zur Seite, aber sonst reagierte sie überhaupt nicht. Dann sah sie ihn mit dem gleichen Blick wie vorher an und sagte: «Eines müssen Sie verstehen – ich bin jetzt auf Ihrer Seite, jedenfalls in einem gewissen Maße.»

«Verzeihung ...»

Er sagte es verwirrt und machte eine Bewegung, die, soweit er verstehen konnte, nicht beabsichtigt und jedenfalls nicht durchdacht war. Er hob die Hand noch einmal und streichelte ihr sanft die Wange. Sie bewegte sich nicht, und ihr Blick war fest und sachlich.

Er verließ das Zimmer, holte das Telegramm von seinem Schreibtisch und legte es vor sie hin.

Sie ließ sich Zeit beim Lesen. Dann sagte sie leise: «Dies eröffnet sehr große Möglichkeiten.»

Sie strich mit dem Handrücken über seine Hand, leicht und flüchtig.

Sie sagten nichts mehr, und gleich darauf ging er zurück in sein Zimmer.

Während der nächsten beiden Stunden sprach er wiederholt mit Ruiz, Dalgren und dem Leiter des Wasserwerks, meistens wegen der Transporte und der Wasserrationen. Er hatte auch den Einfall, die zwanzig beschäftigungslosen Landvermesser zur Pumpstation zu schicken, und gab sogleich den Befehl dazu.

Pünktlich um elf kam die dreiköpfige Delegation der Arbeiter. Sie wurden eskortiert von einem Gendarmen in weißer Uniform, der demonstrativ an der Tür Posten bezog. Manuels erster Gedanke war, daß der Polizist verschwinden sollte, aber dann besann er sich nach einem Blick auf die scharfgeschnittenen, resignierenden, haßerfüllten Gesichter der drei Männer. Die Delegierten starrten finster von dem Polizisten an der Tür auf Fernandez, der seine Jacke aufgeknöpft hatte und schnell zu einem freien Platz an der Wand geglitten war. In seiner Art zu gehen erinnerte Fernandez an Daniča Rodriguez, aber nur bei bestimmten Gelegenheiten. Dies war so eine.

Die drei Männer standen in einer Reihe mitten im Zimmer. Alle drei hielten den Hut in der Hand und trugen die übliche flatternde weiße Kleidung; zwei von ihnen waren älter als der dritte und offenbar Indianer. Diese beiden verbeugten sich tief und untertänig. Der dritte grüßte überhaupt nicht. Er sah ziemlich jung aus, etwa zwischen fünfundzwanzig und dreißig, und war anscheinend ein Halbblut von schwer bestimmbarer Herkunft. Er führte das Wort.

«Wir sind gekommen, weil unsere Brunnen vergiftet wurden», sagte er. «Die Leute haben mich gebeten, dies auszurichten.»

Seine Stimme war schrill und streitbar.

«Wann soll das passiert sein?»

«Gestern abend wurden alle Lichter für länger als eine halbe Stunde ausgemacht. Man kam im Dunkeln in unsere Gegend und vergiftete die Brunnen.»

«Sind Sie sicher, daß das Wasser vergiftet ist?»

«Es riecht schlecht und ist rot in drei Brunnen. Im vierten ist es blau. Niemand wagt es zu trinken. Vielleicht kann man sich nicht damit waschen. Sie sagen, ein Hund habe davon getrunken und sei sofort unter entsetzlichen Qualen gestorben.»

«Und wer sollte daran schuld sein?»

«Diese sogenannten Bürger. Die am Hügel in den großen Häusern wohnen.»

«Die Männer mit den gelben Armbinden», erläuterte einer der anderen.

«Falls das Wasser wirklich giftig ist, werden wir Ihnen selbstverständlich in jeder Weise helfen. Wie Sie wissen, sind wir hier sogar in der Innenstadt ohne Wasser nach der kommunistischen Sabotage von gestern.»

«Man hat mich auch gebeten zu sagen, daß es ungerecht ist, die Leute in unserem Stadtteil zu bestrafen. Die meisten dort sind keine Kommunisten. Dennoch hat man sie gestern für etwas bestraft, das nicht sie, sondern weiße Männer getan haben. Zweiundvierzig Menschen wurden von den Bürgern und den weißen Polizisten getötet. Sie wurden heute früh begraben. Jetzt wollen wir jedoch Wasser haben.»

«Lassen Sie uns zuerst ermitteln, was mit Ihren Brunnen ist. Wir haben Wasser zu einer Analy ... zu einer Untersuchung weggeschickt. Warten Sie einen Moment.»

Danica Rodriguez, die am Türpfosten lehnte und eine Zigarette rauchte, ging ohne Aufforderung in ihr Zimmer, rief Dr. Alvarado an und legte das Gespräch herüber.

«Aha, guten Tag, wir haben uns auf Dalgrens Terrasse gesehen, nicht wahr?»

«Ja und heute habe ich Ihnen einige Wasserproben schicken lassen ...»

«Ja, wir haben sie uns angesehen. Das Wasser ist verunreinigt durch ein oder mehrere chemische Präparate, Gott weiß welche, aber es ist nicht richtig vergiftet. In dem einen Fall können wir sagen, daß man etwas so einfaches wie Methylenblau verwendet hat ... das sieht fast nach einem Jungenstreich aus. Ich erinnere mich von meiner Schulzeit her, daß wir heimlich Methylenblau in Schokoladenriegel steckten, mit denen wir dann einen armen Kerl täuschten, der um sein Leben fürchtete, weil er noch Tage danach blau spuckte und pißte.»

«Das Wasser ist also trinkbar?»

«Lieber Freund, das Wasser ist nie trinkbar gewesen. Bevor dieser Dreck hineingekommen ist, war es stark eisenhaltig und wies alle ... möglichen Verunreinigungen auf. Ich wollte gerade sagen, alle denkbaren, aber das wäre natürlich eine Übertreibung gewesen.»

«Aber dennoch scheinen es alle zu trinken.»

«Ja und die Kindersterblichkeit liegt bei 60 Prozent. Na, das hängt ja nicht nur vom Wasser ab – aber es bedeutet, wem es gelingt, die ersten fünf Jahre zu überleben, ist wirklich abgehärtet. Die halten das meiste aus. Fast alles, bis auf gewisse Nickel- und Bleilegierungen.»

«Ich habe hier jetzt eine Delegation der Bergarbeiter. Die klagen darüber, daß niemand es wagt, das Wasser zu benutzen. Was soll ich denen nach Ihrer Meinung sagen?»

«Mir scheint, Sie sollten dies sagen: Das Wasser ist nicht giftiger als vorher. Die können es zum Backen und Waschen verwenden und auch damit kochen. Es ist auch zu trinken, obwohl ich mir persönlich die Seele aus dem Leib spucken würde, wenn ich es versuchte. Aber das beste ist, wenn Sie Transporte von Trinkwasser aus den Vorratsspeichern der Stadt anordnen können. Das scheint gerecht zu sein, meine ich, und es kann sich dabei auch nicht um unermeßliche Mengen handeln.»

Er wiederholte Wort für Wort, was der Arzt gesagt hatte, abgesehen von den persönlichen Kommentaren. Die drei Männer betrachteten ihn mißtrauisch.

«Werden wir richtiges Trinkwasser bekommen?» fragte einer der Älteren, als wagte er nicht zu glauben, was er gehört hatte.

«Ja, aus Tankwagen.»

«Wann?»

«Wir sollten das bereits heute regeln können.»

«Die Bürger begießen ihre Bäume und Blumen mit gutem Wasser», sagte der eine aus dem Trio, der sich bis jetzt noch nicht geäußert hatte.

«Das hat nichts mit dieser Sache zu tun», sagte der junge Sprecher hochmütig.

Der sich geäußert hatte, sah eingeschüchtert aus.

Manuel Ortega stellte nur eine Frage, gerichtet an den Sprecher der Gruppe: «Wie heißen Sie?»

«Crox.»

Die Delegation zog ab.

Zwei Minuten später rief Behounek an. Seine Stimme war hart und rauh. «Haben Sie Zeit, für eine Stunde mit mir zu kommen?»

«Um was geht es?»

«Ich will Ihnen etwas zeigen. Sie werden einige Menschen kennenlernen.»

«Ja, natürlich, wenn es wichtig ist.»

«Ich halte es für wichtig. Ich hole Sie um Punkt zwölf Uhr ab.»

Der Polizeichef war zweifellos sehr müde. Seine Augen hatten rote Ränder und waren blutunterlaufen, seine weiße Uniform war zerknittert und schmutzig. Er hatte mehrere Heftpflaster auf der rechten Hand, die geschwollen und verletzt aussah. Aber seine Stimme war kühl und ruhig, seine Bewegungen waren exakt und resolut. Er erinnerte an einen erschöpften Boxer, der in die letzte Runde mit dem festen Entschluß geht, seinen Gegner bewußtlos zu schlagen.

«Dies Haus gehört einem jungen Grundstücksmakler aus der Stadt, Alfonso Perez», sagte er.

Sie befanden sich vor einem ziemlich abseits liegenden Haus unterhalb des künstlich bewässerten Hügels, schon halb auf dem Lande und etwa gleich weit von den Arbeitervierteln und den Villen der Oberklasse entfernt.

Das Haus war niedrig und weiß verputzt mit blauen Fensterladen und umgeben von niedrigen gelbgrauen Steinmauern. Vor dem Eingang stand bereits ein weißer Jeep der Bundespolizei.

«Ich möchte, daß Sie Perez und seine Familie kennenlernen», sagte Behounek. «Die haben Ihnen etwas Wesentliches zu sagen.»

Sie öffneten das Tor und gingen über den Plattenweg durch den Garten. Einige Meter hinter ihnen folgte Lopez, der Fernandez vor zwanzig Minuten abgelöst hatte. Das Haus war sauber und sehr gepflegt. Davor war eine Schaukel und etwas weiter weg auf dem Boden ein Kinderfahrrad.

«Heute ist ein abscheulich schwüler Tag», sagte Behounek und schaute zum Himmel empor, der von einem wolligen, weißleuchtenden Dunst verdeckt war.

Manuel machte einen Schritt auf die Tür zu.

«Nein! Einen Augenblick! Gehen Sie noch nicht hinein. Da Sie die Situation offensichtlich nicht erfaßt haben, will ich vorausschicken, daß Sie etwas sehr Unangenehmes sehen werden. Lassen Sie mich vorangehen.»

Trotzdem war Manuel Ortega fast völlig unvorbereitet, als er ins Haus ging, nur einen Schritt hinter dem Polizeichef.

Hinter seinem Rücken hörte er jemand heftig nach Luft schnappen, und er begriff, daß das Lopez sein mußte.

Sie standen in einem großen Raum mit Korbmöbeln und weißen Wänden.

Mitten auf dem Steinfußboden lag ein toter Mann in gestreiftem Pyjama. Er lag auf der Seite, und die Kehle war ihm mit solcher Kraft durchgeschnitten worden, daß der Kopf in einem Winkel von fast neunzig Grad nach hinten geworfen war. Die Zunge hatte sich durch den klaffenden Schnitt geschoben. Die Pyjamajacke und der Fußboden rundherum waren mit geronnenem Blut bedeckt.

«Das ist erst der Anfang», sagte Behounek und nahm den anderen Mann beim Arm.

Auf einem Diwan im Zimmer lag die Leiche einer Frau. Sie war nackt und hatte um den unteren Teil des Gesichts ein Handtuch gebunden. Es war im Nacken verknotet und sehr fest angezogen. Bauch und Schenkel waren blutig, und ihre Beine lagen in einem Winkel, als wären sie vom Körper abgebrochen.

Es war unmöglich, sich eine Vorstellung davon zu machen, wie sie einmal ausgesehen hatte, aber nach allem zu urteilen, war sie ziemlich jung.

«Sie war dreiundzwanzig», sagte Behounek. «Der Mann war sechsundzwanzig.»

Er hielt noch immer Manuels Arm, als wolle er ihn auf den Beinen halten.

«Das ist noch nicht das Ende, die hatten auch ein Kind.»

«Ich kann nicht mehr.»

«Nein, ich verstehe. Ich kann auch nicht mehr.»

Sie standen draußen auf der Treppe. Behounek senkte den Blick und schaute zur Seite hinter die Steinmauer.

«Manchmal», sagte er, «habe sogar ich das Bedürfnis zu erklären, was ich meine.»

Lopez stand unbeweglich seitlich der Treppe. Er war vor den anderen hinausgegangen.

«Na, Señor Leibwächter», sagte Behounek und schlug ihm auf die Schulter, «was meinen Sie? Nicht übel, wie? Oder billigen Sie nur eine hübsche Leiche im Anzug und mit drei Kugeln im Leib?»

Kurz darauf fügte er hinzu: «Verzeihen Sie, ich bin sehr müde. Kommen Sie, gehen wir.»

Eine ganze Weile danach sagte er: «Na, was halten Sie von Crox? Ein charmanter junger Mann, nicht wahr? ... Wenn es nicht so schwierig wäre zu differenzieren, würde ich sagen, daß er einer der schlimmsten Betrüger ist, die ich kenne. Er kann lesen und schreiben und steht sich recht gut mit Geld, er läßt sich für alles bezahlen. Seine Rolle als Anwalt heute hat sie sicher eine Menge gekostet ... außerdem ist er einer meiner zuverlässigsten Informanten in dem Teil der Stadt. Aber die Leute von der Befreiungsfront haben ihn leider schon früh durchschaut. Merkwürdig, daß er noch lebt.»

Manuel Ortega saß hinten. Er sagte nichts.

Als sie den Polizeichef verlassen hatten und die weiße Marmortreppe hinaufgingen, sagte Lopez:

«Seltsam, ich bin mein Leben lang Polizist gewesen, aber dennoch gibt es gewisse Dinge, an die ich mich nicht gewöhnen kann.»

12

«Ja», sagte Daniča Rodriguez, «ich verstehe Sie. Es ist entsetzlich. Fast alles, was hier geschieht, ist entsetzlich. Es ist das gleiche an vielen anderen Orten.»

«So brutal, so tierisch ... und sinnlos.»

«Das stimmt. Das war sinnlos.»

«Die Wasserleitungen gestern morgen zu zerstören war auch sinnlos. Und noch schlimmer war es, danach zweiundvierzig unschuldige Menschen zu erschießen.»

«Nein, in diesem Punkt haben Sie unrecht. Beide Ereignisse waren entsetzlich, aber nicht so sinnlos wie die Ermordung der Familie Perez. Die eine Seite zeigte, daß sie noch Mittel und den Willen hat zu kämpfen, und die andere Seite zeigte, daß sie sich zu rächen weiß. In alldem liegt eine Art von Berechnung. Das Sprengen der Pumpstation war eine Demonstration der Stärke seitens der Befreiungsfront, und die Bürgerwehr antwortete darauf mit der einzigen Form von Demonstration der Macht, deren sie fähig ist.»

«Aber das alles trifft Unschuldige.»

«Ja, gewiß. Aber als die Befreiungsfront die Wasserleitungen sprengte, lag darin auch eine Drohung: Wenn ihr weiterhin unsere Leute ermordet, werden wir eure Elektrizitätswerke, eure Krankenhäuser, eure Kasernen, eure Straßen sprengen. Und als Polizei und Bürgerwehr unmittelbar darauf vierzig Menschen das Leben nahmen, war auch das eine Drohung: Wenn ihr mit eurer Sabotage weitermacht, werden wir neue und viel schlimmere Massaker anstellen.

«Aber das ist ja Wahnsinn.»

«Ja, gewiß. Es ist eine Art von Gleichgewicht des Terrors, die widerlich ist, aber in einer Situation wie dieser entstehen mußte. Dieses Gleichgewicht ist auch sehr labil. In einer bestimmten Gefühls- oder Stimmungslage kann es dazu führen, daß keine Seite etwas unternimmt. Mit anderen Worten, es gibt eine Art von Kaltem Krieg nach berühmtem Muster. Aber es kann ebensogut dazu führen, daß alle Sperren der Vernunft plötzlich zusammenbrechen und sich alles in ein Chaos von Schrecken betroffener Menschen verwandelt, die einander blind und bedenkenlos umbringen.»

«Das müssen wir verhindern. Wenn ich nur ...»

Sie sah ihn forschend an und sagte: «Ihr Freund Capitán Behounek, der zweifellos große Erfahrungen in dieser Gegend hat, hätte Ihnen einen guten Rat geben können. Offenbar hat er es unterlassen. Er hätte sagen sollen: Dies ist eine Szene des Schreckens, die Sie nie vergessen werden. Aber damit Sie selbst überleben können, müssen Sie einsehen, daß diese Menschen Sie nur von einem rein technischen Gesichtspunkt aus etwas angehen. Sie sollten sich auch nur insoweit mit ihnen engagieren, als Sie versuchen, die Voraussetzungen dafür zu schaffen, daß sie sich auf erträgliche und nicht allzu erniedrigende Art und Weise am Leben erhalten. Sollten sie trotzdem Ihren Händen entgleiten, müssen Sie sie vergessen, dürfen nicht daran denken, daß sie noch leben könnten und arbeiten und lieben und schlafen und Frühstück zubereiten und ... ja, was Sie wollen.»

Er starrte sie an.

«Ihr Zynismus ist verblüffend.»

«Zynismus ist an und für sich immer verblüffend. In einer anständigen Gesellschaft fehlt ihm die Daseinsberechtigung, aber für Menschen wie

Sie und ich und in unserer Zeit ist er eine Voraussetzung dafür, daß wir existieren können. Nehmen Sie noch ein Glas Cazal. Das schadet Ihnen nicht.»

Es war halb drei. Sie saßen in einer großen menschenleeren Bar auf der anderen Seite des Platzes und tranken schwarzen Kaffee. Sie saßen dort schon seit einer Stunde. Manuel Ortega war noch bleich und sein Blick unsicher und flackernd. Lopez stand etwas von ihnen entfernt mit dem Rücken an der Bartheke.

«Wir sollten Siesta halten», sagte sie. «Es ist Wahnwitz, zu dieser Tageszeit zu versuchen zu arbeiten oder überhaupt auf zu sein.»

«Der Ausnahmezustand gilt auch für uns. Behounek hält bestimmt keine Siesta.»

«Apropos», sagte sie, «ich muß Ihnen offenbar gewisse Zusammenhänge klarmachen und über einige Dinge sprechen, die ich zufällig weiß. Ich tue das, damit Sie sich nicht einbilden, daß Sie psychologische Verhaltensmuster von Leuten wie Capitán Behounek verstehen.»

Sie schwieg.

«Ja?» sagte er fragend.

«Ja, wie gesagt. Die letzten Terrorereignisse, die geschahen, seit wir hier eingetroffen sind, gehören zu einer langen Kette von Ereignissen, deren Auftakt nicht mehr zu klären ist. Vorgestern abend drang ein sogenanntes Sprengkommando der Bürgerwehr, vermutlich Schuljungen, ins Arbeiterviertel ein. Wie sie an der Polizeisperre vorbeigekommen sind, können wir dahingestellt sein lassen. Das wiederholte sich seit langer Zeit zwei- oder dreimal wöchentlich, und Capitán Behounek hat ganz recht, wenn er sagt, daß Plastikbomben im allgemeinen keinen großen Schaden verursachen. Aber diesmal sprengten sie zwei Blechkästen, die offenbar mit Eisenschrott und Dynamit vollgestopft waren. Elf Menschen wurden getötet oder schwer verletzt. Darunter ein dreijähriges Kind, dem ein Bein oberhalb des Knies abgerissen wurde. Die Bundespolizei tat überhaupt nichts, weil sie, den Berichten zufolge, keine der beiden Seiten provozieren wollte. Dagegen hielten die Wachen an der Sperre – möglicherweise aus Dummheit – mehrere Menschen, die das Kind zum Arzt bringen wollten, so lange auf, daß es verblutete und starb, was vielleicht sowieso passiert wäre. Daß die Pumpstation in der nächsten Nacht zerstört wurde, kann zum Teil als Folge davon angesehen werden, ebenso die Krawalle am Morgen darauf.»

«Woher wissen Sie das alles?»

Sie antwortete nicht, sondern fuhr fort: «Capitán Behounek hat ganz recht, wenn er sagt, daß kein Mensch in dem Ort wohnt, nach dem Sie ihn auf meine Bitte hin fragen sollten. Santa Rosa war ein sehr kleines Dorf. Dort lebten vielleicht zwanzig Personen. Die Saboteure, die ihren Lastwagen kaputtgefahren hatten, gingen zu Fuß dorthin und wurden von den

Einwohnern versteckt. Kurz darauf kam die Polizei. Die Sabotagegruppe floh, wurde aber, wie Sie wissen, auf offenem Feld gestellt. Dann kehrte die Polizei nach Santa Rosa zurück und füsilierte ohne weiteres zwölf der dreizehn erwachsenen Dorfbewohner. Die Kinder wurden abtransportiert, Gott weiß wohin. Einer der Saboteure wurde gefangengenommen, aber Capitán Behounek soll ihn zu Tode gefoltert haben.»

«Woher wissen Sie das alles?» fragte Manuel Ortega noch einmal.

«Es gab dreizehn Erwachsene in Sante Rosa. Einer von ihnen entkam. Er zog sich zurück und kam in diese Stadt.»

«Diese Person ist ein äußerst wichtiger Zeuge.»

«Ja, er wurde bereits an einen Ort gebracht, der als sicher angesehen wird.»

«Ist das alles wahr?»

«In diesem Punkt kann ich Ihnen natürlich keine Gewißheit geben. Ich sitze nur hier und berichte Ihnen. Und auch damit nehme ich ein gewisses Risiko auf mich.»

«Falls das wahr ist, sollte Behounek festgenommen werden.»

«Von wem?»

Manuel Ortega sah sie hilflos an.

«Übrigens ist er nicht ganz ohne formelle und juristische Stütze. Es gibt eine militärische Ausnahmebestimmung, in der es heißt, wer eine Person versteckt, die offensichtlich eine Gefahr für die Sicherheit des Staates ist, oder wer ihr zur Flucht verhilft, kann vor ein Standgericht gestellt und mit dem Tode bestraft werden.»

«Es muß einen Ausweg geben. Es kann nicht zugelassen werden, daß das so weitergeht. Was Sie berichteten und was ich heute sah ...»

«Von dem, was Sie heute sahen, weiß ich nichts», sagte sie.

«Es gibt offenbar aktivistische Elemente auf beiden Seiten, und es sollte im Interesse aller liegen, sie zurückzuhalten.»

«Aber sie werden ja zurückgehalten. Praktische Führer wie Dalgren und seine Mitarbeiter verhindern die meisten völlig sinnlosen Unternehmen. Ebenso ist es auf unserer ... ich meine, ebenso ist es auf der Seite der Befreiungsfront. Eigentlich will niemand, daß solche Sprengstoffattentate wie vorgestern oder Morde wie heute morgen passieren. Zumindest gilt das für die meisten.»

«Dennoch kann aber offenbar so etwas irgendwann und überall passieren.»

«Ja, das ist richtig.»

«Die Lösung liegt also weiterhin in Friedensverhandlungen.»

«Ja, das ist eine Möglichkeit.»

«Die einzige, meine ich.»

«Vorausgesetzt, daß wir dem Präsidenten und seiner Regierung vertrauen können.»

«Die Regierung ist das einzige, was wir haben, um darauf zu vertrauen.»

Manuel Ortega hob das Glas und kippte den Anisschnaps herunter, der ihm scharf in der Kehle brannte.

«Kommen Sie», sagte er, «wir müssen arbeiten.»

«Ja, wir müssen arbeiten.»

Sie gingen nach draußen in die sengende Nachmittagshitze quer über den Platz. Alles um sie herum war flimmernd weiß, der Boden, die Häuser, der Himmel.

Mitten auf der Plaza sagte Manuel Ortega: «Ich habe heute einen Schock erlebt. Sie haben mir noch einen versetzt, aber Sie waren auch eine große Hilfe.»

«Das ist gut, ich will eine Hilfe sein.»

Manuel Ortega saß am Schreibtisch und Lopez an der Wand. Danička Rodriguez stand in der Türöffnung. Alles war wie sonst. Er schaute auf die Frau und spürte nichts von der Lust auf sie, die ihn in den vergangenen Tagen irritiert hatte. Er spürte nur die Hitze und den Schweiß, der ihm über Brust und Bauch rann und das Hemd und die Unterwäsche durchnäßte. Und alles, was er im Augenblick hörte, war ein Echo auf das dumpfe, betäubende Fliegengebrumm in dem niedrigen Haus mit den blauen Fensterladen und der toten Frau auf dem Diwan.

Jetzt, dachte er, jetzt gibt es nur eins zu tun. Zu arbeiten. Zu handeln. Die Konferenz zu arrangieren. Vernünftig zu sein, selbst wenn alle anderen, einschließlich meines Leibwächters und meiner Sekretärin, verrückt sind.

Er rief Coronel Ruiz an.

«Der Coronel hält Siesta.»

«Wecken Sie ihn.»

«Er darf nicht gestört werden.»

«Ich habe Sie nicht gebeten, ihn zu wecken. Dies ist ein Befehl.»

«Ja, Señor Resident.»

Während er wartete, nahm er eine Zigarette aus dem Päckchen auf dem Schreibtisch und drückte die Enden zusammen, damit keine Tabakskrümel herausfielen. Er rauchte sehr selten, und seine Zigaretten wurden knochentrocken, bis er wieder ein neues Päckchen kaufte.

Nach drei Minuten kam Coronel Ruiz ans Telefon.

«Haben Sie angefangen, Wasser in den Nordsektor zu fahren?»

«Nein, die Transportmittel reichen nicht.»

«Wie sind die Wagen verteilt?»

«Ein Wasserspeicher ist auf dem Platz, je einer an den beiden Einfahrten zur Innenstadt und zwei im Villengebiet. Sie werden von je drei Fahrzeugen bedient. Eins wird repariert.»

«Aber Sie haben zwanzig. Wo sind die restlichen vier?»

«In der Villengegend beschäftigt.»

«Womit?»

Keine Antwort.

«Womit, sagte ich!»

Er hörte nur ein Gestotter.

«Setzen Sie die sofort mit Trinkwasser für den Nordsektor in Bewegung.»

«Das kann ich nicht. Ich habe einfach nicht die Befugnis. Die Wagen sind Privateigentum, und ich habe nicht das Recht, darüber zu disponieren.» Der Coronel klang abweisend, aber etwas unsicher. Manuel beendete das Gespräch und rief Dalgren an.

«Señor Dalgren ist in einer Sitzung.»

«Unterbrechen Sie sie.»

Dalgren kam.

«Stimmt es, daß Sie vier Tankwagen verwenden, um Rasen zu bewässern, obwohl es im Nordsektor kein Trinkwasser gibt?»

«Lieber Freund, das geschieht auf allgemeine Forderung der Villenbesitzer hier oben. Außerdem sind das ihre eigenen Wagen. Und man sagt, daß man das Wasser in den Brunnen sehr wohl trinken kann.»

«Ich habe den Leuten im Nordsektor Trinkwasser versprochen, und dies Versprechen gedenke ich zu halten. Weigern Sie sich, diese vier Wagen freizugeben?»

«Lieber Freund, wie gesagt, die Wagen sind privat, und ich kann da nicht viel tun. Denken Sie daran, daß dreizehn andere private Tankwagen ebenfalls in Arbeit sind.»

Manuel Ortega holte ein nasses Handtuch, legte es sich um den Nacken und rief Behounek an.

«Dalgren und damit die Bürgerwehr weigern sich, vier Tankwagen freizugeben, die Gärten in der Villengegend bewässern, obwohl der Nordsektor noch immer kein Trinkwasser hat.»

«So, aha.»

«In der gegenwärtigen Situation habe ich das Recht, Privateigentum im Namen der Behörden zu requirieren, nicht wahr?»

«Das nehme ich an.»

«Ich requiriere also die siebzehn Wagen, die bereits im Verkehr sind. Sie müssen diesen Beschluß ausführen. Danach sollen vier davon unmittelbar damit anfangen, den Nordsektor zu bedienen.»

«Ich brauche einen schriftlichen Befehl.»

«Schicken Sie gleich einen Mann, der ihn abholt.»

«Wird geschehen.»

«Und noch etwas, Capitán Behounek. Sie sollen gestern abend militärische Ausnahmebestimmungen in einem Dorf namens Santa Rosa angewendet haben. Stimmt das?»

«Ja.»

«Ich gebe Ihnen hiermit den eindeutigen Befehl, daß Sie künftig unter keinen Umständen diese oder andere militärische Verordnungen anwenden, sondern strikt polizeiliche Instruktionen befolgen.»

«Über Ihr Recht, mir Befehle zu geben, kann vermutlich diskutiert werden.»

«Ich werde Ihnen gleich eine beglaubigte Abschrift des Telegramms vom Innenminister schicken, das ich heute bekommen habe.»

«Das ist nicht nötig.»

«Sie befolgen also den Befehl?»

«Ja.»

«Wollen Sie das schriftlich haben?»

«Ja.»

Eineinhalb Stunden später traf der erste Tankwagen im Nordsektor ein. Etwas früher hatte Behounek von sich hören lassen.

«Der Befehl wegen der Wagen ist ausgeführt.»

«Gab es Probleme?»

«Überhaupt nicht. Die haben mehrere Wagen.»

Manuel Ortega nahm wieder Kontakt mit Dalgren auf, der lachte und sagte:

«Na, Sie haben Ihre Wagen.»

«Wie Sie sehen.»

«Gut. Die eine oder andere Initiative schadet nicht.»

«Ich habe eine andere und wesentlichere Frage, über die ich mit Ihnen diskutieren will. Heute hat die Regierung mich ersucht, schnellstmöglich eine Konferenz zwischen Vertretern der Bürgerwehr und der Befreiungsfront einzuberufen. Allen Teilnehmern wird freies Geleit garantiert.»

«Man hat schon früher über eine solche Initiative seitens der Regierung gemunkelt», sagte Dalgren ausweichend.

«Wie stellen Sie sich zu dem Gedanken?»

«Meine persönliche Einstellung ist nicht ungeteilt positiv. Aber ich werde die Frage bereits heute mit der Exekutive erörtern.»

«Ich will gern hervorheben, daß nach meiner Auffassung solche Verhandlungen das einzig Denkbare sind, um Ordnung und Frieden in der Provinz zu schaffen.»

«Ich werde das weitergeben. Sie werden morgen von mir hören.»

«Ich rechne auch damit, daß Sie, Señor Dalgren, alles in Ihrer Macht Stehende tun, um Repressalien wegen der Ermordung der Familie Perez zu verhindern.»

«Sie hören, wie gesagt, morgen von mir.»

Seine Stimme war kühl und unpersönlich.

Manuel Ortega schaute auf die Uhr. Halb sieben. Die Sonne stand tief, und es war wärmer im Zimmer als je zuvor. Den Ventilator merkte man praktisch überhaupt nicht. Er begann zu verstehen, was Behounek meinte, daß das Wetter in den vorangegangenen Tagen frisch und angenehm gewesen sei, denn diese Hitze war anders, stechend, grausam und lähmend. Er atmete schwer und ungleichmäßig, und sein Herz klopfte. Die Kleidung war durchnäßt vom Schweiß.

Er ging hinüber zu Danića Rodriguez und sah, daß ihr weißes Kleid bereits verschmutzt aussah und am Rücken festklebte.

«Essen wir zusammen?»

«Ja, gern.»

Manuel ging in seine Wohnräume und wechselte die Kleidung. Dann machte er die übliche Prozedur durch, Lopez hinter seinem Rücken und die Tür vor sich, und obwohl er sicher war, daß heute nichts passieren konnte, hatte er die Hand am Revolvergriff, als er über die Türschwelle trat.

In diesem Augenblick klingelte das Telefon. Es war Behounek.

«Wir haben sie», sagte er.

«Die Leute, die Perez ermordet haben?»

«Ja.»

«Lebend?»

«Ich habe sie jetzt bei mir. Kommen Sie und schauen Sie sie an, wenn Sie interessiert sind. Dann können wir gleichzeitig über die andere Sache reden.»

«Ich komme.»

«Vergessen Sie nicht den Leibwächter. Ich habe nur achtzig Mann hier. Ist es derselbe wie das letzte Mal?»

«Ja.»

Manuel Ortega ging zu dem Mädchen.

«Haben Sie Lust mitzukommen?»

«Nein, lieber nicht.»

«Es tut mir leid, aber ich muß hingehen. Zum einen muß ich mit ihm reden, zum anderen will ich sehen, daß er nicht allzu hart zu ihnen ist. Es tut mir wirklich leid.»

«So sehr braucht es Ihnen nicht leid zu tun. Im übrigen muß ich heute abend waschen. Solange es noch etwas Wasser gibt.»

Standort und Präsidium der Gendarmerie lagen im westlichen Teil der Stadt, nicht weit vom Rundfunkgebäude entfernt, mehrere niedrige, langgestreckte Gebäude, umgeben von einer weißen Steinmauer entlang der Krone. Der Polizeichef saß in seinem Dienstzimmer und telefonierte. Er hatte den Kragen und den Uniformrock aufgeknöpft, und sein Gürtel mit dem Pistolenhalfter hing über einen Stuhlrücken. An der Wand hing eine große Karte der Provinz mit vielen weißen, roten und schwarzen Stecknadeln.

«Die weißen Nadeln zeigen, wo unsere Patrouillen sind oder im Augenblick sein sollten», sagte Behounek. «Die roten markieren die Plätze, an denen in den vergangenen drei Wochen Partisanengruppen mit Sicherheit gesehen worden sind.»

«Und die schwarzen?»

«Die zeigen, wo Terroristen, einzeln oder in Gruppen, ergriffen oder unschädlich gemacht worden sind, seitdem wir hier ankamen.»

Manuel Ortega studierte das Kartenbild. Die weißen Nadeln waren überall, aber mit augenscheinlicher Konzentration in den südlichen Teilen der Provinz und im Gebiet um die Hauptstadt.

Die roten Nadeln, vielleicht vierzig, waren fast ausschließlich in den Gebirgsgegenden im Süden. Nur fünf waren in der Hauptstadt oder ihrer unmittelbaren Nähe placiert.

Die schwarzen schließlich waren gleichmäßig über die ganze Provinz verteilt, von der Grenze im Norden zu den Gebirgszügen im Süden. Die Karte vermittelte eine gute Vorstellung davon, wie die Partisanen nach Süden gedrängt worden waren, seit die Bundespolizei die Verantwortung übernommen hatte.

«Hier lag Santa Rosa», sagte Behounek. Er legte seinen dicken braunen Zeigefinger auf einen schwarzen Nadelkopf, etwa dreißig Kilometer südöstlich der Stadt.

«Diese Stecknadel bedeutet also achtzehn Tote?»

«Neunzehn. Sechs Terroristen, ein Gendarm und zwölf Dorfbewohner.»

Manuel schaute auf die verpflasterte, blaugeschlagene Hand des Polizeichefs, sagte aber nichts. Lopez betrachtete gleichgültig die Karte.

Sie gingen über eine eiserne Wendeltreppe nach unten, durch einen langen unterirdischen Korridor und vorbei an einer bewachten Gittertür. Behounek blieb vor einer Stahltür stehen. Bevor er anklopfte, nahm er eine Zigarre aus der Brusttasche, biß die Spitze ab und riß an der Wand ein Streichholz an.

Manuel fühlte eine Erregung, die sich nur dadurch erklären ließ, daß er wissentlich noch nie einen Mörder gesehen hatte, jedenfalls keinen, der zu einem bestimmten Verbrechen in Relation zu stellen war. Die ganze Zeit über dachte er an den schrecklichen Anblick in dem weißen Haus, der Mann auf dem Fußboden und die Frau auf dem Diwan und am allerschlimmsten das Kind, das er nicht gesehen hatte. Er dachte auch mit einem gewissen Unbehagen an den Zustand, in dem sich die Täter befinden könnten, aber das beunruhigte ihn im Augenblick nicht sehr.

Ein Polizist öffnete. Der Raum war groß und kahl. An den Wänden waren Bänke befestigt. Er sah mehrere kleine Löcher hoch oben in der Nähe der Decke.

An der hinteren Wand saßen drei Männer in zerlumpter weißer

Kleidung. Vor ihnen auf dem Boden lagen ihre schmutzigen, breitkrempigen Basthüte.

«Aufstehen», sagte Behounek.

Die Männer erhoben sich sofort. Manuel Ortega betrachtete sie nacheinander. Sie hätten ebensogut die drei Männer sein können, die vor acht Stunden in seinem Raum gestanden hatten.

«Sie sind Bergleute», sagte Behounek. «Sie taten es heute morgen auf dem Weg zur Arbeit. Dann trugen sie zehn Stunden lang Steine und wurden auf dem Heimweg gefaßt.»

«Wie?»

«Durch Anzeige. Die haben sehr viel von dort mitgenommen. Wecker, Wechselgeld, Ringe und Ohrgehänge der Frau, eine Blechtrompete, einige andere Spielsachen. Perez' Pistole übrigens auch, mit seinem Namensschild daran und alles und ... ja, ein bißchen von allem.»

«Haben sie versucht, die Pistole zu benutzen?»

«Nein, das konnten sie nicht. Sie begriffen nicht, wo die Sicherung war. Sie glaubten, sie tauge nichts und warfen sie weg.»

«Was sagen sie selbst?»

«Sie haben gestanden. Was sollten sie sonst tun? Der dort rechts hatte sogar Blut an der Hose. Diese Leute leugnen übrigens fast nie.»

Die drei Männer standen dort mit gesenktem Kopf.

Manuel Ortega sah vor sich wieder die Frau auf dem Diwan und den Mann auf dem Boden und das Kinderfahrrad im Garten. Plötzlich war ihm, als spülte eine Woge von Blut durch seinen Kopf. Sein Gehirn hämmerte hinter dem Stirnbein und dröhnte im Hinterkopf.

«Was haben Sie mit ihnen gemacht?» fragte er.

Er hatte Schwierigkeiten, seine Stimme zu kontrollieren. Die ersten Worte klangen wie ein heiseres Krächzen.

«Festgenommen. Sie ein bißchen verhört. Ließ sie Kreuze und Vierecke auf ein Protokoll setzen.»

Manuel schaute auf die rechte Hand des Polizeioffiziers.

«War es nicht verlockend, andere ... Methoden anzuwenden?»

Behounek schüttelte den Kopf.

«Sie verstehen nicht», sagte er. «Die hier sind die Irregeleiteten.»

Er zog an seiner Zigarre. «Apropos Verhöre», sagte er und zuckte die Achseln, «daran hat man nicht viel Freude. Hören Sie nur zu.»

Er zeigte auf den Mann rechts. Es war ein kleiner Mann mit rundem Gesicht, schwarzem Schnurrbart und wehmütigen braunen Augen.

«Du da, tritt einen Schritt vor. So, ja. Bist du verheiratet?»

«Ja, Señor.»

«Hast du Kinder?»

«Ja, Señor.»

«Wie viele?»

«Zwei, Señor.»
«Wer von euch hat Señor Perez ermordet?»
«Juan, Señor.»
Er zeigte auf seinen Nebenmann.
«Warum hat er Señor Perez ermordet?»
«Weiß nicht, Señor.»
«Wer hat die Señora getötet?»
«Weiß nicht. Sie war nicht tot, als wir gingen.»
«Nein, aber sie starb kurz darauf, nachdem die sie behandelt hatten», sagte er zur Seite gewandt.
Dann sagte er: «Wer hat dem Kind den Kopf abgeschlagen?»
«Ich, Señor.»
«Warum?»
«Es schrie.»
«Schreien deine eigenen Kinder nicht?»
«Doch, Señor.»
«Nun, warum habt ihr Señor Perez und seine Frau und ihr Kind getötet?»
Schweigen.
«Wer von euch hat zuerst gesagt, daß ihr das tun sollt?»
«Ich, Señor.»
«Wann?»
«Als wir morgens am Haus vorbeigingen, Señor.»
«Hast du vorher schon mal einen Menschen getötet?»
«Nein, Señor.»
«Hast du das aus Spaß vorgeschlagen? Daß ihr ins Haus einbrechen solltet?»
«Ja, Señor.»
«Hast du Señor Perez und seine Frau gekannt?»
«Nein, Señor.»
«Hattest du sie vorher mal gesehen?»
«Nein, Señor.»
«Hast du vorher mal gesagt, daß ihr jemand töten solltet?»
«Ja, Señor.»
«Warum habt ihr es dann vorher noch nicht getan?»
«Ich wollte nicht allein gehen, Señor. Keiner wollte mit.»
«Wolltest du nur weiße Menschen töten?»
«Ja, Señor.»
«Warum?»
«Die töten uns, Señor.»
«Hat jemand gesagt, daß ihr weiße Menschen töten sollt?»
«Ja, Señor.»
«Wer hat das gesagt?»

«Die Befreier, Señor.»
«Meinst du die Befreiungsfront?»
«Ja, Señor.»
«Bist du in der Befreiungsfront?»
«Nein, Señor. Ich wollte, kam aber nicht hinein. Juan auch nicht.»
«Dann hast du also keinen Spaß gemacht, als du sagtest, ihr solltet gehen und Señor Perez töten?»
«Nein, Señor.»
«Warum hast du die Trompete gestohlen?»
«Die war hübsch, Señor.»
«Bereust du es?»
«Ich verstehe nicht, Señor.»
«Bereust du, daß du die Frau und das Kind und den Mann in dem weißen Haus getötet hast?»
«Ich weiß nicht. Ich verstehe nicht, Señor.»
«Bist du traurig?»
«Ja, Señor.»
«Warum bist du traurig?»
«Ich will heimgehen.»
«Wie alt bist du?»
«Weiß nicht, Señor.»
«Was, glaubst du, werden wir mit dir machen?»
«Mich töten, Señor.»
Behounek zuckte die Achseln.
«Setz dich», sagte er. «Kommen Sie, gehen wir.»
«Was werden Sie mit denen machen?» fragte Manuel draußen im Korridor.
«In Haft behalten. Dann kommen sie vor ein ziviles Bundesgericht und erhalten wahrscheinlich lebenslängliche Zwangsarbeit, ohne das Recht auf Begnadigung und ohne zu begreifen warum.»
Als sie die Wendeltreppe hinaufgingen, sagte er, vermutlich zu sich selbst: «Am Rand des Abgrunds. So nahe. So verdammt nahe.»
«Ich bin überzeugt, daß Ihre Ausrottungstaktik es nur noch schlimmer macht», sagte Manuel. «Weil sie falsch ist.»
«Alles ist falsch», sagte Behounek. «Wo sollen wir essen?»
Sie aßen in einem Privatclub für Geschäftsleute und Offiziere. Er befand sich ganz oben in einem Hochhaus im Zentrum. Die Räume waren groß und öde mit chromglänzenden Möbeln und Ventilatoren auf jedem Tisch und an der Decke. Es waren ziemlich viele Gäste dort, aber das Essen war schlecht, noch schlechter als in der kleinen Kneipe in der Nähe des Platzes. Außerdem war es dort sehr teuer, selbst wenn man es mit den Luxusrestaurants in der Hauptstadt verglich. Manuel und Behounek aßen lustlos und wenig und sagten nicht viel.

Erst beim Kaffee kamen sie auf Dinge zu sprechen, die für die Zukunft bedeutend waren.

«Welche Führer der Befreiungsfront sind namentlich bekannt?» fragte Manuel Ortega.

Behounek starrte in sein Weinbrandglas und blieb reglos sitzen, auch als er sprach.

«Die meisten. Zuerst und vor allem dieser sogenannte ‹El Campesino›, der Führer und Organisator von Partisanenaktionen. Er ist angeblich Kubaner. Den Namen hat er von einem legendären Kommunisten aus Katalonien im spanischen Bürgerkrieg. Danach Dr. Irigo, der Vorsitzender der Kommunistischen Partei im Lande war, bevor sie aufgelöst wurde. Er ist aus dem Norden und hat irgendein juristisches Examen. Vorher lebte er in einem Ort direkt hinter der Grenze im Süden, aber jetzt sitzt er vermutlich irgendwo anders im Ausland, wahrscheinlich auf Kuba oder in Chile. Des weiteren eine Frau, Carmen Sanchez, die die Propaganda in der Hand hat; sie ist übrigens erst siebenundzwanzig und soll eine Schönheit sein. Und dann ein gewisser José Redondo, genannt ‹El Rojo›. Er ist ein Partisanenheld und hat eine herausragende Stellung innerhalb der Organisation.»

«Das sind offenbar jene, denen wir eine Botschaft über die Konferenz zukommen lassen sollten. Ich nehme an, daß man sie über Rundfunk und Presse oder durch Flugblätter erreichen kann.»

«Ja und per Dschungeltelegraf.»

«Haben Sie noch mehr Namen?»

«Eventuell. Aber diese vier müssen unter allen Umständen dabei sein. ‹El Campesino›, Dr. Irigo, Carmen Sanchez und ‹El Rojo› Redondo. Ich werde Ihnen morgen früh eine Namensliste mit allen Daten schicken.»

Es war halb zwölf, als Manuel Ortega sich auszog. Er fühlte sich krank, Furcht krampfte ihm den Magen zu, und er hatte Schwierigkeiten beim Atmen.

Er legte die Astra unter das Kopfkissen, nahm drei von Dalgrens Pillen und ging zu Bett.

Als er die Lampe ausschaltete, fiel die Dunkelheit auf ihn herab wie ein uralter schwarzer Samtvorhang, dick und flauschig und staubig und erstickend.

13

Es war wieder Morgen, sein siebter Tag in dieser furchtbaren Stadt.

Fernandez. Sonnenblumenkerne auf dem Teppich. Schweißgeruch. Die zwei Schritte quer durch den Korridor und die Hand am Revolvergriff.

Die Wasserleitung funktionierte noch nicht. Der Kommandeur der Pioniere klagte über Materialmangel und verlangte weitere vierundzwanzig Stunden.

Auf dem Schreibtisch lag ein graubraunes Telegramm mit Dienststempeln.

SCHNELLSTMÖGLICH HEISST SPÄTESTENS INNERHALB EINER WOCHE STOP SECHS DELEGIERTE VON JEDER SEITE ZAFORTEZA

Neben dem Telegramm lag ein Brief von der Gendarmerie mit den versprochenen Namen und Angaben.

Am Telefon: Behounek.

«Alles ruhig.»

«Keine Todesopfer?»

«Nein.»

«Keine Sprengkommandos?»

«Überhaupt nichts.»

Zehn Minuten später: Dalgren.

«Die Bürgerwehr ist zu Verhandlungen bereit.»

«Wann.»

«Sobald Sie in der Lage sind, die Parteien zusammenzubringen.»

Daniča Rodriguez im grünen Kleid und mit Riemensandalen an den nackten Füßen.

Gomez, der Fernandez ablöste. Groß, schwer und unrasiert mit Schweißstreifen im Gesicht.

Die Sonnenstrahlen, die auf dem Boden auftrafen wie ein Wolkenbruch aus weißem Feuer.

Um zehn Uhr saß Manuel Ortega hinter seinem Schreibtisch bereit, um das Konzept für seine Bekanntmachung zu schreiben. Die Wirkungen der dritten Schlaftablette begannen nachzulassen.

Der Text wirkte ungelenk, und gleich darauf ging er ins Nebenzimmer, um seiner Sekretärin einige Anweisungen zu geben.

«Machen Sie beim Rundfunk für mich einen Termin um fünf Uhr fest. Finden Sie eine Druckerei, die noch heute mit der Herstellung von Flugblättern in einer Auflage von zehntausend Exemplaren anfangen kann. Untersuchen Sie Möglichkeiten für die Verteilung, und besorgen Sie Leute dafür. Beschaffen Sie Eis und einen neuen Kasten Limonade. Beißen Sie nicht auf ihren Nägeln herum.»

Da lachte sie. Es war das erste Mal bei der Arbeit. Sie ist hübsch, wenn sie lacht, dachte er. Und sie trug keinen Büstenhalter. Heute waren ihre Brustwarzen unter dem Stoff deutlich zu sehen. Vielleicht kam es von der Wärme.

Er fühlte sich sehr eigenartig und ging wieder an sein Konzept.

Um elf Uhr kam Fernandez zurück, er schlich sich ins Zimmer wie eine Katze.

Um halb zwölf stand Daniča Rodriguez in der Tür und sagte: «Sie haben Besuch. Eine Dame.»

«Führen Sie sie herein.»

Es war Francisca de Larrinaga. Manuel erhob sich überrascht. Er entdeckte plötzlich, daß er sowohl sie als auch die Proklamation und den General vergessen hatte.

Sie war ganz in Schwarz gekleidet und trug einen Trauerschleier vor dem Gesicht, aber sie bewegte sich schnell und energisch. Trotzdem schien sie kühl und frisch zu sein, völlig unberührt von der furchtbaren Hitze.

«Kann ich in Gegenwart Ihres Personals sprechen?» fragte sie.

Daniča Rodriguez stand noch in der Tür, Fernandez wie festgenagelt an der Wand.

«Unbedingt.»

«Gut, ich wollte mich in diesem Punkt nur vergewissern. Ich versprach Ihnen einen definitiven Bescheid innerhalb von vier Tagen. Nun, ich habe mich entschieden.»

Sie öffnete ihre Handtasche und nahm einen langen weißen Briefumschlag mit geprägtem Monogramm heraus.

«Dieser Umschlag enthält den Entwurf der Darlegungen meines Vaters. Ich habe auch eine Bescheinigung beigefügt, in der ich die Echtheit des Dokuments beeidige.»

Manuel Ortega nahm den Umschlag mit zwei Fingern, als fürchte er, ihn zu beschmutzen.

«Ich überlasse dies also Ihnen, aus Gründen, die ich Ihnen bereits vorher mitgeteilt habe. Wie Sie dann damit verfahren, ist eine Angelegenheit, um die ich mich nicht kümmern will.»

Sie machte die Handtasche wieder zu.

«Daß ich selbst gekommen bin, liegt zum Teil daran, daß ich das Dokument für zu wichtig ansehe, um es einem Diener zu überlassen. Andererseits ist die Angelegenheit kaum geeignet, um sie über Telefon zu erledigen.»

«Ja, gewiß, das Abhören ...»

«Ja, das ist sehr erfolgreich. Einst hat es sogar Menschenleben gerettet. Es wird Sie vielleicht interessieren, Señor Resident, daß mich fünf Personen nach Ihrem Kondolenzbesuch angerufen haben, einzig mit der Absicht zu hören, weshalb Sie gekommen sind. Sie sollten mindestens zwei von ihnen kennen, Señor Dalgren und Capitán Behounek.»

Bevor Francisca de Larrinaga aus dem Zimmer ging, sah sie Daniča Rodriguez amüsiert an und sagte: «Furchtbar warm, nicht wahr?»

Dann ging sie.

Im Vergleich zu der Frau, die das Zimmer verlassen hatte, sah Daniča Rodriguez ausgezogen, verschwitzt und erregt aus.

Fernandez starrte der Tochter des Generals nach, als hätte er soeben eine Offenbarung gehabt.

Danica Rodriguez zuckte die Achseln.

Manuel wischte sich den Schweiß von der Stirn mit einem Taschentuch, das bereits durchnäßt war. Dann setzte er sich, nahm den Brieföffner und schnitt den Umschlag auf.

«Kommen Sie», sagte er, «dies kann interessant sein.»

Sie ging um den Schreibtisch und las über seine Schulter hinweg.

Die Proklamation fand Platz auf zwei gewöhnlichen Seiten im Quartformat. Sie war mit der Maschine geschrieben und nach Punkten unterteilt wie ein militärischer Tagesbefehl, aber hier und da hatte der General Worte ausgestrichen und mit kantiger und schwer lesbarer Handschrift etwas hinzugefügt. Man sah, daß er die Änderungen nicht an einem einzigen Zeitpunkt vorgenommen hatte, denn er hatte manchmal Tinte und manchmal Bleistift benutzt.

Proklamation

1. Ich, General Orestes de Larringa, gegenwärtig Provinzresident und bevollmächtigter Vertreter der Regierung in dieser Provinz, will hiermit meine Ansichten zur Situation darlegen.
2. Diese Ansichten gründen sich zum einen auf den Folgerungen, die ich dank meiner Kenntnisse von Land und Leuten gezogen habe, und zum anderen auf den Erfahrungen, die ich in einem langen und abwechslungsreichen Leben als Offizier in herausragender Stellung gesammelt habe.
3. Die Unruhen in der Provinz haben ihre Ursache in zwei politisch extremen Richtungen, die um die Macht kämpfen. Die eine (Bürgerwehr) will die bestehende Ordnung bewahren. Die andere (Befreiungsfront) will den gegenwärtigen Zustand der Gesellschaft radikal verändern. Beide Bestrebungen sind gleichermaßen falsch und müssen auf das schärfste verurtelt werden. Das gilt nicht nur für die Ziele, sondern auch für die Methoden, die beide Seiten anwenden.
4. In den letzten Jahren ist im größten Teil der Welt und auch in den meisten Teilstaaten unserer República Federal eine neue Auffassung vom Bürger als Individuum (Mensch) aufgekommen. Diese Art der Anschauung hat in unserer Provinz keine Anwendung gefunden. Die Mehrheit der Bevölkerung lebt in großer materieller und geistiger Armut und hat keine Möglichkeiten zur Ausbildung. Das ist in unserer Zeit nicht zu verteidigen.
5. Die Bürgerwehr hat unrecht, wenn sie versucht, mit Gewalt am alten System festzuhalten, das von meheren Gesichtspunkten aus veraltet ist. Dadurch bleibt die Mehrheit der Bevölkerung zwangsweise in materiellem Elend. Das kann zur Katastrophe führen.

6. Die Befreiungsfront hat unrecht, wenn sie versucht, die Macht mit Hilfe von Gewalttaten zu ergreifen. Sie hat auch unrecht, wenn sie glaubt, sie sei imstande, die Macht ohne Unterstützung anderer Bevölkerungsgruppen verwalten zu können.
7. Die Bürgerwehr hat recht, wenn sie versucht, die Anlagen und die materielle Kultur, die sie in der Provinz geschaffen hat, zu schützen und zu bewahren. Sie hat auch recht, wenn sie innerhalb angemessener Grenzen die Interessen der landesbesitzenden Klasse wahrt.
8. Die Befreiungsfront hat recht, wenn sie das Recht aller Menschen auf Arbeit und Ausbildung behauptet, auf erträgliche Wohnverhältnisse und auf Löhne, die in angemessener Proportion zur geleisteten Arbeit und ebenso in ungefährer Parität mit den Bedingungen für Arbeiter in anderen Teilen der República Federal und in anderen Ländern stehen.
9. Auf Grund dessen, was ich in den Punkten 3 bis 8 sage, verdient keine der beiden Parteien die Unterstützung der Regierung oder der Streitkräfte.
10. Dennoch sollte beiden Parteien das legale Recht zuerkannt werden, die Interessen ihrer jeweiligen Gesellschaftsklasse zu vertreten, unter der Bedingung, daß sie alle bewaffneten Aktionen einstellen.
11. Auf Grund des niedrigen Bildungsgrades der Leute ist es zu früh, allgemeine politische Wahlen anzuordnen. Deshalb sollte eine Interimsregierung mit gleich vielen Vertretern aus beiden Lagern und einer entsprechenden Anzahl von Repräsentanten der Bundesbehörden gebildet werden.
12. Das Schulwesen sollte sofort ausgebaut werden. Ebenso die Krankenfürsorge. Wohnblocks sollten die gegenwärtig minderwertigen Wohnquartiere rund um die Provinzhauptstadt ersetzen.
13. Die Lohnfrage für Bergleute, Plantagen- und Industriearbeiter sollte sofort gemäß dem geregelt werden, was ich vorher sagte. Ebenso sollten Arbeitszeitbestimmungen eingeführt werden.
14. Der Forderung der Landbevölkerung nach Boden zur eigenen Nutzung sollte sofort entsprochen werden, was sich leicht machen läßt. Dagegen ist der Gedanke an eine schnelle und umfassende Bodenreform übereilt.
15. Die Bundespolizei sollte zurückgezogen und künftig nur für polizeiliche Zwecke verwendet werden.
16. Die Armee sollte die Verantwortung für Ordnung übernehmen, aber erst nachdem die gegenwärtigen Militärgouverneure und der Oberbefehlshaber ihre Verfügungsgewalt verloren haben und durch nichtpolitische Offiziere ersetzt worden sind.
17. Die gegenwärtige Situation in der Provinz ist erniedrigend, sowohl für die Menschen, die dort leben als auch für das gesamte Land. Des-

halb sollten die Maßnahmen, die in den Punkten 10 bis 16 genannt werden, sofort ausgeführt werden.

Orestes de Larrinaga
General, Provinzresident

Es gab noch einen achtzehnten Punkt im Text: Alle politischen Ideologien sollten zugelassen werden. Ebenso sollte das Recht eines jeden, unabhängig von Hautfarbe, Religion oder Gesellschaftsklasse, auf eine grundlegende Ausbildung und die Möglichkeit annehmbarer materieller Lebensbedingungen gesetzlich festgelegt werden.

Der war jedoch inzwischen mit mehreren Fragezeichen versehen und schließlich ganz ausgestrichen worden.

«Das hier ist ja großartig», sagte Daniča Rodriguez. «Älterer reaktionärer General entdeckt die Mehrheit der Menschheit und hat einen dritten Standpunkt. Das ist Dynamit.»

«Ja, das ist Dynamit», sagte Manuel Ortega.

«Was gedenken Sie damit zu tun?»

«Es veröffentlichen», sagte Manuel Ortega.

«Jetzt?»

«Ja, so schnell wie möglich.»

«Die werden jede Maßnahme ergreifen, um Sie daran zu hindern.»

«Welche ‹die›?»

«Bürgerwehr, Militär, Polizei, alle miteinander.»

«Sollen sie es versuchen.»

«Wie gedenken Sie es zu veröffentlichen?»

«Wir müssen uns eine Möglichkeit ausdenken.»

«Ja», sagte sie, «wir müssen uns eine Möglichkeit ausdenken.»

Sie stand hinter ihm und kratzte sich in ihrem kurzen schwarzen Haar. «Man schwitzt sogar in den Haaren», sagte sie. «Ein wirklich unangenehmes Gefühl.»

Manuel trank ein Glas Limonade und wischte sich wieder mit dem nassen Taschentuch über das Gesicht.

«Francisca de Larrinaga schwitzt anscheinend nicht», sagte er.

«Nein, wenn man hier sein ganzes Leben lang wohnt, ist man daran gewöhnt.»

Ganz unerwartet fügte sie hinzu: «Halten Sie sie für schön?»

«Kaum.»

«Aber attraktiv?»

«Überhaupt nicht.»

Der unverbesserliche Fernandez ließ ein erstauntes Grunzen hören.

«Geben Sie mir das Papier, dann werde ich mehrere Abschriften machen», sagte Daniča Rodriguez. «Sonst könnte uns vielleicht etwas Idiotisches passieren.»

«Sie denken tatsächlich an fast alles.»

Sie beugte sich über seine Schulter und nahm die Proklamation des Generals. Dabei streiften ihre Lippen sein Ohr, und er spürte ihre Nase an seiner Schläfe.

«Ja», sagte sie, «ich denke tatsächlich an alles mögliche, aber meistens ist es dennoch falsch.»

Sie ging, er schaute ihr nach. Als er seinen Blick wandern ließ, sah er, daß Fernandez ihn mit einer Mischung von Zweifel und fröhlicher Bestürzung betrachtete. Im gleichen Augenblick kam Lopez zur Tür herein, hängte seinen schwarzen Hut an einen Haken und setzte sich auf den Stuhl an der Wand.

Es war also zwölf Uhr.

Zwei Stunden später hatte er seine Bekanntmachung fertig und ging ins Nebenzimmer, damit sie getippt wurde.

«Ich glaube nicht, daß die das hier akzeptieren», sagte Daniča Rodriguez.

«Wer?»

«Die Befreiungsfront. Die Garantien sind zu schlecht. Die trauen der Regierung nicht und vor allem Ihnen nicht.»

«Das sollten sie tun», sagte Manuel Ortega.

«Ja, das glaube ich.»

«Na, die Hauptsache ist, daß wir Kontakt mit ihnen bekommen.»

«Den bekommen Sie bestimmt.»

Eine halbe Stunde später war sie mit dem Tippen des Manuskripts fertig und kam damit herein. Gleichzeitig brachte sie zwei Kopien der Proklamation General Larrinagas.

«Ich habe drei gemacht», sagte sie. «Die eine behalte ich selbst.»

Er nickte, faltete das eine Papier zusammen und steckte es ein. Als er die Brieftasche öffnete, merkte er, daß das Leder weich und feucht war und einen leicht stechenden Geruch angenommen hatte. Er steckte die zweite Kopie in einen Umschlag, klebte ihn zu und ging damit zu dem Mann auf dem Stuhl.

«Wollen Sie das für mich bis morgen aufheben?»

Lopez nickte und steckte den Umschlag in seine rechte Innentasche.

Manuel Ortega setzte sich an seinen Schreibtisch und überlegte. Die Hitze und der niedrige Luftdruck wirkten sich sogar negativ auf das Denkvermögen aus. Ihm war, als seien ganze Sektionen im Zellensystem seines Gehirns eingeschlafen und außer Aktion gesetzt worden. Es dauerte lange, ehe es ihm gelang, eine Entscheidung zu treffen.

Inzwischen rief Behounek an.

«Alles ruhig?»

«Ja, aber die Kommunisten verbreiten ein Flugblatt, unterzeichnet von der Befreiungsfront. Es ist lange her, seit sie das getan haben.»

«Was schreiben sie?»

«Es ist gut zusammengestellt, muß ich sagen. Diese verdammte Carmen Sanchez ... Ja, sie haben alles zusammengetragen, die Sprengkommandos, die Brunnen, die Krawalle von vorgestern, die Geschichte in Santa Rosa ...»

«Mir scheint, Sie sollten darüber kein Wort verlieren, Capitán Behounek. Später werden Sie sicherlich Gelegenheit haben, sich näher zu erklären.»

«Ja, ja, aber mich beunruhigt, wie sie es überhaupt herausbringen konnten. Jemand muß irgendwie nachlässig gewesen sein. Vielleicht ... ja, ich muß die Sache kontrollieren.»

Es klang, als rede er mit sich selbst.

«Wo drucken die ihre Flugblätter?»

«Hier irgendwo, Gott weiß wo. Sie verstehen, die brauchen keine Druckerei, sondern sie setzen ihre Texte von Hand und drucken sie dann mit einem kleinen handbetriebenen Apparat, Abzugpresse heißt der, glaube ich. Wir haben acht oder neun von diesen Vorrichtungen gefunden und beschlagnahmt, aber offenbar gibt es noch mehr. Es sind übrigens ganz kleine Dinger, leicht zu verstecken.»

«Ich werde um fünf Uhr über Rundfunk eine Bekanntmachung verbreiten.»

«Gut. Ich werde Ihnen zuhören.»

«Kontrollieren Sie, daß die Sendung auch über die Lautsprecher in den Arbeitervierteln geht?»

«Selbstverständlich. Außerdem werde ich dafür sorgen, daß die Lautsprecher in den Bergwerken angeschlossen sind.»

Manuel Ortega dachte nach.

«Ich werde morgen eine etwas detailliertere Mitteilung verlesen.»

«Gut.»

«Apropos, funktionieren die Telefone?»

«Nur örtlich.»

«Ich habe Anlaß gehabt, das zu merken. Aber warum keine Ferngespräche?»

«Die Leitung ist irgendwo im Norden unterbrochen. Der Fehler ist anscheinend noch nicht lokalisiert worden. Im übrigen ist die Leitung offenbar in der Nähe der Grenze unterbrochen, vielleicht nicht einmal auf unserer Seite. Ich habe deswegen telegrafiert.»

«Kann das auf Partisanentätigkeit zurückzuführen sein?»

«Das ist denkbar.»

Das Gespräch endete. Manuel leerte das Glas Limonade, schaute hinaus auf den öden Platz und ging zu Daniča Rodriguez.

«Machen Sie für morgen vormittag zehn Uhr einen Termin beim Rundfunk fest. Und teilen Sie dem Polizeichef mit, daß ich dann eine neue wichtige Mitteilung zu machen habe. Sagen Sie ihm, daß die Lautsprecher in den Arbeitervierteln und in den Bergwerken angeschlossen sein sollen.»

Sie sah ihn fragend an.

«Denken Sie ...»

«Ja», sagte er und klopfte mit zwei Fingern auf die Brieftasche in der Jacke.

Sie lächelte und zeigte ihre Zungenspitze zwischen den Zähnen.

Spielt den kleinen Schelm, dachte er.

Dann sagte er:

«Aber das reicht nicht. Glauben Sie, es gibt eine Druckerei, die einige tausend Exemplare produzieren kann?»

«Nein», sagte sie, «bestimmt nicht.»

Er stand da und schaute auf ihre Beine und Füße. Sie folgte seinem Blick und lächelte. Das gleiche Lächeln wie am Vortag, gierig und lüstern und mit einem Glitzern hinter den halbgesenkten Lidern.

Du verdammte kleine ...

Sein Gedankengang wurde vom Telefon unterbrochen, und er verließ ihr Büro. Es war Coronel Ruiz, der lange und detaillierte Informationen über die Wassertransporte von sich gab. Er sprach sehr förmlich, und was er sagte, war im großen und ganzen uninteressant. Manuel stellte nur eine Frage:

«Wie viele Fahrzeuge sind gegenwärtig im Einsatz?»

«Fünfundzwanzig. Drei militärische, sechzehn zwangsrequirierte und fünf private. Eins wird repariert.»

Manuel bedankte sich und legte den Hörer auf. Behounek hatte recht gehabt wie gewöhnlich.

Aber er dachte sofort: Nein, nicht wie gewöhnlich. Behounek hatte *nicht* recht. Behounek sollte nicht recht haben. Behounek hatte nie recht. In wesentlichen Fragen hatte Behounek nie recht.

Kurz darauf kam Daniča Rodriguez mit einem Telegramm herein. Es lautete:

WIE GEHT ES MIT KONFERENZ STOP GEBE VOLLSTÄNDIGE GARANTIEN STOP MIT BEHOUNEK ENG ZUSAMMENARBEITEN ZAFORTEZA

Er warf das Papier in eine Schreibtischschublade und ging und wechselte die Kleidung. Er stellte fest, daß fünf Wasserkrüge im Duschraum standen. Er wurde trotz allem gut versorgt. Als er zurückging, dachte er, diesmal werde ich keine Angst haben. Das mit der Tür ist ein lächerlicher Komplex, den ich loswerden muß.

Dennoch steckte er automatisch die rechte Hand in die Jacke, als er auf den Öffner drückte. Das Zimmer war heiß und weiß. Furchtbar.

Um halb fünf ging er zum Rundfunkgebäude. Als er bereits auf dem Weg nach draußen war, wurde er von Daniča Rodriguez aufgehalten.

«Ich habe eine Idee», sagte sie. «Ich habe in einem der Räume eine alte Vervielfältigungsmaschine gefunden. Ich glaube, sie geht. Mit der können wir einige tausend Kopien machen.»

«Heute abend?»

«Selbstverständlich. Ich werde Farbflüssigkeit und Matrizen und Papier beschaffen.»

«Sind Sie dann hier, wenn ich zurückkomme?»

«Selbstverständlich.»

Die Temperatur im Rundfunkgebäude war unvorstellbar. Die Techniker arbeiteten in Shorts und Netzhemden und hatten nasse Handtücher um den Nacken geschlungen. Die Frau in der Kontrolle saß da und hatte die Füße in eine Schüssel mit Wasser gestellt. Der Ansager, der einen roten Hitzeausschlag im Gesicht und an den Armen hatte, schüttelte den Kopf und sagte: «Wir sind fast alle aus dem Norden und noch nicht sehr lange hier. Die meisten ihrer eigenen Leute kamen bei den Krawallen im März vergangenen Jahres um, als Rechtsextremisten das alte Rundfunkgebäude sprengten und es in Brand setzten.»

«Das wußte ich nicht. Warum haben sie das getan?»

«Es gab einige Kommunisten unter der Belegschaft hier. Die haben mehrmals täglich eine Geistersendung für die Befreiungsfront gemacht. Das war vor der Regierungskrise und ehe die Bundespolizei gekommen ist. Es scheint damals der reine Wilde Westen hier gewesen zu sein.»

«Aber jetzt ist es besser?»

«Ja, jetzt ist es prima. Aber man gewöhnt sich nicht an die Hitze. Das Haus hier ist falsch gebaut, wie alles andere in diesem verdammten Teil des Landes. Der Idiot, der es entworfen hat, der hat die Ventilation vergessen.»

Manuel sah sich im Studio um. Obwohl das Gebäude ganz neu war, wies die Decke Risse auf, und die notdürftig isolierenden Sperrholzwände hatten sich unter der Hitze gebogen.

«Wir haben das Thermometer weggeworfen. Wenn wir sehen könnten, wie warm es hier drin ist, würden wir einen Hitzeschlag bekommen. Na, wir haben jedenfalls Glück, daß es hier kein Fernsehen gibt, mit diesen Scheinwerfern und dem Scheißkram», sagte er philosophisch.

Manuel Ortega war gezwungen, seine Jacke auszuziehen. Er setzte sich an den Tisch mit dem grünen Filzbelag. Sein Hemd stand offen, er trug die Ärmel aufgekrempelt und gestreifte Hosenträger und den Revolver im Schulterhalfter.

Der Ansager starrte ungläubig auf die Astra.

Während Manuel auf die rote Lampe wartete, sah er Lopez an und kam sich äußerst lächerlich vor.

Die Lampe leuchtete auf, er begann zu lesen. Innerhalb von zwei Minuten war alles vorbei.

«Das klang gut», meinte der Ansager gleichgültig. «Obwohl wir das nächste Mal Ihre ‹S› ein wenig herunterjustieren müssen. Wir können übrigens gleich eine neue Bandaufnahme machen und uns dabei ein wenig Zeit lassen, dann wissen wir ein für allemal, welche Korrekturen Ihre Stimme benötigt. Danach legen wir das Band jede Stunde ins Programm ein.»

Der Mann war offenbar in der Frage der politischen Situation völlig indifferent und sich des Ernstes der Lage kaum bewußt.

«Es ist gut», sagte Manuel Ortega zu sich selbst. «Das genügt.»

Als er zum Gouverneurspalast zurückkam, fragte er Danièa Rodriguez: «Haben Sie die Sendung gehört?»

«Ja, die Garantien sind noch zu schlecht.»

Die Bekanntmachung war sehr einfach gewesen. Er hatte im großen und ganzen gesagt, die Regierung habe ihn beauftragt, Friedensgespräche zwischen der Bürgerwehr und der Befreiungsfront einzuberufen, und es werde volle Garantien für die persönliche Sicherheit der Delegierten geben. Zum Schluß hatte er die Kontrahenten aufgefordert, sich durch bevollmächtigte Vertreter zu erkennen zu geben.

«Ja, wir werden sehen», sagte er.

Danièa Rodriguez antwortete nicht. Sie hatte Papier, Matrizen und Farbtuben beschafft. Das Material lag auf ihrem Schreibtisch, und daneben stand der Vervielfältigungsapparat, ein staubiges, altmodisches Monstrum, das anscheinend seit über zehn Jahren nicht mehr benutzt worden war.

Kurz darauf sagte sie: «Er funktioniert nicht richtig.»

Sie hatte mehrere Sätze auf eine Matrize geschrieben und zog sie zur Probe ab. Das Ergebnis war wenig ermutigend.

Manuel Ortega schaute den Apparat mißmutig an. Er war technisch unbegabt und nun völlig ratlos. Zu allem Überfluß schüttelte die Frau den Kopf und sagte: «Ich verstehe nichts von technischen Dingen.»

Er drehte noch einmal an der Kurbel, schaute auf die unleserliche Schrift und zerknüllte das Papier.

«Scheiße», sagte sie.

«Ich bitte um Entschuldigung.»

Sie zuckten beide zusammen, und Manuel steckte die Hand in die Jacke.

Lopez hatte das gesagt.

«Ich bitte um Entschuldigung», sagte er noch einmal. «Als ich bei der Fremdenpolizei arbeitete, hatten wir genauso eine Maschine.»

Sie starrten ihn an. Er saß wie gewöhnlich auf einem Stuhl an der Wand mit den Händen auf den Knien.

«Ich hatte damals mit einer Schußverletzung im Fuß zu tun», fügte er erklärend hinzu. «Deshalb machte ich Innendienst.»

«Dann können Sie uns vielleicht helfen?»

«Schon möglich», sagte Lopez.

Zehn Minuten später funktionierte der Apparat, aber nach einigen hundert Kopien zerriß die erste Matrize. Manuel stand an der Wand und schaute zu, während sie eine neue schrieb. Sie arbeitete schnell und war anscheinend enthusiastisch und froh, und ihre Brüste wippten unter dem Kleid. Sie hatte einen Farbfleck an der Schläfe, und als sie die Hand hob, um sich den Schweiß von der Stirn zu wischen, verrieb sie den Fleck zu einem langen schwarzen Strich.

Sie ging nahe an ihm vorbei, weich und geschmeidig. Wie eine Katze. Sie befestigte die Matrize, schaute nach dem Papier. Ging wieder an ihm vorbei. Kam zurück. Er streckte die Hand aus und zog sie am Arm.

«Daniča.»

«Ja.»

Ihre Augen waren groß und dunkelgrau und fragend. Dann nickte sie und legte den Papierstapel weg.

«Ja», sagte sie ruhig. «Ja, ich komme.»

Er hielt sie am Arm und führte sie durch das andere Zimmer, über den Korridor, schloß auf, ging hinein.

Er dachte nicht. Nicht an Lopez. Nicht an Behounek. Nicht an jemand. Nicht an irgend etwas.

Er machte das Licht an.

Sie sah ihn ernst an, strich sich mit dem Handgelenk das Haar aus der Stirn.

«Ja», sagte sie.

Er nahm sie bei den Schultern und küßte sie. Ihre Lippen waren schmal und weich und lebendig. Sie bewegte langsam den Kopf und öffnete den Mund. Er spürte ihre Zunge. Sie war bei ihm. Ihr weicher Körper, der sich an seinen schmiegte.

Sie hatten sich voneinander gelöst. Er zog Jacke und Schuhe aus und schnallte die Astra ab.

Sie öffnete die beiden obersten Knöpfe ihres Kleids, hielt inne.

Er streckte die Hand aus und öffnete den dritten. Den vierten. Zog ihr das Kleid von den Schultern. Berührte ihre nackten Brüste. Betrachtete sie. Klein und wohlgeformt. Der Knutschfleck war fast verschwunden, jetzt ein schwach bläulicher Schatten. Die Brustwarzen waren dunkelbraun und hart.

Er begann sein Hemd auszuziehen.

Sie sah ihn an. Sagte plötzlich: «Teufel, nein, es geht nicht.»

Er sah sie fassungslos an.

«Warum nicht?»

«Das übliche. Wie konnte ich das vergessen?»

«Wie, bitte?»

«Es geht tatsächlich nicht. Begreifst du nicht?»

Sie sah ihn verlegen an.

«Es hört sich völlig verrückt an», sagte sie. «Aber ich hatte es total vergessen.»

«Aber danach?»

«Was heißt, danach?»

«Ja, wenn es vorüber ist. Dann?»

«Aber klar. Sofort.»

«Wirklich?»

Sie lachte und legte ihm zwei Finger auf den Mund.

«Ich schwöre», sagte sie.

Er lachte auch.

«Du verstehst, ich will wirklich», sagte sie.

«Zieh dich aus.»

Fragender grauer Blick.

«Ja, ich will dich duschen. Dort drin ist viel Wasser. Du bist verschwitzt.»

«Du auch.»

Zog den Reißverschluß am Kleid nach unten.

Sie trug außer den Sandalen nur zwei Kleidungsstücke und war vor ihm fertig. Sie schauten einander an.

«Du bist nackt», sagte sie.

«Du auch.»

«Schrecklich, wie haarig du bist.»

«Du auch.»

«Aber nur hier.»

Sie fuhr mit den Fingerspitzen durch das dichte schwarze Haar.

Über der Haarlinie war ein kreisrundes blaues Mal.

Sie stand im Duschraum, stützte die Hände auf die Knie. Er goß langsam zwei Krüge Wasser über sie.

«Die Haare auch», sagte sie.

Dann war er dran. Eine Gänsehaut überlief ihn. Dabei ist das Wasser gar nicht so kalt, dachte er.

Sie trockneten sich ab und gingen ins Schlafzimmer. Sie legte sich aufs Bett und sah ihn an, während er die Tür schloß und zurückkam.

«Du bist gut gebaut», sagte sie.

«Du auch.»

«Ich habe lange Beine und zierliche Füße. Sonst ist nicht viel an mir dran.»

Er beugte sich über das Bett und küßte sie.

«Manchmal kriege ich Minderwertigkeitskomplexe. Und das bei meinem Image: zäh und unnachgiebig.»

«Wann hast du denn Komplexe?»

«Wenn ich so eine Frau wie die heute morgen sehe. Blöde.»

Sie sahen einander wieder an.

«Möchtest du, daß ich dich streichle?»

«Ich kann warten», sagte er.

«Ich frage nicht, was du kannst, ich frage, was du willst.»

Er legte sich neben sie und streckte den Arm aus.

«Nein», sagte sie, «nicht das Licht ausmachen.»

Er lag still da, ihr nasses Haar an seiner Schulter. Ihr Körper war kühl und angenehm nach der Dusche. Sauber, dachte er.

Wenn du liegst, siehst du groß und ganz erwachsen aus, aber wenn du angezogen bist, siehst du wie ein kleines Mädchen aus.

Gleichzeitig schmal und kräftig, wie nur Boote und bestimmte Frauen sein können.

Er sagte: «Wie viele Abzüge soll eine Matrize eigentlich aushalten?»

«Tausend, aber jetzt nicht davon sprechen, nicht daran denken. Nicht jetzt. Denk an mich. Denk an dich. Dies ist unsere einzige Chance.»

Fuhr ihm mit der Hand durch das Haar. Legte sie flach auf seinen Bauch.

«Na», sagte sie, «willst du?»

«Ja.»

Sie lag ganz still, unbeweglich.

Lange danach begann sie ihn zu streicheln.

Sehr sanft. Unten.

Nach einer Weile sagte sie: «Gut?»

Er sagte nichts. Packte sie. An den Schultern. Ihre Brüste. Ihren Bauch. Fuhr mit den Fingern durch das dichte Haar. Zwischen ihre Beine. Kam näher.

«Du fürchtest dich ein bißchen vor mir, wie?»

Sie hob ihr linkes Bein etwas an, legte es auf seins. Knie an Knie, Fuß an Fuß.

«Nur ein bißchen», sagte sie.

«Ja.»

«Ich liege auf meinem rechten Arm», sagte sie. «Das tut weh.»

Sie setzte sich aufrecht hin.

«Siehst du mich jetzt?» fragte sie.

«Ja.»

«Ich sehe dich auch.»

Er nickte.

«Dann schau, weil ich jetzt das Licht ausmache.»

Sie kniete sich hin und schaltete die Lampe aus. Beugte sich herunter im Dunkeln und küßte ihn mit offenem Mund. Er streichelte sie leicht mit der rechten Hand von den Hüften über den Rücken zum Hals und fühlte ihre Haut. Legte die Hand auf ihren Kopf, ohne ihn festzuhalten.

Sie begann sich zu bewegen, zuerst fast unmerklich. Glitt mit der Zungenspitze und den Lippen über sein Kinn. Über den Hals und weiter über Brust und Bauch. Schnurgerade nach unten wie auf einer geometrischen Linie. Dort befingerte sie ihn spielerisch, scharf, zart und leicht und heiß, legte das Kinn auf seine Schenkel.

«Du bist prima», sagte sie.

Er nahm sie bei den Hüften und hob sie hoch. Sie war leicht und lag jetzt breitbeinig da, auf allen vieren. Auf ihm. Er hielt ihre Füße fest. Ließ sie los. Strich sanft mit der rechten Hand über Waden und Schenkel. Sie bewegte die Knie. Lag besser, meinte sie, mit den Fersen an seinen Rippen. So offen. Und er streichelte sie mit den Fingerspitzen in einer elliptischen Kurve. Suchte die empfindliche Stelle. Fand sie, wie man im Dunkeln etwas findet.

«Gut?»

«Ja», sagte sie.

«Wirklich gut?»

«Ja», sagte sie. «Wirklich. Du wirst es bald merken.»

Sie hob das Kinn von seinem Schenkel. Richtete sich auf, langsam, sicher mit schmalen, starken Fingern. Er spürte ihre Zungenspitze, und alles konzentrierte sich auf den einen Punkt. Dann Lippen, sanft umschließend, sehr weich. Ihre Zunge und ihr Mund. Ihre Unruhe und Tiefe. Sie war da, glitt auf und nieder, auf, nieder, auf, nieder, auf, nieder, auf, nieder. Obwohl sie ihn im Mund hatte, spürte er nie ihre Zähne.

Wie ein Brückengewölbe über die Unendlichkeit. So lang und sanft ansteigend. Aufwärtsgebogen, unbeweglich bis zum Höhepunkt.

Nahe am Höhepunkt. Sehr nahe. Sehr, sehr nahe.

Es begann bei ihr. Wie eine Vibration in den Fußsohlen und Beinen. Bald im ganzen Unterleib, bebend und zuckend und ungleichmäßig, und ihre langen Finger waren jetzt hart, aber sie taten ihm nicht weh.

Manuel Ortega, ertrinkend in Weichheit, einen Augenblick lang sehr grob. Linke Hand auf ihrer linken Brust. Sie war weich und klein und wurde unter seinem Griff sehr hart. Dann glühte das Gewölbe, und er spürte das Nachlassen des Krampfes in Armen und Beinen und Lenden. Er spürte es. Liegend mit ausgebreiteten Beinen, pulsierend und hilflos.

Daniča Rodriguez, verloren in sich selbst und eingekapselt in die bebenden Wogen der letzten Eruptionen.

Atmen. Lange liegen.

Sie bewegte sich und änderte ihre Stellung im Dunkeln. Er machte das Licht an. Sie lag halb aufgestützt auf die Ellbogen, sah ihn an. Strich mit den Fingerspitzen über seine Lippen.

«Es war bestimmt lange her für dich», sagte sie.

«Ja, ziemlich lange.»

«Was heißt das, ‹ziemlich lange›?»

Er mußte nachdenken.

«Neun, zehn Tage. Aber für dich nicht so lange?»

«Nein?»

«Wie lange?»

«Drei Tage. Nein, vier.»

«Der Offizier?»

«Nein.»

«Mit wem?»

«Mit einem, den du nicht kennst, Er hieß Ramón.»

«Kennst du ihn? Gut?»

«Ja, ziemlich.»

«Es war nicht das erste Mal?»

«Überhaupt nicht.»

«War er gut, Ramón?»

«Ich mag ihn, das ist die Hauptsache.»

«Hat er das blaue Mal gemacht?»

«Welches?»

«Auf deinem Bauch.»

«Ja.»

«Und der Offizier?»

«Ja, aber das war vorher.»

«War er auch gut?»

«Ich weiß nicht. Ich mochte ihn eigentlich nicht.»

«Aber du hast mit ihm geschlafen?»

«Ja.»

«Dann war es dir gleichgültig?»

«Man ist selten total gleichgültig, wenn man mit jemand schläft.»

«Lebst du immer so?»

«Mehr oder weniger. Nicht immer. Von Zeit zu Zeit. Findest du das schlecht?»

«Ja. Ja, ich finde das sehr schlecht.»

Sie legte sich hin, den Kopf auf seine Schulter und die Hand auf seine Brust.

«Ich war früher nicht so», sagte sie. «Aber ich bin so geworden. Ich habe mich einige Male engagiert, ernsthaft, weißt du, mit allem Drum und Dran. Aber das ging nicht gut. Es endete immer damit, daß ich die Menschen verletzte, die ich eigentlich wahnsinnig liebte. So bekam ich Scheu davor, mich zu engagieren, und um dem zu entgehen, begann ich so zu leben. Jetzt glaube ich nicht mehr, daß ich mich noch einmal engagieren kann. Aber ich weiß es nicht und habe deshalb sehr gezögert in diesem Fall, also im Fall Manuel.»

Sie sagte es mit gewollt komischem Tonfall, und er konnte ein Lachen nicht unterdrücken. Dann sagte sie: «So bin ich also. Wie bist du?»

«Etwas anders.»
«Betrügst du deine Frau?»
«Wie du siehst.»
«Oft?»
«Es geschieht, aber nicht sehr oft.»
«Mit vielen?»
«Nein, vor allem nicht mit vielen. Und ich mag nicht darüber sprechen.»
«Irgendwie finde ich dich prima», sagte sie.
«Ich mag dich auch. Wie fühlst du dich?»
«Scheußlich.»
«Wonach wühlst du da?»
«Zigaretten.»
Sie lag still neben ihm und rauchte. Sagte: «Fühlst du dich auch scheußlich?»
«Ja.»
«Paß mal auf, wie schlecht wir uns übermorgen erst fühlen werden.»
Nach einer Weile: «Du, wir müssen jetzt arbeiten. Dürfen nicht einschlafen.»
«Ich hätte das fast vergessen.»
Das stimmte. Er hatte es fast vergessen.
Er stand auf und zog sich an, und sie sagte: «Hast du keinen dünneren Anzug als den?»
Er schüttelte den Kopf.
«Dann werde ich morgen einen besorgen.»
Er schnallte den Revolver um und zog die Jacke an. Sie lag immer noch nackt auf dem Bett, lang ausgestreckt.
«Stehst du nicht auf?»
«Doch, willst du mir einen Gefallen tun?»
«Welchen?»
«Geh und hol die Tampons aus meiner Handtasche.»
Lopez saß auf dem Drehstuhl. Manuel machte die zwei Schritte durch den Korridor, griff nach der Türklinke und drückte sie herunter. In diesem Augenblick bekam er Angst und fuhr zusammen. Er legte die Hand um den Nußbaumgriff und stieß die Tür auf, vorsichtig. Dann dachte er, wie lächerlich er von hinten aussehen mußte, nahm sich zusammen und ging hinein. Er nahm die Tasche mit. Sie lag noch auf dem Bett.
Sie suchte nach der Schachtel in der Tasche, ging in den Duschraum und kam wieder. Sie ging zu ihm und küßte seine Wange. Dreißig Sekunden später war sie angezogen und hatte sich noch flüchtig die Haare gekämmt.
Um halb drei lagen fünfzehnhundert Exemplare von General Larrinagas Botschaft an das Volk aufgestapelt im Geldschrank.

Fernandez war da und strich auf seinen Gummisohlen an den Wänden entlang wie ein wildes, aber eingesperrtes Tier.

Sie hatten schwer gearbeitet und waren müde und verschwitzt, und die Hitze war immer noch schwer und drückend.

«Komm, gehen wir heim», sagte sie. «Ich meine, du kannst mit zu mir kommen. Wenn du willst, versteht sich.»

Manuel zögerte lange.

«Nein», sagte er zuletzt. «Jemand muß hier sein.»

«Ja, natürlich. Meine Gedanken gehen manchmal etwas in die Irre.»

«Kannst du nicht hierbleiben?»

Jetzt zögerte sie.

«Nein, wirklich, es geht nicht.»

«Gute Nacht. Du, es ist spät. Willst du den Revolver haben? Wenn du dich fürchtest?»

«Ich habe keine Angst.»

14

Es war der Morgen des achten Tages, und Manuel Ortega wurde wieder von Fernandez geweckt, der sich über ihn beugte und mit der Hand seine Schulter berührte.

Er hatte in der Nacht keine Schlaftabletten genommen und war sofort hellwach.

«Die Dame ist hier und sagt, es sei etwas Wichtiges.»

«Welche Dame?»

«Sie, unsere Señora Rodriguez.»

«Dann lassen Sie sie herein.»

Daniča kam herein mit einer Zigarette in der Hand. Sie trug das weiße Kleid.

«Hallo», sagte er. «Danke für gestern.»

«Danke gleichfalls. Sixto will sich mit dir treffen.»

«Um diese Zeit? Und wer ist Sixto?»

Es war halb sechs. Beide hatten sie höchstens zwei Stunden geschlafen.

«Er ist der regionale Führer der Befreiungsfront hier.»

«Was will er? Mich erschießen?»

«Kaum. Aber ich weiß überhaupt nichts. Ich erhielt die Nachricht erst vor zwanzig Minuten.»

«Warum konnte er nicht selbst kommen? Oder anrufen?»

«Nach ihm wird immer noch gesucht, und Telefon wagt keiner zu benutzen. Beeile dich jetzt!»

Zehn Minuten später waren sie auf dem Wege. Daniča Rodriguez fuhr,

Manuel Ortega saß neben ihr und Fernandez hinten. Sie passierten die Polizeisperre am südlichen Stadtausgang, fuhren an den Kasernen vorbei und bogen auf einen Kiesweg ab, der über ein steiniges, heruntergekommenes Feld zum sogenannten südlichen Sektor führte.

Daniča fuhr sehr gut, schnell und mit intuitiver Sicherheit. Manuel schaute sie von der Seite an und sah, daß sie oberhalb der Nasenwurzel eine kleine Falte bekam, wenn sie ihre Aufmerksamkeit auf die unebene Fahrbahn konzentrierte.

«Wie gut sind eigentlich deine Verbindungen mit diesen Kreisen hier?» fragte er.

«Recht gut.»

Sie bremste an einer Öffnung in der Steinmauer. Vor dem Kühler stand ein Polizist mit schußbereiter Maschinenpistole.

«Es war nett, daß du gestern abend nicht angefangen hast, so etwas zu fragen, als du dein Wahrheitsspielchen spieltest», sagte sie.

Er sah sie vorwurfsvoll an, und sie schüttelte den Kopf und sagte: «Verzeih, ich fühle mich heute ziemlich matschig. Dann bin ich unausstehlich.»

Sie zeigten ihre Ausweise dem Polizisten, der salutierte und sagte: «Wünschen Sie eine Eskorte?»

«Nein, danke», sagte Manuel Ortega.

Dann dachte er, daß eine Eskorte genau das sei, was er sich wünschte.

Sie fuhr eine lange, gewundene Straße zwischen graugelben Steinhäusern entlang. In den Lücken zwischen den schiefen Mauern gab es alle Arten provisorischer Behausungen, von alten Blechtonnen bis zu umgedrehten Lastwagen auf Bockgestellen und alten Bussen. Auf der Straße wimmelte es von Kindern, Schweinen und Hunden, aber man sah nur wenige Erwachsene. Daniča hupte unaufhörlich, und die Verwünschungen der Kinder hagelten auf das Auto herab. Sie kamen auf einen ziemlich großen dreieckigen Platz, der beinahe menschenleer war. Nur am Brunnen tratschten und drängelten sich einige Frauen mit Tonkrügen in den Händen. Der Platz war nicht gepflastert, sondern mit gestampftem Lehm bedeckt, von der Sonne getrocknet, gelb und in unregelmäßige Vierecke aufgesprungen. Mitten auf dem Platz wühlten Schweine, Kinder und Geier in einigen großen Abfallhaufen herum. Die Geier erschraken vor dem Wagen und flogen mit schwerem Flügelschlag hoch. Sie landeten zehn Meter weiter.

«Wir halten hier», sagte Daniča. «Den Rest des Weges können wir gehen.»

Sie bog in eine kleine Gasse ein und ging eine kurze Treppe hinunter. Es stank nach Urin und verfaultem Abfall, und Manuel war nahe daran, sich die Nase zuzuhalten, aber er beherrschte sich. Statt dessen drehte er sich um und schaute auf Fernandez, der drei Meter hinter ihm ging, geduckt mit langen, gleitenden Schritten und die rechte Hand an der Hüfte.

Daniča blieb an einer niedrigen Holztür stehen und klopfte. Das Klopfen war offenbar eine Art von Signal, aber schwer zu erkennen, obwohl es kurz war.

Jemand schob die Klappe von einem Guckloch fort. Gleich darauf öffnete sich die Tür.

Daniča ging einen Schritt zur Seite und ließ Manuel zuerst eintreten. Sie standen in einem kahlen, fensterlosen Raum mit rauhen Steinwänden. Das Tageslicht, das durch das Guckloch und die Ritzen in der Tür eindrang, erfüllte den Raum mit einem grauweißen unwirklichen Licht. Der Mann, der geöffnet hatte, war vielleicht etwas jünger als Manuel. Er trug Gummistiefel und einen nachlässig zugeknöpften Overall mit einem stramm festgezogenen Ledergürtel. Sein Gesicht war von der Sonne verbrannt mit schweren, kräftigen Zügen und sein Haar braun und lockig. Zudem hatte er blaue Augen. Daniča hatte die Tür wieder zugemacht und mit einem Riegel verschlossen.

«Hallo, Ramón», sagte sie und gab dem Mann einen Klaps auf die Wange, leicht und kameradschaftlich.

Manuel spürte einen schwachen Stich von Eifersucht, aber das legte sich sofort. Sie gingen mehrere Stufen hinauf und kamen in den nächsten fensterlosen Raum. Im hinteren Teil stand ein langer Tisch und zwei lange Holzbänke. Hinter dem Tisch saß ein Mann und reinigte den Lauf einer Pistole vom Typ Parabellum. Er war schwer und kräftig und hatte kurzes, ziemlich helles Haar.

«Das ist Sixto», sagte Daniča. «Er ist der regionale Führer.»

«Und Chef des Politbüros der Befreiungsfront», sagte der Mann und erhob sich. «Setzen Sie sich, bitte.»

Sie gaben sich die Hand und setzten sich.

Fernandez zog sich sofort an die Wand zurück. Sein Blick flitzte hin und her zwischen den beiden Männern. Der Kurzhaarige schaute ihn an, schob das Magazin in die Pistole und legte sie demonstrativ vor sich hin.

«Setzen Sie sich», sagte er. «Hier wird nicht geschossen. Hier wird geredet.»

«Setzen Sie sich, Fernandez», sagte Manuel Ortega.

Fernandez setzte sich endlich, aber zögernd und ans Ende der Bank.

«Kurz gesagt», sagte Sixto, «wir sind bereit zu verhandeln. Das wollten wir ja immer. Aber wir fordern wirkliche Garantien. In erster Linie wollen wir die Verhandlungen auf neutralem Boden führen, außerhalb des Landes.»

«Das ist undenkbar. Wir haben einfach keine Zeit. Die Konferenz muß innerhalb von sechs Tagen abgehalten werden.»

«Wo hatten Sie denn gedacht?»

«Irgendwo. Hier in der Stadt.»

«Das ist für uns unmöglich. Eventuell irgendwo draußen in der Provinz in einer entmilitarisierten Zone von zehn Kilometern in allen Richtungen. Keine Polizei oder Armee innerhalb von zehn Kilometern.»

«Das läßt sich gewiß arrangieren. Ich kann mir nicht denken, daß die andere Seite etwas einzuwenden hat.»

«Wenn wir nur glauben könnten, daß man darauf eingeht», sagte Sixto. «Wie sehen die Voraussetzungen übrigens aus?»

«Die erste Bedingung ist, daß alle Gewalttaten unmittelbar eingestellt werden. Die Waffenruhe soll von dem Augenblick an gelten, da entschieden ist, daß die Konferenz stattfindet. Alle Teilnehmer haben die Garantie der Regierung für freies Geleit zum und vom Ort der Begegnung.»

«Wie können wir uns darauf verlassen?»

«Ich bin der Repräsentant der Bundesbehörden, und Sie müssen sich auf mich verlassen. Das ist ein bindendes Versprechen von Regierungsseite. Ich bin der Regierungsvertreter und folglich Garant dafür, daß das Versprechen gehalten wird. Sonst wäre ich kaum persönlich hier.»

«Wir kennen Sie nicht», sagte Sixto.

«Sie müssen sich auf mich und auf die Regierung verlassen. Sonst ist jede Zusammenarbeit unmöglich.»

«Hören Sie. Wir befinden uns in einer sehr schwierigen Situation, seit die Nachschubwege über die Grenze gesperrt sind. Das ist kein Geheimnis, so daß ich es ebensogut selbst sagen kann. Deshalb können wir keine Risiken eingehen. Mit wem sollen wir übrigens verhandeln?»

«Mit den Führern der Bürgerwehr, mit mir und einigen Assistenten, vermutlich Señora Rodriguez hier und jemand als Konferenzpräsident. Ich halte es für bedeutungsvoll, daß es eine Begegnung auf höchster Ebene wird, zwischen den wirklichen Führungsschichten innerhalb der betreffenden Organisationen. Deshalb habe ich mir gedacht, daß die Parteien jeweils drei oder vier Delegierte benennen.»

«Das ist sehr unorthodox. Ist das Ihr eigener Vorschlag?»

«Ja.»

«Sehr unorthodox, wie gesagt. Aber Sie haben insoweit recht, wenn es überhaupt zu einem Treffen kommt, dann muß es eine Spitzenbegegnung sein.»

«Sind Sie also bereit, auf den Vorschlag einzugehen?»

«Wir gehen auf überhaupt nichts ein. Wie gesagt, wir können uns auf Sie persönlich als Garanten für die Versprechungen der Regierung nicht verlassen. Wir müssen weitere Garantien haben.»

«Sie können und werden selbstverständlich ein ausführliches schriftliches Dokument erhalten, in dem jeder Passus der Bedingungen sorgfältig festgehalten ist. Wenn Sie wollen, unterschrieben von Regierungsmitgliedern. Da Sie mir persönlich nicht vertrauen.»

«Ja, beispielsweise», sagte Sixto.

«Wie kann ich mit Ihnen in Verbindung bleiben?»

«Sobald wir eine Entscheidung getroffen haben – und diese Entscheidung hängt von den Garantien ab, die Sie bringen können, für die Regierung und für Sie persönlich –, ja, dann werden wir einen Kontaktmann bei Ihnen placieren, eine Art von Verbindungsoffizier.»

«Wer soll das sein?»

«Ein Mann namens Ellerman, Wolfgang Ellerman.»

«Ist er in der Nähe?»

«Ja, er ist in der Nähe.»

«Ich hebe noch einmal hervor, die wichtigste Voraussetzung ist, daß alle Gewalttaten aufhören und die aktivistischen Elemente zurückgehalten werden.»

Der Mann hinter dem Tisch warf ihm einen müden Blick zu.

«Wir haben seit eineinhalb Jahren eine viertel Million Menschen in dieser Provinz zurückgehalten, nur um zu verhindern, daß sie von Militär und Polizei abgeschlachtet werden.»

«Das Militär ist jetzt fort.»

«Und statt dessen dient die Polizei zur Abschreckung. Erst vorgestern wurde die ganze Bevölkerung eines Dorfes ermordet. Vor drei Tagen wurden zweiundvierzig Personen, die meisten waffenlos, von Polizisten und Bürgerwehrleuten im Nordsektor ermordet, am Tag davor elf von einem sogenannten Sprengkommando, davor ... tja, es ist sinnlos, das fortzusetzen. Glauben Sie, daß die Polizei die Krawalle vor drei Tagen gestoppt hat? Nein, das waren wir. Unsere Mitglieder, die das Volk beruhigten und es in Schach hielten. Sonst hätten wir bald ein allgemeines Blutbad gehabt.»

Plötzlich ballte er die Faust und schlug auf den Tisch. «Aber», sagte er, «hätten wir Aussicht auf Erfolg gehabt, dann hätten wir die Massen nicht zurückgehalten, sondern sie in den Kampf geführt. Aber wie die Dinge lagen, wäre ein sinnloses Menschenopfer das einzige Resultat gewesen.»

Manuel Ortega erwiderte den Blick des Mannes und sagte: «Das meiste davon wissen wir. Deshalb haben wir unsererseits auch gewisse Maßnahmen ergriffen. Eine Folge der Vorfälle von Santa Rosa ist, daß die Polizei den Befehl hat, künftig nur nach den Dienstvorschriften der Bundespolizei vorzugehen, und ihr verboten wurde, militärische Ausnahmebestimmungen anzuwenden.»

Sixto warf Daniča Rodriguez einen Blick zu, die bestätigend nickte.

«Sie reden gut, aber die Zeiten, da Reden auf uns Eindruck machten, sind längst vorbei.»

Er griff nach dem Rand der Tischplatte, um aufzustehen. Manuel sagte: «Einen Augenblick, da sind noch ein paar Dinge. Ein Vertreter der Bürgerwehr hat sich bereits mit mir in Verbindung gesetzt ...»

«Wer?»

«Dalgren ... und ich hatte bereits gewisse Vorabbesprechungen mit ihm. Um Zeit zu gewinnen, wäre es von großem Vorteil, wenn Sie nicht nur den Ort der Begegnung vorschlagen würden, sondern auch die vier Delegierten der Bürgerwehr nennen können, die Sie am Verhandlungstisch sehen möchten.»

«Tja», sagte Sixto und stocherte an seiner Pistole herum. «Ein Ort, ja.»

Er schaute Ramón an, der verstohlen beifällig nickte.

«Mercadal», sagte Sixto. «Mercadal dürfte gut sein. Das ist ein kleiner Ort, etwa vierzig Kilometer südlich von hier. Dort gibt es auch ein gutes Haus, einen Militärposten, den man leicht räumen könnte.»

Manuel schaute Daniča Rodriguez an.

«Notieren», sagte er.

«Dann die vier Delegierten, ja, das ist nicht schwer. Graf Ponti, Dalgren, José Suarez und selbstverständlich Coronel Orbal.»

«Coronel Orbal?»

«Ja, er ist der Gründer und Organisator der Bürgerwehr. Wußten Sie das nicht?»

«Nein, tatsächlich nicht.»

«Und denken Sie an eines. Wir kämpfen zwar mit dem Rücken an der wand, aber wir sind weit davon entfernt, machtlos zu sein.»

«Das weiß ich.»

«Wer uns täuscht, tut das im allgemeinen nur einmal. Wir haben, trotz aller gegenteiligen Behauptungen, bestimmt nicht den ersten Residenten ums Leben gebracht, aber das hindert uns nicht daran ...»

«Das weiß ich alles, und außerdem gewinnen Sie nichts dadurch, daß Sie mir drohen.»

«Was wissen Sie?»

«Daß nicht Sie Larrinaga ermordet haben. Aber statt dessen haben Sie viele andere ermordet, wenn ich nicht falsch unterrichtet bin.»

Sixto schien sprachlos zu sein. Er runzelte die Stirn und stand auf.

«Kann ich Sie hier erreichen?» fragte Manuel Ortega.

«Nichts auf der Welt könnte mich veranlassen, hier auch nur zehn Minuten zu bleiben, nachdem Sie gegangen sind.»

Sie gaben einander die Hand. Sixto steckte die Pistole ein. Ramón begleitete sie zur Tür.

Später im Wagen sagte Manuel Ortega: «Was sind das für Leute. Es sind jedenfalls keine Indianer.»

«Die meisten regionalen Führer der Befreiungsfront sind arme Weiße oder Mischlinge, die aus unterschiedlichen Gründen hier in den Slums oder in den Dörfern draußen auf dem Lande aufgewachsen sind. Ramón wurde im selben Dorf geboren wie ich.»

«Bematanango?»

«Du hast ein gutes Gedächtnis.»

«Und Sixto?»

Sie fuhr diagonal über die Plaza und bremste vor dem Portal.

«Sixto ...»

Sie unterbrach sich und stieß ein kurzes, ziemlich kaltes Lachen aus.

«Frag mich, wenn wir das nächste Mal miteinander geschlafen haben. Dann bin ich vielleicht gesprächiger.»

Zehn Minuten später hatte Manuel Ortega an diesem Tag das erste Gespräch mit Behounek.

«Mit den Kommunisten? Mit wem?»

«Mit einem gewissen Sixto.»

«Ah, das war ein Teufel. Sixto Boreas. Sie können sich denken, daß ich noch vor drei Tagen einen ganzen Stadtteil hätte umstellen lassen, wenn ich gewußt hätte, daß er sich darin befindet. Na, das war's wohl. Er ist keine wirkliche Spitzenfigur, aber gefährlich.»

«Wer ist José Suarez?»

«Ein Journalist. Chefredakteur der hiesigen Tageszeitung *Diario*. Ein guter Freund von Dalgren, ein Bonze in der Bürgerwehr.»

«Wie war die Nacht?»

«Es ging so.»

«Was heißt das?»

«Zwei Menschen wurden im nördlichen Sektor getötet. Einer im östlichen. Alle wurden heute morgen erschossen aufgefunden. Ein Partisanenüberfall weiter südlich, vier Menschen ermordet. Das ist alles, was ich bis jetzt weiß.»

Es muß eine Waffenruhe eintreten, dachte Manuel Ortega. Es muß Waffenruhe eintreten. Jetzt. Heute. Um jeden Preis. Dann erinnerte er sich an die Proklamation und daran, was er jetzt tun wollte.

Er ging ans Fenster und schaute auf den leeren Platz und die Palmen und die viereckigen Häuser im Hintergrund.

So hatte die Stadt jeden Morgen um diese Zeit ausgesehen, und jedesmal hatte er sich gefragt, ob er sie das letzte Mal sah.

15

Es war fünf nach acht. Die Hitze stand wie eine Wand vor dem Fenster, dicht, schrecklich, blendend.

Die Wasserleitung funktionierte nicht. Der Chef der Pioniertruppe klang müde und resigniert. Er verlangte noch einmal zwölf Stunden.

Die Telefonverbindungen zum Norden waren noch unterbrochen. In der Zentrale sagten sie, die Unterbrechung liege in der Nähe der Provinzgrenze, in einem Sperrgebiet, wo gegenwärtig militärische Manöver stattfänden.

Das Hauptquartier des dritten Infanterieregiments teilte mit, man rechne nicht damit, daß General Gami und Coronel Orbal innerhalb von drei Tagen zurückkämen.

Coronel Ruiz hatte Durchfall bekommen und war ins Lazarett gebracht worden.

Sein Stabschef berichtete, daß acht der fünfundzwanzig Tankwagen wegen Reparaturen in der Werkstatt seien.

Ein Unbekannter sagte in Dalgrens Auftrag, der Exekutivausschuß der Bürgerwehr werde sich sofort mit der Frage des Konferenzortes und der Benennung von Delegierten befassen.

Manuel sprach mit Daniča.

«Ruf beim Rundfunk an und sage, daß meine Rede von jetzt an alle fünf Minuten zu senden ist.»

«Ja.»

Ihr Gesicht war hart und angespannt.

«Wie bringen wir die Flugblätter heraus?»

«Das habe ich geregelt. Es ist besser, wenn du nicht weißt wie.»

«Es kann nicht länger als vier Minuten dauern, die Proklamation zu verlesen. Glaubst du, die werden es schaffen, mich zu unterbrechen?»

«Das hängt davon ab, wer am schnellsten am Telefon ist.»

«Wie fühlst du dich übrigens?»

«Die eine Brust tut höllisch weh.»

«Tut mir leid.»

«Sie tut trotzdem weh.»

Manuel Ortega saß am Schreibtisch. Sein Herz klopfte, die Hände zitterten. Er mußte zur Toilette gehen, obwohl er vor fünf Minuten erst dort gewesen war.

Fernandez kaute. Draußen war die Welt weiß.

Es war Viertel nach neun. Dann war es zwanzig nach neun. Niemand rief an, nicht einmal Behounek.

Fünf vor halb zehn. In zehn Minuten würde er gehen. Er ging zur Toilette. Schritte voller Schrecken quer durch den Korridor. Die Astra wie ein Bleigewicht am Herz.

Danica hatte das Radio eingeschaltet. Die Stimme des Ansagers hatte einen routiniert schicksalhaften Ernst: Wir kündigen eine wichtige Mitteilung an. Um Punkt zehn Uhr wird der Provinzresident zum Volk sprechen. Wir fordern alle auf, ihm zuzuhören.

Musik, hart und schrill.

Als er die Hände auf den Tisch legte, blieben nasse Abdrücke auf der braunen Schreibunterlage zurück.

Fernandez gähnte und stocherte an seinen Fingernägeln herum.

Von Manuel Ortegas Stirn fiel ein Schweißtropfen auf General Larrinagas Proklamation.

Er trocknete sich die Hände an den Hosenbeinen ab und hinterließ große dunkle Flecke auf dem hellen Stoff.

Wir kündigen eine wichtige Mitteilung an. Um Punkt zehn Uhr wird der Provinzresident zum Volk sprechen. Wir fordern alle auf, ihn anzuhören. Wir kündigen eine wichtige Mitteilung an. Um Punkt zehn Uhr wird der Provinzresident zum Volk sprechen. Wir fordern alle auf, ihn anzuhören.

Er stand auf. Faltete die Proklamation zusammen und steckte sie in die linke Innentasche. Steckte sie in die rechte. Setzte die Sonnenbrille auf. Nahm seinen Hut. Sagte zu Fernandez:

«Zum Rundfunk.»

Eine Frau in weißem Kleid sah ihn ernst an. Sie sagte nichts und machte keine Geste.

Manuel Ortega ging durch den weißen Korridor, die weiße Treppe hinunter, am weißen Empfangstisch und an einem Polizisten in weißer Uniform vorbei, fuhr durch die weiße Stadt. Er sah stur geradeaus und dachte an nichts.

Dasselbe Studio und derselbe Ansager, rote, eitrige Pickel im Gesicht und auf den bleichen Armen. Die Wände bogen sich von der Hitze. Zwei Techniker in Netzhemden hinter der Glasscheibe. Sie hatten Amulette an einem Silberkettchen um den Hals und sprachen miteinander. Der eine hatte Haare auf der Brust und trank unaufhörlich aus einen Blechbecher.

Die Lichtknöpfe tot wie blinde Augen. Fernandez an der Wand. Der Ansager erläuterte: «Wenn das Zeichen zum ‹Start› kommt, stehe ich hier und sage Sie an. Dann gehe ich. Was für Musik wollen Sie anschließend? Einen Marsch?»

Das Herz klopfte, hart und ungleichmäßig, das Zittern im Zwerchfell wollte nicht aufhören. Er dachte, seine Stimme versage, und räusperte sich mehrmals. Das Papier knisterte in seinen schweißnassen Händen.

Grünes Licht. Die Techniker hinter dem Glas sprachen noch miteinander, schauten aber auf etwas, das sich vor ihnen befand. Rotes Licht. Der Ansager beugte sich über Manuels Schulter und sagte leichthin: «Hallo, hallo, dies ist eine wichtige Botschaft an das Volk. Wir geben das Wort dem Provinzresidenten Don Manuel Ortega.»

Inzwischen hatte Manuel wie paralysiert auf das grüne Filztuch gestarrt. Ganz nahe am Mikrofon lag ein Sonnenblumenkern. Er war jetzt sicher, daß seine Stimmbänder nicht mehr funktionierten und seine

Stimme bereits bei den ersten Worten zu einem heiseren und unverständlichen Krächzen zusammenbrechen werde.

Deshalb war er erstaunt, als er sich plötzlich sprechen hörte, ruhig und klar und überzeugend: «Hier spricht Manuel Ortega. Als Provinzresident ist es meine Aufgabe, Frieden und Sicherheit in diesem Gebiet zu schaffen. Es ist auch meine Aufgabe, allen Mitbürgern in dieser Provinz die Möglichkeit zu geben, ein würdigeres und reicheres Leben zu führen, materiell und geistig. Diese Aufgabe werde ich nach meinem besten Vermögen versuchen zu lösen. Mein Vorgänger, General Orestes de Larrinaga, war ein großer und weitblickender Mann. Vor seinem Tod schrieb er eine Proklamation, die ich jetzt verlesen werde. Sie richtet sich an Sie alle, ohne Ausnahme, und sie legt die Richtlinien für meine Arbeit und die meiner Nachfolger fest. Dies ist General Orestes de Larrinagas Botschaft an Sie, geschrieben mit seiner eigenen Hand.»

Er verlas die siebzehn Punkte langsam und nachdrücklich. Die ganze Zeit über befand er sich in einem Zustand der Unwirklichkeit und Isolierung. Es existierten nur die Buchstaben und Wörter und eine kleine gelbe Spinne, die langsam, unglaublich langsam diagonal über das Papier kroch.

In dem Augenblick, da er die Wörter «Orestes de Larrinaga, General, Provinzresident» ausgesprochen hatte, wußte er, daß er noch etwas sagen mußte. Er sprach aus dem Stegreif: «Dem kann ich hinzufügen, daß ich in meiner Hand eine eidesstattliche Erklärung der Tochter des Generals, Doña Francesca de Larrinaga, habe, mit der die Echtheit des Dokuments garantiert wird. Ich will auch hinzufügen, vieles deutet darauf hin, daß die Ansichten in dieser Proklamation die Ursache für den Tod des Generals waren. Meine persönliche Meinung ist, man hat ihn ums Leben gebracht, damit er die siebzehn Punkte nicht veröffentlichen konnte, die Sie soeben gehört haben. Daraus folgt auch, daß die Organisation, die man wegen seines Todes anklagt, mit aller Wahrscheinlichkeit an eben diesem Verbrechen nicht die Schuld trägt.»

Er machte eine kurze Pause. Die rote Lampe brannte noch.

«Die Regierung hat mich beauftragt, die Friedens- und Reformarbeit des Generals fortzusetzen. Die gespannte und schwierige Lage wird sich in Kürze lockern ... auf einer Friedenskonferenz behandelt werden. Einzelheiten darüber werden heute mittag um zwölf Uhr in einem Extrakommuniqué bekanntgegeben.»

Alle Lampen waren erloschen.

Manuel Ortega blieb mit hängendem Kopf am Tisch sitzen. Seine Hände auf dem grünen Filz sahen klein und weich und willenlos aus. Schweißtropfen fielen von seinem Gesicht auf das schmutzige, abgegriffene Manuskriptblatt.

Fernandez saß mit ausgestreckten Beinen an der Wand und stocherte gleichgültig mit einem abgebrochenen Streichholz zwischen seinen Zähnen herum.

Die beiden Techniker hinter der Glasscheibe gestikulierten und sprachen aufgeregt miteinander. Hin und wieder warfen sie einen schüchternen und neugierigen Blick auf den Mann am grünen Tisch.

Manuel Ortega hob die rechte Hand, setzte den Daumen auf die gelbe Spinne und zerdrückte sie. Dann stand er langsam auf und ließ das Papier liegen.

Der Ansager kam herein. Sein Gesicht war verschwitzt, die Hitzepickel auf seinen Wangen glänzten rot vor Wut.

«Ja ... ich konnte keine Absage machen», sagte er. «Die Sendung brach ...»

«Wann?»

«Den genauen Zeitpunkt kann ich nicht sagen, an dem nichts mehr rausging.»

Manuel Ortega nahm ein maschinegeschriebenes Papier aus der Jackentasche.

«Dies ist eine wichtige Bekanntmachung zum Friedenskongreß. Sie soll das erste Mal um zwölf Uhr und danach stündlich gesendet werden.»

«Wir müssen das auf Band aufnehmen», sagte der Ansager nervös. «Von jetzt an darf nichts mehr direkt gesendet werden. Das ist eine neue Anordnung.»

«Wer hat die Anordnung gegeben?»

«Der Militärgouverneur, General Gami.»

Der kleine graue Wagen fuhr durch die weiße, leere Stadt, fraß sich durch die flimmernde Hitze. Man sah sehr wenige Menschen. Die Straßen zwischen den Reihen staubiger Palmen waren gerade und öde. Auf beiden Seiten standen weiße Häuserwürfel mit geschlossenen weißen Fensterladen.

An der Kreuzung zwischen der Avenida und der Calle del General Huerta standen vier Männer mit den gelben Armbinden der Bürgerwehr. Sie sahen aus wie Familienväter in mittleren Jahren. Einer von ihnen hob das Gewehr und zielte auf den Wagen. Manuel Ortega sah es und dachte: Jetzt sterbe ich. Er hörte ein langes, gurgelndes Keuchen und wußte, daß es von ihm selbst war.

«Kümmern Sie sich nicht um solche Dummheiten», sagte Fernandez ruhig. «So würde es nicht passieren. Der Bursche hat sich ja nicht einmal bemüht, seine Donnerbüchse zu entsichern.»

Gomez saß hinten im Wagen und hatte eine Maschinenpistole auf den Knien. Manuel fragte sich, woher der gekommen war.

Ein weißer Platz mit weißen Monumentalgebäuden, die weiße Vorhalle und der Empfangstisch und die Flecken auf dem Fußboden, wo General Larrinaga mit zerfetztem Brustkorb und blutbespritzter weißer Uniform gelegen hatte. Die Treppe und der weiße Korridor und die weiße Tür seines Entsetzens. Er wagte nicht, sie zu öffnen, sondern kehrte um und ging in die Kanzlei, wo nur ein Haufen statistischer Tabellen auf dem Schreibtisch lag, und weiter zu der Frau im weißen Kleid.

«Die Sendung wurde abgebrochen», sagte er.

«Ja, aber erst im vorletzten Satz.»

Fernandez raschelte mit seinen Kernen.

Das Telefon klingelte.

«Einen Augenblick, ich nehm ab.»

Sie legte die Hand auf die Sprechmuschel.

«Es ist Dalgrens Sekretärin, willst du das Gespräch annehmen?»

Er nahm den Hörer. Das Mädchen verband ihn. Dann war Dalgren da. Seine Stimme klang sehr nahe, durchdringend, als ob der Sprecher dicht bei ihm oder bereits in sein Bewußtsein eingestiegen sei. Sie war trocken und hart und raspelnd wie Schmirgelpapier auf rostigem Blech.

«Junger Mann, Sie haben einen verhängnisvollen Fehler begangen. Ich kann Sie nicht länger schützen. Das will ich nicht einmal mehr. Sie haben den Namen meines alten Freundes Orestes in den Schmutz gezogen. Sie haben uns alle verraten. Es sollte mich wundern, wenn Sie morgen um diese Zeit noch am Leben sind.»

Ein metallisches Knacken und dann tödlich leeres Schweigen.

Das Gespräch war beendet, und Manuel Ortega blieb stehen und hielt den Hörer, bis er ihm von Daniča aus der Hand genommen wurde.

Er runzelte die Stirn und schüttelte leicht den Kopf, als versuchte er, sich auf ein ernstes praktisches Problem zu konzentrieren.

«Die werden mich töten», sagte er.

«Dann werden wir wohl mindestens zu zweit sein», sagte Fernandez ungerührt.

Er stand mit einem Fuß in jedem Zimmer, den Rücken am Türpfosten.

«Nein», sagte Daniča Rodriguez mit Überzeugung. «Die werden dich nicht töten. Vermutlich werden sie es nicht einmal versuchen. Das wagen sie nicht.»

Das Telefon klingelte wieder.

«Nein, der Provinzresident kommt erst nach eins.»

Sie nahm ihre Tasche vom Fußboden und stand auf.

«Komm», sagte sie.

Hinter ihnen klingelte das Telefon.

Im Schlafzimmer setzte er sich auf das Bett und wartete. Sie verließ ihn, kam aber gleich darauf zurück und zog die Tür hinter sich zu.

«Zieh dich aus», sagte sie.

Er gehorchte. Der Anzug war zerknittert und feucht, die Unterwäsche durchnäßt. Sie leerte die Taschen und warf die Kleider in einem Haufen auf den Fußboden.

«Rein mit dir in die Dusche.»

Er ging.

«Beug dich vor, so, ja. Und jetzt von vorn.»

Sie goß langsam zwei Krüge Wasser über ihn aus, und er zitterte vor Kälte. Ein Teil seines dennoch funktionierenden Zellensystems registrierte ein erstaunliches Detail: daß sie die schweren Gefäße so leicht und mühelos anhob.

«Du bist stark», sagte er.

«Ja, ich bin ein starkes und gesundes Mädchen.»

Sie nahm ein frisches Handtuch und begann ihn abzutrocknen. Ihre Bewegungen waren bestimmt und schnell und präzise.

«Du bist auch heute prima», sagte sie. «Kaum zu glauben, so viele Tage danach.»

Sie holte ein kleines Glasröhrchen aus der Handtasche, legte eine Tablette auf seine Hand und sagte: «Schluck die jetzt runter und trink etwas Wasser.»

Im Schlafzimmer zog sie den Überwurf und die Decken vom Bett und schlug das Laken zurück.

«Leg dich hin.»

«Ich fühle mich nicht gut, verzeih.»

«Ja, du bist sehr müde und ein wenig verängstigt. Du fängst an, dich zerschlagen zu fühlen, und bist nicht daran gewöhnt. Und dann hast du nicht mehr als zwei Stunden geschlafen. Denk nur daran, daß du heute wirklich etwas geleistet hast, und sei zufrieden damit.»

«Du kümmerst dich um mich.»

«Ich bin nicht besonders geeignet, mich um andere oder auch um mich selbst zu kümmern, aber manchmal muß man das. Sei jetzt still und schlaf. Ich werde hier sein, und Fernandez wird draußen im Zimmer sitzen und Gomez im Korridor. Außerdem wird ohnehin nichts geschehen.»

«Den Revolver», sagte er.

Sie holte ihn und legte ihn auf den Nachttisch. Die Astra. Er streckte die Hand danach aus und steckte sie unter das Kopfkissen.

Sie steckte sich eine Zigarette an, ging ans Fenster und spähte durch die Sprossen, während sie rauchte. Hin und wieder biß sie auf die Nägel. Ohne sich umzudrehen, sagte sie:

«Wenn du willst, kann ich mich ausziehen und mich zu dir legen. Mit den blauen Malen und allem.»

Als er nicht antwortete, ging sie zum Bett und sah, daß er schlief. Sie ging mehrmals im Zimmer auf und ab. Dann drückte sie die Zigarette im Aschbecher aus und verließ das Zimmer.

«Ja», sagte sie zu sich selbst, «jemand wird ihn töten.»

Bereits im Korridor hörte sie das Telefon klingeln.

Draußen auf dem Platz vertrieben Polizisten in weißer Uniform eine Schar johlender Menschen, die sich vor der Treppe des Gouverneurspalastes versammelt hatte.

16

Als er erwachte, klebte das Laken fest an seinem Körper. Es war Danica, die ihn weckte, und sie war es auch, die noch einmal Wasser über ihn im Duschraum goß. Dann ging sie, und für einige Minuten fühlte er sich ausgeruht und relativ entspannt. Aber als er den weißen Anzug aus Terylen aufhob, um ihn bei Licht zu betrachten, erinnerte er sich an Dalgrens Stimme, und als er sich anzog, war sie die ganze Zeit über bei ihm, trocken und raspelnd und unversöhnlich.

Sie haben uns alle verraten. Es sollte mich wundern, wenn Sie morgen um diese Zeit noch am Leben sind.

Er erinnerte sich auch an den Bürgergardisten, der an der Ecke der Calle del General Huerta auf ihn gezielt hatte, und was er in jenem Augenblick gedacht hatte.

Dennoch glaubte er in seinem Innersten zu begreifen, daß es nicht ernst sein könne. Außerdem war er nicht allein gewesen.

Als er die Tür zum vorderen Zimmer öffnete, erhob sich Lopez von seinem Stuhl und ging hinaus in den Korridor. Lopez bewegte sich leise und vorsichtig, als ob er auf Zehenspitzen ging. Manchmal erinnerte er an einen servilen Oberkellner, der immer verfügbar sein will, aber versucht, seine Gäste durch seine Gegenwart nicht zu irritieren.

Der Anzug war leicht und behaglich. Er saß gut, und als er die Jacke zuknöpfte, registrierte er mit Genugtuung, daß sie weit genug war, um über dem Revolver nicht auszubeulen.

Nachdem Manuel Ortega dies festgestellt hatte, zog er die Jacke wieder aus, öffnete den Hemdkragen und ging in die Toilette, um sich zu rasieren. Am Morgen hatte er es unterlassen, und außerdem ergriff er jede Gelegenheit, um den Kontakt mit dem Korridor und der weißen Tür zu seinem Büro aufzuschieben.

Eine Viertelstunde später war dies unvermeidlich.

Er richtete den Revolver im Halfter, öffnete die Tür und sah Lopez auf dem Drehstuhl sitzen. Er machte zwei Schritte quer über den Korridor, legte die linke Hand auf die Türklinke und steckte die rechte in die Jacke.

Noch hatte Lopez nicht begonnen, sich zu erheben. Manuel lächelte über dessen Trägheit, stieß die Tür auf und machte einen Schritt über die Schwelle.

Das Zimmer war leer und weiß und heiß, und durch die geschlossene

Tür zum Sekretariat hörte er Danica. Sie sprach eindeutig am Telefon, und ihre Stimme war eigensinnig und unnachgiebig und wenig höflich.

Er ging ans Fenster und schaute hinaus. Unten am Eingang standen zwei weiße Polizisten, und fünf saßen auf der Treppe und rauchten. Ungefähr mitten auf dem Platz stand eine kleine Gruppe von Menschen, überwiegend Frauen und Jugendliche. Sie sahen aus, als warteten sie darauf, daß etwas passiere.

Danica Rodriguez kam ins Zimmer.

«Wie fühlst du dich?»

«Besser, danke.»

«Paßt der Anzug?»

«Ja, danke. Hast du Schwierigkeiten gehabt?»

«Eine Menge Idioten haben angerufen, und draußen hat es ein wenig Lärm gegeben.»

«Drohungen?»

Sie nickte.

«Briefe auch. Sieben oder acht.

«Was steht drin?»

«Ungefähr das gleiche, was Dalgren am Telefon sagte, mehr oder weniger brutal.»

«Hat Capitán Behounek von sich hören lassen?»

Sie schüttelte den Kopf.

«Aber es gibt auch eine positive Einzelheit. Sixto hat einen Brief geschickt. Er kam durch einen Boten eine halbe Stunde nach dem ersten Aufruf über Rundfunk.»

Sie fügte hinzu: «Das Kommuniqué über die Konferenz wird stündlich gesendet.»

«Gib mir den Brief und ruf Capitán Behounek an. Und auch die Drohbriefe.»

Das Gespräch kam zustande, noch ehe er den grauen Umschlag mit dem roten Stempel der Befreiungsfront öffnen konnte.

«Ja, Behounek.»

«Hier Ortega. Ich hatte erwartet, von Ihnen zu hören.»

«Nanu, haben nicht schon genug Menschen Sie angerufen? Ich habe bereits eine Liste von zwölf Personen, die Ihr Leben bedroht haben, von einem sehr hohen Potentaten, mit dem Sie selbst das Vergnügen hatten zu reden, bis zu einem Taxifahrer und der notorischen Dame aus der Parfümerie. Was soll ich mit denen nach Ihrer Meinung tun?»

«Gibt es hier wirklich Taxis?»

«Ja, mehrere, aber ich kann mir nicht denken, wer sie benutzen könnte. Es sind nur noch sehr wenige Menschen in der Innenstadt.

Sechzig Prozent der Wohnungen stehen leer. Zum Teil, weil viele weggezogen sind, teils wegen der fehlerhaften Bauweise. Die Ventilation soll völlig zum Teufel sein.»

Manuel Ortega spürte, daß seine Anspannung etwas nachgelassen hatte. Der alltägliche Ton des Gesprächs tat ihm gut.

«Im Ernst, ich habe Sie nicht ganz vergessen. Vor einer Weile habe ich zwei Patrouillen geschickt, damit vor Ihrem Haus alles sauber und hübsch bleibt. Mir schien das rationeller zu sein, als anzurufen und dummes Zeug zu reden.»

«Die Leute scheinen mich nicht mehr für so gut zu halten.»

«Sagen Sie das nicht. Meine Leute im Ostsektor melden, daß Sie Anhänger haben, die mit roter Farbe ‹Viva Ortega!› an die Wände geschrieben haben. Das ist nicht übel. Sie können bestimmt nicht damit rechnen, die gleiche enthusiastische Erwiderung von allen Bevölkerungsgruppen zu erhalten.»

«Am wichtigsten ist jetzt die Konferenz.»

«Völlig richtig.»

«Glauben Sie, daß dies sie gefährden kann?»

«Kaum. Eher im Gegenteil. Aber ...»

Er unterbrach sich.

«Was heißt aber?»

Als Behounek wieder sprach, hatten sich Tonfall und Stimmlage verändert. Manuel hatte ihn schon einmal so sprechen hören, im Wagen auf dem Weg zur weißen Villa mit den blauen Fensterladen.

«Ortega, jetzt müssen Sie mal genau zuhören, was ich sage. Sie sind ein furchtbares Risiko eingegangen. Persönlich meine ich, daß Sie durchaus nicht recht haben, aber das können wir dahingestellt sein lassen. Ich glaube nicht, daß Sie die Konferenz gefährdet haben, aber Sie haben etwas anderes gefährdet, dem zumindest Sie persönlich einen gewissen Wert beimessen sollten. Nämlich sich selbst. Ihre Situation ist lebensgefährlich. Sie wird morgen sogar noch gefährlicher. Aber es ist denkbar, daß der Druck innerhalb weniger Tage nachläßt. Es gibt zwei Lösungen, aber ich fürchte, Sie werden keine davon akzeptieren. Die erste ist, daß Sie flüchten, jetzt, sofort. Ich kann Ihnen eine Eskorte bis zur Grenze geben, wir können auch einen Hubschrauber requirieren. Die andere ist, daß Sie Polizeischutz verlangen. In dem Fall würde ich Sie in Schutzhaft nehmen.»

«Sie sehen wohl ein, daß das eine ebenso undenkbar ist wie das andere. Der ganze Auftrag würde gefährdet ...»

«Ich weiß. Ich erwähnte das nur, damit Sie verstehen, daß diese Möglichkeiten zu Gebote stehen und sie Ihre einzige theoretische Chance bedeuten, das Leben zu retten. Aber Sie wollen bleiben, und das bedeutet, daß Sie in einer Stadt wohnen, in der 20000 Menschen bereit sind, Sie umzubringen, wie man einen Präriewolf oder eine Ratte umbringt. *Und es ist unmöglich, Sie zu schützen, Ortega.* Ich sage das als Fachmann. Ich habe siebenhundert Mann in der Provinz, und nicht einmal, wenn ich sie alle hier sammelte, würde ich es wagen, Ihr Leben zu garantieren. Ein politischer Mord ist das Unerbittlichste, das es gibt – weil der Mörder nicht damit rechnet davonzukommen. Er rechnet nur damit, daß er tötet und stirbt. Selbst wenn Sie eine Festung und eine Armee zur Verfügung hätten, könnten Sie nicht sicher sein.»

Er schwieg, aber Manuel hörte ihn atmen.

«Wissen Sie, ob Ihre Sekretärin Ihre Gespräche gewöhnlich mithört?»

«Ja, das tut sie.»

«Ausgezeichnet, dann nehmen Sie Ihren Stenogrammblock, kleines Fräulein.»

Er sagte es ohne jeden Anflug von Scherz oder Ironie. Dann machte er wieder eine kurze Pause.

«Vergessen Sie nicht eine Silbe von dem, was ich jetzt sage. Verlassen Sie nie das Haus. Gehen Sie auch nicht in andere Teile des Gebäudes. Lassen Sie Ihren Leibwächter nie außer Sicht. Öffnen Sie nie selbst irgendwelche Sendungen oder Pakete. Gehen Sie nie ans Fenster. Lassen Sie Ihren Leibwächter immer Ihr Schlafzimmer durchsuchen, ehe Sie selbst hineingehen. Empfangen Sie nie einen Besucher, den Sie nicht wirklich kennen. Treten Sie nie unbewaffnet auf, nicht einmal, wenn Sie zur Toilette gehen. Legen Sie Ihre Pistole nicht unter die Matratze oder das Kopfkissen. Legen Sie sie auf einen Stuhl an der rechten Bettseite in Höhe der Taille. Sehen Sie zu, daß die Waffe immer geladen und entsichert ist. Kontrollieren Sie, daß die Waffe immer in einer Position ist, wo Sie sie in Bruchteilen einer Sekunde ergreifen können. Nehmen Sie nur Essen zu sich, das ich Ihnen schicken werde. Nehmen Sie nie Schlaftabletten oder ein anderes Präparat, das Ihr Reaktionsvermögen vermindert.»

Er schwieg und schien nachzudenken. Dann sagte er: «Ortega, ich sage das nicht, um Sie zu erschrecken. Sie müssen sich wirklich an all dieses erinnern, aber Sie müssen auch einen kühlen Kopf bewahren. Sie dürfen auf keinen Fall die Beherrschung verlieren. Ihre Situation ist, um die positive Seite zu sehen, von mehreren Gesichtspunkten aus vorteilhaft. Ich kümmere mich um die äußere Bewachung und halte Tag und Nacht vier Patrouillen, das heißt sechzehn Mann, im oder in der Nähe des Palastes. Um diese Zeit sollten sie bereits dort sein. Ein Mann wird immer an der Tür zu Ihrem Korridor sein. Das ist der einzige Zugang, und seine Instruktionen sind äußerst rigoros. Das zu wissen, kann gut sein, besonders nachts.»

Manuel antwortete nicht, und nach einigen Sekunden ließ Behounek die abschließende Bemerkung fallen: «Ich bin daran interessiert, Sie am Leben zu erhalten ... aber diesmal meinen die es ernst. Und ich verstehe sie.»

Manuel Ortega saß am Schreibtisch und schwitzte. Der Telefonhörer zitterte in seiner Hand. Es dauerte mehrere Sekunden, ehe er imstande war, die Lähmung zu überwinden und den Hörer aufzulegen.

Danića betrachtete ihn ernst von der Tür aus. Er holte tief Atem, zuckte die Achseln und wandte sich dem unbeweglichen Lopez zu.

«Ist Ihnen klar, daß die Situation ernster geworden ist?»

«Ja.»

Manuel entdeckte, daß er noch immer Sixtos Brief in der Hand hielt. Er öffnete ihn und las:

«Aussichten verbessert. Ellerman kommt heute um vier Uhr zum Hotel Universal. Besorgen Sie Polizeischutz für ihn.

Sixto
amtierender Chef des Politbüros
der Befreiungsfront

PS. Sie können Ellerman vertrauen. Zeigen Sie diese Mitteilung Ihrer Sekretärin.»

Die Mitteilung war mit der Hand geschrieben, die Schrift war groß und fest und leicht zu lesen.

Er ging zu Danića und gab ihr den Brief. Sie nickte, gab aber im übrigen keinen Kommentar ab.

«Dies kann sich als großer Fortschritt erweisen», sagte Manuel Ortega.

«Ja, es ist ein Fortschritt. Deine Konferenz wird stattfinden.»

«Unsere Konferenz, würde ich sagen. Der gute Sixto hat offenbar Kontakt mit seiner Parteiführung gehabt.»

«Das bezweifle ich.»

«Warum sollte er sonst seine Einstellung geändert haben?»

«Weißt du das wirklich nicht?»

«Doch», sagte er. «Doch, gewiß.»

«Viva Ortega», sagte sie und lächelte sehr schwach.

«Was ich aber echt nicht begreife, ist mein eigenes Unvermögen, einen so einfachen Zusammenhang zu verstehen.»

«Es ist warm, und du bist noch müde und ein wenig verängstigt», sagte sie.

«Glaubst du, daß sein PS eine besondere hintergründige Bedeutung hat?»

«Es hat immer eine besondere Bedeutung bei allem, was Sixto tut, sagt oder schreibt. In diesem Fall bedeutet es, daß ich sagen soll: Ja, du kannst Ellerman wirklich vertrauen.»

«Kennst du ihn?»

«Ja.»

«Und Sixto kennst du offenbar sehr gut. Wie hast du ihn kennengelernt?»

«Frag nicht jetzt. Ich will nicht antworten und nicht lügen.»

Gegen seinen Willen wurde er zornig, und sie merkte es sofort.

«Ich bin ein hoffnungsloser Fall», sagte sie resigniert. «Alles geht schief. Bei Leuten, die ich wirklich mag, werde ich geschwätzig. Zum Teufel, ich rede zuviel. Jetzt habe ich dies alles hier bis zur Unkenntlichkeit verwirrt. Du weißt bereits zuviel.»

«Du magst mich also?»

«Ja. Ganz ehrlich. Glaube ich.»

«Gut, wir sprechen ein andermal darüber. Sieh zu, daß wir Ellerman herbekommen, sobald er sich im Hotel zeigt, ja?»

«Ja. Vergiß nicht, Behounek anzurufen und ihm Bescheid zu geben.»

«Gut. Du bist auch keine schlechte Sekretärin.»

Er ging ans Fenster.

«Manuel! Nicht ans Fenster! Erinnere dich an die Vorschriften!»

«Ja», sagte er verwirrt und ging in sein Zimmer.

«Manuel», sagte sie noch einmal. «Du mußt jetzt Angst um dich haben. Verdammte Angst um dich. Aus mehreren Gründen.»

Genau in diesem Augenblick dachte er an etwas ganz anderes. Sie würden ein andermal über Sixto sprechen. Würde es ein Andermal geben?

Als er das dachte, brach ihm am ganzen Körper der Schweiß aus, aber jetzt war er anders, kalt und klebrig, und er erschauerte, als ginge er im Regen über die Karlavägen in Stockholm. Aber vielleicht war es wirklich so, vielleicht gab es kein Andermal. Vielleicht hatte er nur noch wenige Stunden für sich, um alles das wiederzubekommen, was er in der langen Reihe träger, regelmäßiger Jahre vernachlässigt hatte. Seine Frau, seine Kinder, seine Geschwister, seine Karriere. Und alles andere: alle nicht gespielten Tenniswettkämpfe, das Boot, das er sich nie gekauft hatte, alle ungelesenen Bücher, alle Frauen, die er begehrt hatte und vermutlich hätte haben können, aber nie gehabt hatte. Manuel, alle weichen Körperteile, alle Wärme, alle ungehörte Musik, alle versäumten Gottesdienste, alle ungesagten Wahrheiten.

Nein, so mußte es nicht sein. Er setzte sich und rief Behounek an.

«Ja, wir werden ihn behandeln wie ein rohes Ei. Was sagten Sie, Ellerman?»

«Wolfgang Ellerman. Wissen Sie, wer das ist?»

«Diesmal – nein. Aber rufen Sie in einer halben Stunde an, dann werden wir sehen.»

«Sie sind trotz allem auch nur ein Mensch. Adios.»

«Noch etwas, Ortega, vergessen Sie nicht Capitán Behouneks zwölf Punkte. Für Sie persönlich sind die bedeutend nützlicher als General Larrinagas siebzehn.»

Manuel verfiel wieder in Untätigkeit, und sofort begann die Furcht in ihm zu mahlen. Wie ein Mahlwerk, herum, herum, herum.

Es gab nur einen Ausweg: arbeiten und wieder arbeiten. Und den Stier bei den Hörnern packen, wie das so schön hieß. Er streckte die Hand aus, um Dalgren anzurufen, aber das Telefon kam ihm zuvor.

«Ja, Ortega.»

«Ach so! Dieses beschissene, lausige, blöde, perverse Schwein. Willst du wissen, was wir hier gewöhnlich mit Indianerliebhabern machen? Wir schneiden ihnen gewöhnlich zuerst den Schwanz ab und dann ...»

Es war eine Frau. Er drückte die Gabel nieder, um das Gespräch abzubrechen. Rief: «Daniča, mußt du mir solche Verrückten durchstellen? Ruf statt dessen Dalgren an.»

«Ach so, Sie leben noch», sagte Dalgren kalt. «Das wundert mich beinahe.»

«Ich habe angerufen, um über die Friedenskonferenz zu sprechen, und nicht, um über unsere persönlichen Gegensätze zu diskutieren.»

«Das, junger Mann, ist keine Frage persönlicher Meinungsverschiedenheiten. Sie sind ein Verräter, und sie zu beseitigen, ist – wie soll ich sagen – eine Frage von nationalem Interesse. Im übrigen spreche ich ungern mit Ihnen. Da die Konferenz ohne Ihre persönliche Mitwirkung stattfinden wird, ziehe ich es vor, die Angelegenheit mit einem Ihrer Mitarbeiter zu besprechen.»

«Gewiß, das ist ausgezeichnet. Einen Augenblick, dann können Sie mit Señora Rodriguez sprechen. Ich wünsche Ihnen einen angenehmen Abend.»

Es gelang ihm, die letzten Worte in einem leicht scherzenden Tonfall zu sagen, obwohl er rasend war und das Saugen in seinem Zwerchfell mit jeder Sekunde quälender wurde.

Drei Minuten später stand Daniča an seinem Schreibtisch.

«Die sind mit Mercadal als Ort der Begegnung einverstanden», sagte sie. «Und sie verlangen, daß folgende Personen zugegen sein sollen: Dr. Irigo, ‹El Campesino›, Carmen Sanchez und alternativ José Redondo oder ...»

«Oder?»

«... Sixto Boreas. Das ist falsch, er heißt nicht so.»

«Wie heißt er denn?»

«Andererseits sind sie bereit, die von der Befreiungsfront gewünschten Delegierten aufzustellen, das heißt Graf Carlos Ponti, Don Emilio Dalgren, Don José Suarez und Coronel Orbal. Sie machen einen Vorbehalt, weil Coronel Orbal gegenwärtig auf Dienstreise ist und persönlich noch nicht erreicht werden konnte.»

«Hast du gehört, was ich gefragt habe? Wie heißt Sixto?»

«Manuel, zwinge mich nicht zu lügen.»

«Warst du mit ihm verheiratet?»

Aus irgendeinem Grund sagte er dies sehr heftig.

«Mit Sixto? Verheiratet? Du lieber Himmel, nein!»

Manuel erinnerte sich plötzlich, daß sie nicht allein waren. Er warf einen scheuen Blick auf Lopez, aber der saß still wie gewöhnlich, und sein Gesicht war völlig ausdruckslos.

An diesem Tag herrschte große Hitze. Der weiße Tag, der nur weißer und weißer wurde, heißer und heißer, der sich Stunde um Stunde weiter spannte wie eine Stahlfeder, mehr und mehr und mehr, bis zu einer plötzlichen Entladung, ebenso ungeahnt wie eine Katastrophe.

Wie aus der Ferne hörte Manuel Ortega, daß seine Sekretärin hin und wieder das Telefon beantwortete.

Er ging wie ein Schlafwandler ins Schlafzimmer und kam zurück, voller Furcht um sein Leben, Lopez hinter seinem Rücken, eine Hand am Nußholzgriff und mit klopfendem Herzen.

Um sechs Uhr kam Ellerman, klein, untersetzt, gebogene Nase, weißer Leinenhut und heller Anzug mit Nadelstreifen. Er wirkte dynamisch, mit scharfer, praktischer und urteilsfähiger Intelligenz. Insgesamt dauerte es eine halbe Stunde.

«Die grundlegende Schwierigkeit ist natürlich der Zeitfaktor», sagte Ellerman. «Einer oder mehrere unserer Delegierten befinden sich nicht im Lande. Sie müssen benachrichtigt werden, gewisse Vorbereitungsarbeiten sind auch erforderlich. Die Situation der Partei gegenwärtig ist so, daß die Verwaltungsarbeit zurückgestellt wurde. Lassen Sie mich sehen, heute ist Freitag, der 15. Juni.»

Er rechnete an den Fingern nach.

«Samstag, Sonntag, Montag ... also Mittwoch, allerfrühestens Dienstag. Aller-, allerfrühestens. Lieber Mittwoch.»

«Wir versuchen es für Dienstag.»

«Aber das ist wirklich ein unerhört kurzer Zeitraum, fast unsinnig. Die ganzen Vorbereitungsarbeiten auf Verwaltungsebene, die internen Diskussionen. Aber wir versuchen es.»

«Lassen Sie uns sagen, wir eröffnen die Konferenz am Dienstag, dem 19., beispielsweise abends um sieben Uhr. Danach können wir dann weitermachen, so viele Tage wie wir wollen. Es tut mir leid, daß ich Sie drängen muß, Señor Ellerman, aber die Lage ist außerordentlich gespannt. Bis an die Grenze des Zerreißens.»

Grenze des Zerreißens, dachte Manuel Ortega.

«Ja, ich muß einige Kontakte herstellen. Sie erhalten bis morgen früh um acht einen definitiven Bescheid. Und die anderen Einzelheiten sind klar. Schriftliche Garantien der Regierung in meiner Hand am Sonntag. Spätestens Montagmorgen. Eine völlig entwaffnete Schutzzone von zehn Kilometern. Vollständige Waffenruhe von Mitternacht an, keine Verhaftungen, keine bewaffneten Aktionen, nichts. Leider ist es für die Rechtsextremisten leichter, ihre ... Miliz zu erreichen, als für uns, unsere Streitkräfte zu benachrichtigen. Nach dem Ende der Konferenz eine Frist von achtundvierzig Stunden. Und dann unsere Delegierten: ‹El Campesino› und José Redondo, tja, weshalb Partisanenoffiziere an den Verhandlungstisch? Aber wir erreichen sie, Carmen Sanchez natürlich auch. Das Problem ist Dr. Irigo. Aber es geht. Sonst müssen wir alles um einen Tag verschieben. Aber Sie ordnen alle praktischen Einzelheiten hier, Einquartierungen, Drucksachen, Rundfunksendungen und so. Ja? Ausgezeichnet. Adios.»

Ellerman stand auf und nahm seine Aktentasche, ging zum Fenster und schaute hinaus.

«Schrecklich viele Polizisten», sagte er. «Sehr unangenehm. Und viele Demonstranten. Wollen die Rechtsextremisten Sie auch umbringen?»

«Ja», sagte Manuel Ortega.

«Gewalt», sagte Ellerman. «Ich verabscheue Gewalt in jeder Form. Der Kampf muß mit Verhandlungen geführt werden.»

Er schwieg und rieb sich mit dem rechten Zeigefinger die Nase.

«Na ja, einige Leute auf unserer Seite haben ein anderes Verhältnis zur Gewalt. Es gibt eben verschiedene Wertnormen. Wenn nur die rechtliche Lage nicht so beklemmend unklar wäre. Sie wissen, die Kommunistische Partei ist in der República Federal nicht verboten, aber sie wurde von der vorigen, ziemlich militaristischen Regierung aufgelöst. Die Partei ist also sozusagen weder zugelassen noch verboten. Außerdem ist die Befreiungsfront keine ausgesprochen kommunistische Organisation. Das ist eine Frage, die von den höchsten Gerichten behandelt werden muß. Die Regierung kann nicht ohne weiteres bestimmen, daß die Befreiungsfront eine kommunistische Bewegung ist – und der Präsident weiß das. Ein solcher Schritt hat rechtlich keine Relevanz. Schon als Radamek sein Amt antrat, übergab er beide Fragen den Bundesgerichten mit der Empfehlung, die Befreiungsfront für kommunistisch zu erklären, aber gleichzeitig die Kommunistische Partei zu legalisieren. Seitdem sind die Bundesgerichte keinen Schritt weitergekommen, die Angelegenheit steht nach wie vor weit unten auf ihrer Dringlichkeitsliste. Hier hat man die ganze Fragestellung umgangen, indem man den Ausnahmezustand einführte und Militärgesetze anwendet. Das einzige, was ich nach siebenjährigem Studium über militärische Ausnahmegesetze weiß, ist, daß die Generale tun, was sie wollen. Es ist mit anderen Worten nicht leicht, in diesem Land mit einer sozialistischen Weltanschauung zu leben.»

Er schwieg ein Weilchen und rieb sich wieder die Nase. Danića lehnte hinter ihm lächelnd am Türpfosten.

«Sie wissen, unsere Partei wurde immer unterdrückt und war nie sehr stark in den anderen Bundesstaaten. Deshalb konzentrierten sich alle guten Kräfte hier im Süden, wo es die Möglichkeit gab, etwas zu tun. Jetzt sind viele von ihnen tot – gute, energische Menschen, wirkliche Idealisten. Nur die oberste Schicht der Elite gibt es noch. Die anderen sind für immer begraben in diesem entsetzlich armen Land. In dieser kläglich kleinen Feudalprovinz mit ihren Millionären und der Militärdiktatur. Seit hundert Jahren haben verschiedene Politiker und Parteien den Feudalgreisen den Rücken gestreichelt, um deren Unterstützung in ihren Wahlkampagnen zu haben. Seit hundert Jahren haben karriereverrückte Generale diese verarmte Steinwüste als Sprungbrett auf dem Weg zum Präsidentenamt benutzt. Und hier haben die Leute nur gehungert und sich geplagt und zu Tode gearbeitet. Wie sonst sollte man aus dieser Steinwüste Millionen verdienen können? Und ...»

«Wolfgang», sagte Danica Rodriguez.

Er zuckte zusammen und drehte sich um.

«Aah, ich bitte um Verzeihung. Ich rede mal wieder zuviel. Werde pathetisch und weitschweifig, vergesse mich. Ein Glück, daß ich nicht am Konferenztisch sitzen werde ... solch ein Geschwätz ... solch eine Unsitte ... also guten Abend ... und morgen früh um acht ...»

Er ging rückwärts aus dem Zimmer, die Aktentasche in der einen Hand und den Hut in der anderen.

«Er hat als Strafverteidiger angefangen», sagte Danica, «aber er zerredete jeden Bagatellfall. Es konnte drei Tage dauern, um eine gewöhnliche Schlägerei zu verhandeln, und dann hatte er ja sein politisches Handikap. Jetzt widmet er sich, verrückt genug, Grundstücksangelegenheiten und der Partei ... Er kann äußerst tüchtig sein, wenn er sich zusammennimmt.»

«Mir hat er gefallen.»

Von draußen kamen Schreie, Stimmengebraus und Pfiffe. Irgendwo zersprang eine Fensterscheibe, spröde klirrend. Sie schaute hinaus.

«Kleinigkeiten», sagte sie, «überwiegend Frauen und Kinder. Die Polizei vertreibt sie jetzt. Sie tragen Plakate und Transparente.»

«Was steht auf den Plakaten?»

«Tod dem Verräter. Was glaubtest du?»

Manuel Ortega lag im Dunkeln auf dem Rücken mit offenen Augen und der rechten Hand am Revolvergriff. Er hörte, wie Fernandez im Nebenzimmer schnüffelte und sich bewegte. Es war halb vier, und er hatte jetzt vier Stunden lang so gelegen.

Er hatte einen anstrengenden Arbeitstag hinter sich, lang und erfolgreich. Die Konferenz war so gut wie gesichert. Menschen, die er nie gesehen hatte, schrieben «Viva Ortega!» an die Hauswände. Die Waffenruhe war in Kraft getreten. Für alle, aber nicht für ihn.

Er zerfloß im Schweiß. Er hatte Angst vor dem Dunkel, wagte aber nicht, das Licht anzumachen, aus Furcht vor dem, was er plötzlich sehen könnte. Er achtete auf jedes Geräusch. War Fernandez gegangen? Nein, wieder ein Rascheln, er war noch da. Aber konnte er sich auf Fernandez verlassen? Auf Lopez? Auf Gomez? Auf Behounek? Auf Danička? Auf irgendwen? Die Antwort: Nein.

«Alles ist falsch, Manuel», flüsterte er, «es war alles von Anfang an falsch. Du bist Beamter und kein Volksheld, wie gern du auch einer sein würdest. Du bist kein Behounek. Kein Sixto. Nun mußt du ihnen zeigen, daß normal zu sein, eine Stärke sein kann und keine Schwäche zu sein braucht. Aber du mußt dich daran gewöhnen. Du wirst zwischen den Mühlsteinen der Ideologien zermahlen und bist von Experten für Mord umgeben. Aber sind sie auch Experten für das Sterben? Liegt Behounek auch wach in seinem Dienstbett? Oder Sixto in seinem Kellerraum? Oder Lopez im Hotel?»

Dann dachte er an den braunhaarigen Ramón und an das blaue Mal und war eifersüchtig. Es kam wie eine Linderung, ging aber sofort vorüber.

Niemand hatte recht. Weder Dalgren noch Ellerman. Auch Behounek nicht. Vor allem Behounek nicht. Nicht Orestes de Larrinaga. Nicht Ellerman. Auch nicht Ellerman.

Punkt elf: Auf Grund des niedrigen Bildungsgrads der Leute ist es zu früh ... Aber hatte nicht jedermann, unabhängig von seinem Bildungsgrad, das Recht auf sein eigenes Land? Konnte eine kleine Anzahl von Eindringlingen alle anderen all ihrer Rechte berauben? Konnte man andererseits Leute, die in diesem Land geboren wurden, Eindringlinge nennen? Sie waren doch hier aufgewachsen, hatten Städte und Straßen gebaut, Energiequellen und Einkommensmöglichkeiten geschaffen ...

Dieses vereinfachende Argumentieren half ihm nicht weiter.

Er hatte Angst.

Warum konnte er nicht wie Behounek sein? Oder wie Sixto?

Warum konnte er nicht mit dem Bewußtsein der ideologisch reinen Lehre kraftvoll hassen?

Manuel, wo stehst du heute mit deinen Kompromissen? Wie ist die Formel für einen Kompromiß zwischen Feuer und Wasser? Dampf. Ja, natürlich.

Plötzlich setzte er sich im Dunkeln aufrecht hin. Krampfhafter, schweißiger Griff um den Revolvergriff. Zielen im Dunkeln.

Er hatte Schritte gehört und eine Bewegung an der Tür.

Dann Rascheln, Kauen, ein Räuspern. Fernandez. Er fiel rückwärts auf das feuchte Kissen.

Dann kamen Stimmen aus der Finsternis.

«Sie sind ein Verräter, und Sie zu beseitigen, ist eine Frage von nationalem Interesse ...»

«Dieses beschissene, lausige, blöde, perverse Schwein. Willst du wissen, was wir mit Indianerliebhabern machen ...»

«Und es ist unmöglich, Sie zu schützen, Ortega, ich sage das als Fachmann ...»

«Die sind verrückt, die werden versuchen, dich zu töten, und sei es nur wegen des Vergnügens ...»

«Manuel ... sei vorsichtig ... die meinen es ernst ...»

«Wer uns täuscht, tut das nur einmal ...»

«Es sollte mich wundern, wenn Sie morgen um diese Zeit noch am Leben sind ...»

«Wir haben bestimmt nicht den ersten Residenten getötet, aber das hindert uns nicht daran ...»

Stimmen, Stimmen, Stimmen.

Um zwanzig vor sechs fielen ihm die Augen zu. Die rechte Hand rutschte zur Bettkante, und die Astra entglitt seinem Griff. Sie fiel gegen den Stuhl und dann mit einem Knall auf den Fußboden.

Eine Sekunde später war die Tür offen, hatte Fernandez sich ins Zimmer geworfen, niedergekauert mit wildem Blick, aber es dauerte einige Minuten, ehe er verstand, was geschehen war.

Er legte den Revolver auf den Stuhl, stand im Halbdunkel und schaute auf den Mann im Bett. Er schüttelte den Kopf.

«Armer Teufel», sagte er.

Manuel Ortega merkte nichts und rührte sich nicht. Eigentlich schlief er auch nicht: er war ohnmächtig geworden und nun bewußtlos.

17

Zwei Schritte durch den Korridor, linke Hand an der Türklinke, rechte am Revolver, Eis im Herzen. Fernandez auf dem Stuhl, Krampf im Zwerchfell.

Bleich, dunkle Ringe unter den Augen, kam Manuel in sein Büro.

Er wich dem Fenster aus, ging ins nächste Zimmer.

Danica im roten Kleid, dünner und raffinierter im Schnitt, tiefer ausgeschnitten.

Gottlob! Fast hätte er es laut gesagt. Das erste Mal seit vielen Stunden ein normaler Gedanke.

Sie merkte es und sah zu ihm auf. Lächelte nachdenklich. Er erinnerte sich an sein Gesicht im Spiegel und wußte den Grund.

Er stand hinter ihr und hatte vergessen, daß er plötzlich sterben könnte, ohne Zeit gehabt zu haben, um zu erfahren, was sie zu sagen gedachte.

«Ich fühlte mich auch nicht gut in der Nacht», sagte sie. «Ich hätte mich nicht um den Idioten Lopez kümmern, sondern hierbleiben sollen.»

Lopez hatte angedeutet, daß sie im Wege sein könnte.

«Na, heute abend kann mich nichts am Bleiben hindern. Ich habe sogar ein paar Kleinigkeiten mitgebracht», sagte sie und trat gegen die Tasche.

«Warst du allein in der Nacht?»

«Ja», sagte sie ernst, «wenn es so anfängt wie jetzt, bin ich entweder bei dem, mit dem es so anfängt, oder allein.»

«Hübsches Kleid», sagte er lahm.

«Mmm, aber ich mag es nicht. Ich muß einen BH tragen.»

«Tut es noch weh?»

«Mmm, jetzt nicht mehr so. Das größte blaue Mal in der Geschichte der Erotik ...»

Das Telefon klingelte.

«Nein», sagte er, «ich nehme es.»

Er fühlte sich jetzt recht stark und wollte es beweisen. Die Stimme war leise, fast flüsternd, und es war unmöglich festzustellen, ob sie einem Mann oder einer Frau gehörte.

«Schwein, jetzt passiert es bald, innerhalb von vierundzwanzig Stunden, du weißt nicht wann, wie oder wo, nur, daß es jetzt bald passiert, und es kann irgendwann und irgendwo passieren, denn ich weiß es, aber ich sage nicht mehr als innerhalb von vierundzwan ...»

Er warf den Hörer auf. Das war nicht gutgegangen. Der Versuch war mißglückt.

«Ruf Capitán Behounek an», sagte er unfreundlich und ging in sein Büro.

Das Mahlwerk hatte wieder zu arbeiten begonnen.

«Was tun Sie eigentlich gegen diese verdammten Anrufe?»

«Ja, was zum Teufel soll ich tun? Ich habe hier auf dem Schreibtisch eine Liste mit sechsundzwanzig Namen. Ich kann selbstverständlich einen Mann daransetzen, Anzeigen zu schreiben, und dann müssen die in vier oder fünf Monaten eine läppische Strafe bezahlen.»

«Sie sollten sie zumindest anrufen und zurechtstauchen.»

«Ich habe das in einigen Fällen tatsächlich getan. Aber das ist lächerlich. Da war ein Anruf, den die Burschen vom Abhördienst für besonders gefährlich hielten. Wissen Sie, wer das war? Ein achtjähriges Kind, der Sohn eines Bankdirektors. Und wissen Sie, was der Bankdirektor sagte? ‹Jedenfalls hat der Bursche gute Anlagen in sich.›»

«Aber Sie haben doch vor einer Woche die Frau festgenommen, an meinem ersten Abend hier.»

«Erstens war es eine andere Situation und zweitens nicht wahr.»

«Mein bester Capitán Behounek ...»

«Ich wollte einen guten Eindruck machen, wissen Sie. Aber ich habe sie tatsächlich angerufen und zusammengestaucht. Übrigens, was ist aus den Statistiken geworden?»

«Mein Kanzleigehilfe bearbeitet sie.»

«Lassen Sie ihn sofort damit aufhören. Zum Teufel, das hätte ich Ihnen schon vor Tagen sagen sollen, aber ich habe es total vergessen.»

«Was ist falsch daran?»

«Alles ist falsch. Es gibt nicht eine korrekte Zahl in dem ganzen Kram. Ich habe unsere eigene Statistik hier, fix und fertig bearbeitet. Die Stimmt. Sie können sie sehen, wenn Sie wollen.»

«Aber was meinen Sie damit? Sind Sie ganz von Sinnen?»

«Überhaupt nicht. Ich sagte ja, es war das erste Mal. Ich kannte Sie nicht und wußte nicht, was passieren würde.»

«Sie sind wirklich erstaunlich.»

«Ja, nicht wahr? Nach den Statistiken, die Sie bekamen, haben wir hier weniger Gewalttaten als sonstwo im Lande. Sie wurden auf Anordnung des Ministeriums zusammengestellt, als hier die Rede von internationalen Inspektionen war, UNO-Kontrolle und der Teufel mag wissen, was sonst noch. Sie wurden übrigens nicht einmal hier angefertigt, sondern von der statistischen Abteilung des Generalstabs. Die eignen sich für alle Länder und für jedes Klima. Man füllt nur das Datum und die Uhrzeit aus. Typisch gedeichselt.»

Plötzlich änderte das Gespräch seinen Charakter.

«Capitán Behounek, Sie sind voller Haß, nicht wahr?»

«Ja, das stimmt.»

«Warum?»

«Sie waren mit bei Perez. Hätten Sie das gleiche fünfzigmal vorher und manchmal viel, viel Schlimmeres gesehen, würden Sie vielleicht auch hassen.»

«Das ist keine Antwort, das ist eine Ausflucht. Ihre eigenen Untergebenen begehen Verbrechen, die ebenso schwer sind.»

«Sie verstehen nicht, das kommt alles aus ein und derselben bösen Wurzel.»

«In Spanien hörte ich von einer Doktrin, die so lautet: Manchmal ist das Unwissen so groß, daß der Lehrer die Schüler um seinetwillen töten muß. Denken Sie so?»

«Ich bin Polizist und also eher ein Arzt als ein Lehrer. Wenn Sie auf Ihren Metaphern beharren, dann kann ich nur sagen: Es ist eine uralte chirurgische Regel, Fleisch und Gewebe wegzuschneiden, das angefangen hat zu faulen, bevor man die Kugel aus der Schußwunde holt. Ebenso muß man eine Sekundärinfektion sanieren, bevor man den Eiterherd selbst angreifen oder auch nur an ihn herankommen kann.»

«Aber ...»

«Lassen wir das jetzt. Befolgen Sie statt dessen meine zwölf Punkte. Wie ist die Lage mit der Konferenz?»

«Sie können in einer halben Stunde Bescheid bekommen.»

«Gut, die Wasserleitungen sind übrigens seit einer Viertelstunde in

Ordnung. Wir können jetzt wieder anfangen zu duschen.»

Das Gespräch war beendet. Er hätte es gern noch fortgesetzt. Danića und Behounek waren nunmehr die einzigen, die ihn ablenken konnten. Jetzt begann das Mahlwerk von neuem. Er starrte den unruhig auf dem Stuhl rutschenden Fernandez an und sagte schrill und unbeherrscht: «Können Sie nicht still sitzen, Mann?»

«Heute ist kein guter Tag», sagte Fernandez.

Die Mühlsteine mahlten und mahlten in seinem Zwerchfell und den unteren Teilen der Brusthöhle.

Danića kam herein. Mit der Konferenz schien alles zu klappen. Alle Vorbereitungen waren im Gange. *Startklar* von Ellerman. *Startklar* von Irigo. *Startklar* von Dalgren. *Startklar* von Coronel Orbal. Der Apparat funktionierte. Das Personal der Militärverwaltung hatte begonnen, die Vorbereitungen in Mercadal zu treffen.

Alles war gut.

Bis auf ein einziges Detail: Manuel Ortega, der nur leben wollte, aber wußte, daß man ihn umbringen würde. Er wiederholte ein ums andere Mal Phrasen wie: Wie soll ich diesen Tag überleben können, selbst wenn nichts passiert? Es ist immer noch erst elf Uhr. All diese Stunden. So lange, so viele.

Das Wetter war wie an den vorangegangenen Tagen. Die Hitze war unerträglich, die Luft weiß und flüssig. Der Ventilator surrte machtlos, vermochte nur noch mehr Wärme von der Zimmerdecke nach unten zu treiben. Er trank literweise Limonade. Er telefonierte dreimal mit Ellerman. Einmal mit Dalgrens Sekretärin. Einmal mit Behounek.

Zwanzig vor zwölf. Er war müde und furchtsam und durchschwitzt. Die Haut in den Armhöhlen und Kniekehlen hatte begonnen zu brennen. Er dachte, daß er duschen könne, aber er hielt es für das beste, wenn er wartete, bis Lopez kam. Er wollte nicht, daß sie die Wache wechselten, während er nackt und verteidigungslos unter der Dusche stand.

Gomez, der Fernandez vertrat, stand am Fenster, das kurze Maschinengewehr in der Armbeuge. Jetzt schaut er hinaus auf den großen weißen Platz, dachte Manuel. Da er selbst nicht ans Fenster gehen konnte, wurde der triste Blick auf die staubigen Palmen und leeren Wohnungsblocks plötzlich zu einer starken und erregenden Verlockung. Aber er dachte auch, sobald er sich zeigte, würde jemand in der Ferne den Abzugshahn eines Gewehrs bewegen, vielleicht auf irgendeinem der Dächer. Er hatte gehört, daß ein geschickter Schütze seinen Mann aus einer Entfernung von neunhundert Metern treffen könne, wenn er ein gutes Zielfernrohr hatte. Er hatte auch gehört, daß man den Knall erfaßte, ehe die Kugel traf, und man noch früher das Mündungsfeuer sehen konnte. Vielleicht konnte man geradezu alles in der richtigen Reihenfolge erfassen, das Feuer, den Knall, die zersplitternde Fensterscheibe und zuletzt – die Kugel.

Er fragte sich auch, was man spürte, wenn man erschossen wurde. Irgendwo hatte er gelesen, es treffe einen wie ein Keulenschlag, beispielsweise ins Zwerchfell oder in den Magen.

Die Mühlsteine mahlten, mahlten, mahlten. Auf einmal wurde ihm bewußt, daß seine Willenskraft und seine Kraft zum Widerstand zermahlen wurden. Daß alle festen Werte zu Brei zerquetscht wurden, er sich langsam, aber sicher mit Schrot füllte, er neue und wertlose Eingeweide bekam, indifferent und geleeartig.

Manuel Ortega hatte Angst bis zur blinden Besinnungslosigkeit.

Er versuchte, etwas zu sagen, war aber sicher, daß es nur ein schwaches Zischen würde. Er räusperte sich leicht und sagte: «Gomez, wie sieht es draußen aus?»

Die Stimme war ruhig und fest.

«Leer», sagte der Mann am Fenster. «Drei Polizisten und eine Katze.»

Die Tür öffnete sich, Lopez kam herein. Der Mann mit dem Maschinengewehr nickte und ging.

Der Schweiß rann Manuel Ortega in die Augen. Er ging zu der Frau und sagte: «Das Wassernetz ist angeschlossen. Sollen wir duschen?»

«Jemand sollte wohl hierbleiben. Wir wechseln einander ab. Du kannst zuerst gehen.»

«Ich will das blaue Mal sehen», sagte er kindisch-trotzig.

«Heute abend, mein Lieber. Heute abend kannst du es sehen.»

Okay, dachte er, ich gehe zuerst. Hoffentlich ist es nicht allzu deutlich zu sehen, was mit mir los ist. Die Mühlsteine mahlten. Sein rechtes Bein war wie gelähmt. Das Herz hatte angefangen, Schwierigkeiten zu machen.

Lopez durchsuchte die Räume.

In der Dusche dachte er, daß es lächerlich sei, ängstlich zu sein. Polizisten standen am Eingangsportal und in der Halle, ein Polizist stand am Zugang zum Korridor. Lopez befand sich in dem Korridor. Danića war in dem Zimmer vor seinem. Es war sehr schwierig, einen von diesen Menschen zu umgehen, ohne gesehen zu werden. Zwei von denen zu passieren dürfte unmöglich sein.

Er stand eine Viertelstunde unter der Dusche. Als er ins Schlafzimmer kam und das Bett sah, glaubte er plötzlich, die Furcht werde ihn am Abend impotent machen.

Dann dachte er, daß dies ein schwerer Fehler war, denn wenn man glaubte, man könne nicht, dann konnte man im allgemeinen auch nicht.

Er grübelte darüber nach, während er sich anzog.

Er ließ sich lange Zeit damit und war verschwitzt im Gesicht und im Nacken, ehe er fertig war.

Außer dem Mahlwerk und den Wunderlichkeiten mit seinem Herzen war auch etwas Eigentümliches mit seinen Hoden und dem rechten Bein, das er als matt und kraftlos empfand. Es klopfte in seinem Kopf. Er ging wieder in den Duschraum.

Manuel Ortega ließ kaltes Wasser über die Handgelenke laufen, spülte sein Gesicht ab und badete seinen Nacken mit einem nassen Handtuch. Da war etwas mit seinem Herzen. Als wäre es langsam, aber sicher aufgepumpt worden, bis es die ganze linke Hälfte des Brustkorbs ausfüllte.

Dann holte er tief Atem, ging durch das vordere Zimmer und – hilflos seiner Furcht ausgeliefert – dachte: Dies ist der neunte Tag, und jetzt haben sie wirklich einen Grund.

Er öffnete die Tür und sah Lopez auf dem Drehstuhl sitzen. Er ging zwei Schritte quer durch den Korridor, legte die linke Hand auf die Türklinke und steckte die rechte in die Jacke. Er spürte die Sicherheit des Revolvergriffs.

Lopez war noch immer nicht aufgestanden. Manuel lächelte über dessen Trägheit. Manuel lächelte also, öffnete die Tür und machte einen Schritt über die Schwelle.

Da stand ein Mann mitten im Zimmer.

Für den Bruchteil einer Sekunde empfing Manuel Ortegas Gehirn vielleicht hundert Laute und Sinneseindrücke, ordnete sie und vermittelte korrekte Beobachtungen und Würdigungen. Kein Mann, ein Kind, vielleicht siebzehn Jahre alt, bleiches, exaltiertes Gesicht und erschreckter Blick, schwarzes, gut gekämmtes Haar mit geradem Seitenscheitel und die Pistole in Gesichtshöhe. Die Pistole starrte ihn an mit dem schwarzen Auge des Todes. Die Zeit stand still, und vielleicht würde er es in dieser letzten tausendstel Sekunde schaffen zu sehen, wie sich die blanke Nase der Kugel aus der Mündung drängte. Er wußte es nicht. Aber er wußte, wie er es immer gewußt hatte, daß sein eigenes Sicherheitsgefühl falsch war, eine Fiktion, die Astra saß festgeschmiedet unter seinem linken Arm und würde ihren Platz nie verlassen, er hatte es jedesmal gewußt, wenn er die Tür öffnete. Er hatte gewußt, daß Lopez es nicht schaffen würde, sich vom Stuhl zu erheben. Er hatte die ganze Zeit über gewußt, die würden ihn umbringen, Uribarri hatte vor unendlich langer Zeit recht gehabt, daß alle verrückt waren, selbst die Kinder, denn dies war ein Kind.

Manuel Ortega hatte dies alles in dieser letzten tausendstel Sekunde gedacht und registriert. Gleichzeitig dachte er an Namen und Frauen und kleine Kinder und Kirchen.

Dann ertrank alles in dem pulsierenden Gebrüll von Frankenheimers Colt, als der Mann im Leinenanzug draußen auf dem Gesims durch das geschlossene Fenster fünf Schuß in den Rücken des Kindes mit dem Scheitel an der Seite abgab. Ein aufrechter Körper mit ausgestrecktem Arm zuckte willenlos drei Meter vorwärts und schlug gegen die Wand neben der Tür, zuerst mit der Pistole und dann mit dem Gesicht und der Brust und dem Magen und den Schenkeln, fleischig, tot und klatschend. Dann war er für einige Sekunden wie festgeklebt an der Mauer, ehe er auf den Boden glitt.

Manuel Ortega wankte wie ohnmächtig auf die Türöffnung zu, im selben Augenblick ergriff Lopez ihn am Kragen und warf ihn rückwärts in den Korridor, und keiner von ihnen sah, wie Frankenheimer ruhig und systematisch mit dem Revolvergriff die Reste der Fensterscheibe herausschlug und ins Zimmer kletterte.

Das Gehör war anscheinend der einzige Sinn, der funktionierte. Manuel Ortega saß auf einem Stuhl an der Wand und hörte Lopez und Frankenheimer zu.

Lopez: «Wie konnte er hereinkommen?»

Frankenheimer: «Höchstwahrscheinlich ist er nachts gekommen und hat sich hier den ganzen Tag über aufgehalten.»

Lopez: «Wo?»

Frankenheimer: «Im anderen Zimmer, ja, hinter dem Rücken der Biene, oder? In der kleinen Nische, wo mehrere Jacken hängen. Er stand da und wartete, beengt, versteht sich, aber er war ja klein. Ja, Gomez hätte sich um die Nische kümmern sollen. Denkt man.»

Lopez: «Gomez ist ein Esel, das habe ich immer gesagt.»

Frankenheimer: «Na ja, das hängt davon ab, wie man es sieht. Er hat ja ebenfalls seine Ideen, er auch, manchmal. Mit dem Jungen muß es so gewesen sein, daß er in der Nische stand und wartete, bis Sie hinausgingen. Dann machte er die Biene fertig und stellte sich her und wartete. Das ist logisch ... oder nicht?»

Lopez: «Wo warst du denn?»

Frankenheimer: «Auf dem Klo. Man ist immer auf dem Klo, wenn etwas passiert.»

Lopez: «Ist die Frau tot?»

Frankenheimer: «Bestimmt, nein, das haben wir nicht geprüft. Aber sie lag auf dem Boden, das habe ich jedenfalls gesehen.»

(Schritte und Grunzen.)

Lopez: «Sie lebt, aber das sieht nicht gut aus. Viel Blut.»

Frankenheimer: «Er hat sie wohl mit dem Pistolengriff niedergeschlagen, hat nicht gewagt zu schießen. Wir tragen sie herein, dann haben wir beide hier.»

Lopez: «Hat jemand nach einer Ambulanz telefoniert?»

Frankenheimer: «Die Polizei. Die Polizei deichselt das. Ich glaube, ich höre jetzt die Sirenen. Oder ... nein?»

Lopez: «Doch, ich höre sie. Du hast viele Schüsse abgegeben.»

Frankenheimer: «Na ja, da war ja nicht soviel Zeit, und ich mußte den

Burschen aus dem Gleichgewicht bringen. Mir scheint, du warst nicht so schnell wie sonst. Du hättest ihn nicht erwischt.»

Lopez: «Man wird älter.»

Frankenheimer: «Doch, ja, aber meine Schüsse saßen, wo sie sollten. Obwohl ich nicht wagte, die Chance zu ergreifen, zuerst das Fenster einzuschlagen. Man soll ja eigentlich nicht durch Glas schießen. Die Lichtbrechung und so, man kann sich täuschen.»

Lopez: «Das ist wahr, aber diesmal ging es gut.»

Frankenheimer: «Ja, ich denke das auch.»

Lopez: «Was glaubst du, wie lange dieser Job noch dauern wird?»

Frankenheimer: «Weiß nicht. Zum Teufel, ich fange an, Heimweh zu kriegen. Die Alte und die Kinder und so.»

Lopez: «Das sieht nicht gut aus mit dem Mädchen. Bleich.»

Frankenheimer: «Wird wohl sterben.»

Manuel Ortega saß auf dem Stuhl, die Hände verschränkt und die Ellbogen auf den Knien.

Er sah Lopez und Frankenheimer und die beiden Körper auf dem Fußboden, aber in einem eigentümlichen Licht, unwirklich und glasklar, und er dachte: Ich lebe. Dank Gott. Dank Frankenheimer. Hier liegen zwei Tote, aber ich lebe.

Die Sirenen draußen schwiegen, Schritte im Korridor.

Behounek kam ins Zimmer. Teniente Brown und ein Arzt und ein Fotograf waren auch dabei.

«Wie geht es Ihnen, Ortega?»

«Ich lebe.»

Die Stimme war rein und klar.

«Das sehe ich, aber Sie sind bleich wie ... ja, wie eine Leiche.»

«Der Schock», sagte der Arzt. «Ich werde ihm gleich eine Spritze geben.»

Behounek war hinüber an die kurze Wand gegangen.

«Womit, im Namen des Herrn, haben Sie geschossen? Mit einer Elefantenbüchse?»

«Mit einer gewöhnlichen Fünfundvierziger», sagte Frankenheimer. «Fünf Schuß.»

«Die müssen ihn alle an fast der gleichen Stelle getroffen haben.»

«Einer liegt höher», sagte Frankenheimer, «der im Nacken. Anscheinend der letzte.»

Er stand am Schreibtisch und beschäftigte sich mit seinem Revolver. Er hatte die Trommel ausgeworfen und war dabei, sie zu laden.

«Die Frau hier lebt», sagte der Arzt. «Her mit der Tragbahre, schnell. Könnten Sie sich da mal etwas schneller bewegen?»

«Kommt sie durch?»

«Ich glaub schon. Sie hat Blut verloren. Vielleicht eine Schädelfraktur, noch schwer zu sagen.»

«Es sieht aus, als hätte er sie mit dem Pistolengriff zusammengeschlagen», sagte Frankenheimerr.

«Und Sie standen auf dem Gesims», sagte Behounek. «Stehen Sie dort immer?»

«Ab und zu. Sozusagen periodisch. Da ist ein Pfeiler direkt links neben dem Fenster. Man kommt dorthin durch ein Loch in der Besenkammer im zweiten Stock. Ein guter Platz, wenn ich das selbst sagen darf, ein wirklich guter Platz, ja. Wir haben dort zwei kleine Spiegel angebracht, ja, man kann sie von innen nicht genau sehen.»

Behounek schien nicht mehr zuzuhören.

«Brown», sagte er, «drehen Sie den armen Kerl mal um.»

«Ich lebe», sagte Manuel Ortega laut und deutlich.

«Herr Jesus Christus», sagte der Polizeichef und bekreuzigte sich.

«Ich verstehe immer noch nicht, wie er hereingekommen ist», sagte Lopez.

«Nein», sagte Behounek, «das verstehen Sie nicht.»

«Lopez muß immer alles rekonstruieren», sagte Frankenheimer.

«Aha. Na, das kann ich Ihnen erklären. Dieser Junge hier kennt das Haus besser als irgendein anderer Mensch. Kannte, meine ich. Er hat bestimmt durch jeden Entlüftungsschacht gekrochen und hat jeden Notausgang passiert, die es hier gibt. Außerdem hatte er Zugang zu allen Schlüsseln.»

«Ja, er muß schon auf wunderliche Weise hereingekommen sein.»

«Das ist zu vermuten. Er hat hier gespielt, seit er vier Jahre alt war.»

Manuel Ortega erhob sich von seinem Stuhl und ging zum Polizeichef. Er ging gelassen und ruhig und hatte glänzende Augen.

Behounek sah ihn an.

«Schock», sagte der Arzt. «Ich werde ihm gleich eine Spritze geben. Dann packen wir ihn ins Bett.»

Manuel hielt Behounek am Arm fest und betrachtete den Jungen auf dem Fußboden. Wieder sah er das bleiche, schmale Gesicht und das immer noch glatte und schwarze und gut gekämmte Haar. Aber das Gesicht war nicht mehr angespannt und exaltiert; die Gesichtszüge hatten sich gleichsam aufgelöst und waren einfach nur noch kindlich. Eine von Frankenheimers Kugeln war durch Nacken und Hals und Kehlkopf gegangen; die Wunde befand sich über dem weißen Kragen, aber es war nicht viel Blut zu sehen. Im Knopfloch der eleganten dunklen Jacke saß eine kleine goldene Rosette mit Kokarde und den Initialen der Bürgerwehr.

«Wer ist er?» fragte Manuel und hörte seine Stimme widerhallen in der glasklaren weißen Luft.

«Er heißt Pedro», sagte Behounek. «Pedro Orbal, Sohn von Coronel

Orbal. Er ist sechzehn Jahre alt und sollte um diese Tageszeit in der Schule sein.»

Frankenheimer hatte seinen Revolver eingesteckt. Er knöpfte seine sich ausbauchende weiße Leinenjacke zu, ging zur Wand und hob die schwarze Pistole auf, die an der Fußbodenleiste liegengeblieben war. Er betrachtete sie und murmelte zerstreut: «Neun Millimeter Browning. Gewöhnlicher Armeeknaller. Nicht abgefeuert.»

«Aha», sagte Lopez.

«Na, das kann ja heiter werden», sagte Behounek. «Verdammt heiter.»

18

Das Zimmer war ihm unbekannt. Ebenso das Bett, das Nachthemd und das surrende Geräusch. Das Zimmer war nicht groß, aber hübsch und sauber mit weißen Wänden und einer Kugellampe an der Decke. Es hatte keinen Teppich auf dem Fußboden und nur wenige Möbel, eine Kommode, einen Stuhl und einen kleinen Schreibtisch. Die Fensterladen waren geschlossen, und in dem grauweißen Halbdunkel erkannte er, daß das Geräusch von einer Entlüftungsöffnung mit eingebautem Ventilator kam. In der Wand, in der Höhe vom Fußende des Betts, und trotz der Wärme war die Luft anscheinend rein und ziemlich frisch. Er war nicht einmal verschwitzt.

Als er sich auf die Seite drehte, fand er Uhr, Zigaretten und Brille auf dem Nachttisch. Die Astra lag auch dort, und als er sie sah, verspürte er einen Stich in der Brust, und die Erinnerung überfiel ihn.

Innerhalb einer halben Minute war er durchschwitzt, und seine Hand zitterte, als er sie nach der Armbanduhr ausstreckte.

Es war halb neun, und es mußte morgens sein. Alles schien sehr still zu sein, und er konnte kein Geräusch von draußen hören.

«Fernandez», rief er.

Nichts geschah, er rief noch zweimal, rauh und heiser.

Dann dachte er, daß er aufstehen sollte. Er warf das Laken von sich und schwang die Beine über die Bettkante. Er stellte die Füße auf den warmen Fußboden und versuchte zu denken. Das ging nicht sehr gut.

Sein Hals war trocken, und er trank ein Glas lauwarmes Wasser, das auf dem Nachttisch stand. Er schaute auf die Astra und die Zigaretten und die Brille und verstand nichts.

Manuel Ortega saß da und hatte Angst vor einem weißlackierten Eisenbett in einem fremden Zimmer. Er war unrasiert und trug ein baumwollenes Nachthemd, das bis zu den Knien reichte. Sein Blick war flackernd und unsicher.

Die Tür ging auf, und herein kam Capitán Behounek. Er wirkte, als sei er gerade erst aufgestanden, und er roch nach Rasierwasser und Zahnpasta. Er legte seine Mütze auf den Schreibtisch, schlug die Fensterladen zur Seite und verringerte die Umdrehungszahl des Ventilators.

«Guten Morgen», sagte er munter.

«Wo ist Fernandez?»

«Ich habe ihn gestern heimgeschickt, ihn und Frankenheimer und die beiden anderen. Sie brauchen sie nicht mehr. Außerdem paßte es gestern, weil ein Konvoi nach Norden fuhr.»

Er setzte sich auf den einzigen Stuhl im Zimmer und sah den Mann im Nachthemd lächelnd an.

«Sie sehen tatsächlich nicht sehr gut aus, aber das wird bald besser werden. Nein, sagen Sie nichts. Ich werde es zuerst erklären, sonst wird das alles zu weitschweifig. Heute ist Sonntag, es ist Viertel vor neun am Vormittag. Gestern war Samstag, und Sie haben den ganzen Tag lang geschlafen. Sie sind einmal aufgewacht, aber daran erinnern Sie sich bestimmt nicht. Wir gaben Ihnen eine Spritze, und Sie sind wieder eingeschlafen. Sie sind hier im Offiziersquartier der Gendarmerie, mit anderen Worten bei mir. Ich wohne im Zimmer nebenan. In diesem hier wohnte bis vorgestern Teniente Brown. Ich habe für Sie ein neues Büro in unserem Verwaltungsgebäude einrichten und ihre Papiere und Sachen herbringen lassen. Ich wagte nicht, die Verantwortung zu übernehmen, Sie länger dort zu lassen. Außerdem müssen wir über einiges sprechen. Sie haben bei dem Attentat am Freitag einen schweren Schock bekommen, außerdem hatten Sie sich anscheinend bereits vorher überanstrengt. Unser Arzt hier sagt, daß es Ihnen eigentlich heute schon bedeutend besser gehen sollte. Er sagt auch, daß ich nicht das Attentat erwähnen sollte, wenn ich mit Ihnen spreche, aber darum kümmere ich mich nicht. Wir müssen ja miteinander sprechen können. Ihre Sekretärin ...»

«Danića?»

«Ja, sie. Ich weiß nicht, ob Sie sich erinnern, daß sie bei dem Attentat bewußtlos geschlagen wurde?»

Manuel Ortega nickte. Er erinnerte sich. Er erinnerte sich an jede Einzelheit, die er in dem klaren weißen Licht gesehen hatte, und er erinnerte sich auch, wie er sie auf dem Fußboden liegen gesehen und die ganze Zeit über geglaubt hatte, sie sei tot oder sterbe, daß er sich aber überhaupt nicht darum gekümmert hatte.

«Na, sie war nicht in Lebensgefahr. Gehirnerschütterung und ein Loch im Kopf. Sie liegt im Militärlazarett und soll übermorgen oder so entlassen werden. Sie hat Ihnen übrigens einen Brief geschickt. Und ein anderer Brief ist mit dem Posthubschrauber aus der Bundeshauptstadt gekommen, gestern morgen. Und ein Diensttelegramm. Die liegen alle hier auf dem Schreibtisch.»

Manuel runzelte die Stirn.
«Und die Konferenz?»
«Geht nach Plan. Ich habe Kontakt gehabt mit Ellerman und Dalgren sowie dem Mann, der für die Vorbereitungen in Mercadal verantwortlich ist.»
Er schaute auf die Uhr.
«Darf ich vorschlagen, daß Sie jetzt aufstehen und sich fertig machen? Dusche und Toilette sind auf der anderen Seite des Korridors. In einer halben Stunde hole ich Sie ab. Dann erwartet uns ein Gespräch, das leider weniger angenehm sein kann.»
«Ist draußen eine Wache?»
«Nein, das ist nicht nötig. Sie sind hier völlig sicher. Außerdem ist Ihre Situation nicht mehr so schwierig, die Leute haben eine andere Meinung von Ihnen bekommen. Und der Ausgang des Attentats hat die Aktivisten der rechten Seite zur Besinnung gebracht. Im übrigen ist es überall ruhig. Die Waffenruhe wird respektiert.»
Als Behounek gegangen war, öffnete Manuel Ortega die Tür ein wenig und schaute hinaus. Der Korridor war leer, aber er schlug die Astra dennoch in ein Handtuch und nahm sie mit, als er ging, um sich zu duschen und zu rasieren.
Manuel hatte seine Post durchgesehen, ehe der Polizeichef zurückkam.
Das Telegramm kam aus der Bundeshauptstadt und lautete:
ICH GRATULIERE STOP EIN SEHR KLUGER UND WAGEMUTIGER ZUG STOP SEIEN SIE IN DEN NÄCHSTEN TAGEN VORSICHTIG STOP FALLS NOTWENDIG SCHUTZ BEI BEHOUNEK SUCHEN ZAFORTEZA

Er las den Text mehrmals und schüttelte nicht verstehend den Kopf. Dann schaute er auf die Aufgabezeit. Freitag um zwölf, also vor dem Attentat. Er steckte das Telegramm in die Tasche.
Danach ein Luftpostbrief mit einer schwedischen Briefmarke. Seine Frau hatte mit der Maschine auf vier Seiten absolut nichts geschrieben. Es hat geregnet und die Kinder sind gesund. Er übersprang das meiste. Der Brief kam aus einer fernen und unbegreifbaren Welt, von der er sich kaum vorstellen konnte, daß er ihr einmal angehört hatte. Er zuckte die Achseln und warf ihn in den weißen Abfallkasten aus Blech unter dem Schreibtisch.
Der andere Brief war unfrankiert. Der Umschlag war weiß und mit dem Dienststempel des Militärlazaretts versehen. An der einen schmalen Seite war ein grauer Klebestreifen mit den Worten CENSURA MILITAR.
Daniča schrieb: «Hallo, mein Freund. Dank und Lob, daß Du davongekommen bist. Ich selbst erinnere mich an nichts. Ich habe leichte Kopfschmerzen und einen großen Verband und darf nur ein

wenig schreiben, sagen die. Ich mag dich. Kannst Du nicht kommen und mich fragen, wie es mir geht? Umarmung, Daniča.»

Nach «sagen die» stand ein angefangener Satz, der aber ausgestrichen war: «Manuel, ich glaube, ich werde anfangen ...»

Er saß noch da mit dem Brief in der Hand, als der Polizeichef kam, um ihn zu holen. Manuel zeigte ihm Daničas Brief und nahm das Telegramm aus der Tasche.

«Es ist selbstverständlich, daß Sie gehen und das Mädchen sehen können», sagte Behounek. «Sie bekommen eine Patrouille mit.»

«Begreifen Sie das hier?»

Behounek schaute flüchtig auf das Telegramm.

«Ja, das tue ich», sagte er und lachte.

Dann sagte er gleichmütig: «Nur ein Kompliment. Die schätzen Ihre Arbeit offenbar verdienstgemäß ein. Kommen Sie jetzt mit in mein Zimmer.»

Manuel erlebte das alles, als spiele es sich auf der anderen Seite einer Glaswand ab. Sie schien zwischen ihm und der Wirklichkeit zu stehen. Alles was er sah und hörte, war irgendwie gedämpft, und nicht einmal hier, im Korridor des Polizeipräsidiums und einen halben Meter vom Polizeichef entfernt, konnte er sich von seiner beklemmenden Furcht befreien.

Im Vestibül kam Teniente Brown mit einigen Papieren hinzu. Behounek blieb stehen und sagte zu Manuel:

«Sie können hineingehen und sich solange in mein Zimmer setzen, Ortega, ich komme gleich.»

Manuel öffnete die Tür und zuckte zusammen, als hätte er einen Schlag ins Gesicht bekommen. Drinnen befand sich bereits jemand. Erst als er sah, daß ihn der andere anscheinend nicht bemerkt hatte, riß er sich zusammen und ging mit klopfendem Herzen hinein.

Der Mann war vielleicht fünfundfünfzig Jahre alt, trug schwarze Lackschuhe und einen dunklen, gutgebügelten Anzug. Er war ziemlich klein, hatte graues Haar und einen grauen Schnurrbart, sein mageres Gesicht war von der Sonne verbrannt und runzlig. Er stand nach vorn gebeugt, die Hände auf der Fensterbank, und wurde anscheinend von der Sonne geblendet, die durch die Glasscheibe hereinkam. Er schien auf den zementierten Hof und einige Gendarmen zu schauen, die Munitionskästen in einen Jeep mit Segeltuchverdeck luden.

Der Mann am Fenster sah jedoch nicht nach draußen. Vermutlich sah er überhaupt nichts. Er weinte leise, aber hemmungslos. Seine Schultern bebten, und die Tränen rannen ihm über die Wangen.

Manuel ging unsicher einen Schritt auf das Fenster zu, blieb aber stehen. Der Mann nahm keine Notiz von ihm, er war sich kaum bewußt, daß ein anderer ins Zimmer gekommen war. Manuel ging zur Landkarte und betrachtete eine Weile die Nadeln unterschiedlicher Farbe. Er suchte nach Mercadal; dort waren acht weiße Nadeln.

Behounek kam herein und machte die Tür behutsam hinter sich zu. Der Mann am Fenster reagierte nicht. Der Polizeichef räusperte sich und sagte: «Meine Herren, ich glaube nicht, daß Sie sich bereits kennen.»

Der Mann drehte sich um. Er weinte noch immer, und seine freundlichen braunen Augen waren blank und rotumrandet.

«Ich darf vorstellen: Don Manuel Ortega, der Provinzresident, und Coronel Joaquin Orbal, stellvertretender Militärgouverneur und Stabschef im fünften Militärbereich.»

Manuel hatte bereits zwei Schritte nach vorn gemacht und die Hand ausgestreckt. Jetzt blieb er zögernd stehen. Coronel Orbal zog ein schwarzes Seidentaschentuch aus der Brusttasche und trocknete Augen und Wangen. Dann gab er Manuel die Hand, kurz und kräftig.

«Wir wollen diese Begegnung nicht noch peinlicher machen als sie bereits ist», sagte er. «Die Tatsache, daß ich nicht imstande bin, meine Bewegung und Sorge zu verbergen, darf Sie natürlich nicht beeinflussen. Pedro war jedoch mein einziges Kind und ...»

Er nahm noch einmal sein Taschentuch und schneuzte sich diskret.

«Ihnen, Señor Resident, muß ich zuerst und vor allem sagen, daß ich Sie wegen meines Sohnes um Verzeihung bitte. Ein entsetzlicher Irrtum wurde begangen, und die Folgen sind nicht weniger furchtbar. Jedoch war mein Sohn nicht der einzige, der Ihre Absichten falsch beurteilt hat. Viele machten sich der gleichen Fehleinschätzung schuldig, und die überwältigende Mehrheit dürfte die Motive für Ihr Handeln noch immer nicht erkannt haben.»

«Desto besser», warf Behounek sanftmütig ein.

«Na, ich bitte jedenfalls um Vergebung, und Pedro hat bereits mit seinem Leben bezahlt ...»

Manuel Ortega war es endlich gelungen, eine Formulierung zu finden, die er sagen konnte.

«Ich hoffe, Sie bezweifeln auch nicht für einen Augenblick, daß ich mir keiner Schuld bewußt bin für das, was geschehen ist.»

«Meine Herren», sagte Behounek, «es hat eine Katastrophe gegeben. Niemand kann für das Geschehene getadelt werden. Niemand hätte den Lauf der Ereignisse unterbrechen oder beeinflussen können. Ich glaube, eine Fortsetzung der Diskussion über diese Angelegenheit würde nur unnötigen Schmerz bereiten.»

Er verschränkte die Hände auf dem Rücken und wippte vor und zurück auf Fersen und Fußballen. Dann sagte er: «Wir können dieses Zusammentreffen als reine Formalität und als offiziellen Kontakt für die kommenden Verhandlungen betrachten. Die Konferenz werden also Sie leiten, Señor Resident, während Sie, Coronel Orbal, der Wortführer der Delegation der Bürgerwehr sein werden. Jetzt mit detaillierten Überlegungen zu beginnen, halte ich für weniger passend.»

Coronel Orbal nickte geistesabwesend und ging wieder an seinen Platz am Fenster. Ohne sich umzudrehen, sagte er:

«Wie viele Menschen sind hier in den vergangenen zwei Jahren getötet worden?»

«Etwa fünftausend.»

«Und alles kommt aus der gleichen bösen Saat, von der gleichen kleinen Clique unverbesserlicher Fanatiker. Wir müssen sie vernichten. Wir müssen die Ratten ausrotten.»

«Ja», sagte Behounek, «und wir werden sie vernichten.»

Coronel Orbal drehte sich mit einem Ruck um und starrte Manuel Ortega an.

«Als ich hier soeben stand, fiel mir etwas Eigentümliches ein», sagte er. «Wenn Sie jetzt tot wären, würde mein Sohn mit großer Wahrscheinlichkeit noch leben. Ich stand also hier und wünschte, daß Sie tot wären. Soweit ich weiß, habe ich noch nie jemand den Tod gewünscht, abgesehen von Feinden meines Landes und in meiner Eigenschaft als Soldat.»

Er zuckte die Achseln.

«Tja», sagte er, «die Wahrheit ist eigentümlich. Leben um Leben. Jetzt werde ich wieder nach Hause gehen. Meine Frau ist schwer getroffen von dem Leid, das uns getroffen hat. Sie können mich also dort erreichen. Guten Morgen, meine Herren.»

Coronel Orbal. Führer der Rechtsextremisten. Organisator des Terrors. Beschützer der Sprengkommandos. Ein grauer alter Mann, der weinte.

Dachte Manuel Ortega.

«Ja», sagte Behounek, «das ging ja schmerzloser als ich zu hoffen gewagt hatte.»

Manuel sah ihn an. Der Schleier war immer noch da, machte alles unbegreifbar und unerreichbar. Behounek nahm eine Zigarre, biß die Spitze ab und sagte: «Ich werde jetzt eine Tour durch die Stadt machen. Haben Sie Lust mitzukommen?»

Manuel schüttelte den Kopf. «Nein, ich bleibe lieber hier.»

«Zusammen mit mir können Sie sich sicher fühlen. Zumindest so sicher wie ich mich selbst fühle. Ich werde mich übrigens mit Dalgren treffen.»

«Dalgren hat an einer solchen Begegnung sicherlich ebensowenig Interesse wie ich.»

«Sie haben unrecht. Seine Einstellung hat sich radikal geändert. Nach der Stellungnahme des Innenministeriums hat er ebenso wie die anderen im inneren Kreis eingesehen, daß die Veröffentlichung von Larrinagas idiotischer Proklamation ein Trick war, um das Vertrauen der Kommunisten zu gewinnen und sie zu veranlassen, zu der Konferenz zu gehen.»

«Aber so ist es nicht», sagte Manuel. «Daran habe ich nie gedacht.»

«Das weiß ich», sagte Behounek trocken. «Aber bis jetzt stehe ich damit ganz allein da.»

Er ging zur Tür und setzte die Mütze auf.

«Sie kommen dennoch nicht mit?»

«Nein.»

«Sie wagen es nicht?»

«Nein.»

«Ich verstehe.»

Er blieb stehen, als sei ihm ein neuer Gedanke gekommen, und sagte: «Aber ich weiß, was Sie statt dessen tun können. Gehen Sie zum Lazarett und grüßen Sie Ihre kleine Freundin mit den schönen Füßen.»

Manuel schüttelte den Kopf.

«Unsinn», sagte Behounek. «Sie bekommen drei Polizisten und einen geschlossenen Jeep mit. Es ist eine Fahrt von vier Minuten, und die Stadt ist praktisch menschenleer. Jetzt bestelle ich einen Wagen. Er wird in fünf Minuten draußen stehen.»

Er ging.

In dem Augenblick, als der weiße Jeep die Wachen passierte, wurde Manuel Ortega von Panik ergriffen. Kalter Schweiß brach ihm aus, er kauerte nieder und versuchte sich so weit wie möglich in die Ecke zu pressen. Der Polizist betrachtete ihn erstaunt. Er spürte die Astra an den Rippen, aber das half ihm nicht. Sie hatte bereits einmal versagt und konnte ihm nicht mehr die Illusion von Sicherheit geben.

Danića Rodriguez lag in der Offiziersabteilung in einem kleinen klimatisierten Zimmer mit weißen Wänden und Leuchtröhren an der Decke. Zwei der Polizisten kamen mit, blieben aber draußen stehen wie die Nonne, die den Weg gezeigt und die Tür geöffnet hatte.

Die Frau im Bett sah bleich und mager aus, ihre Lippen waren trocken und aufgesprungen. Sie hatte keine Bandage mehr um den ganzen Kopf, aber man hatte ihr oben auf dem Scheitel einen Teil der Haare abrasiert und einen kleinen Verband angelegt. Ihre Augen waren groß und dunkelgrau und ernst.

«Hallo. Wie geht es dir?»

«Besser. Die Kopfschmerzen sind weg. Und dir?»

«Recht gut.»

«Du siehst schlecht aus. Wie läuft alles?»

«Gut. Die Konferenz beginnt morgen.»

«Manuel, beug dich ein bißchen näher.»

Er beugte sich zu ihr.

«Du», sagte sie, «ich habe dich nicht nur gebeten zu kommen, damit wir plaudern und du sagst, daß alles gut ist.»

Er wußte nicht, was er darauf antworten sollte. Außerdem empfand er nicht sehr viel für sie, zumindest im Augenblick nicht. Sie fuhr fort:

«Ich will dir vor allem etwas sagen, worüber ich vorher nicht sprechen wollte. Ich bin in Irigos Kommunistischer Partei und arbeite bis zu einem gewissen Ausmaß mit der Befreiungsfront zusammen. Deshalb wollte ich diesen Job, und am Ende ist es mir ja auch gelungen, das hinzudrehen. Ich hätte ihn bereits bei Larrinaga bekommen, wenn er es nicht für nötig gehalten hätte, einen Sekretär, einen Adjutanten, zu haben. Weiter: Sixto ist mein Bruder. Ich erzähle das, weil ich will, daß du es weißt, jetzt, da du allein bist.»

«Ich verstehe.»

«Nein, du verstehst nicht. Als ich gestern erwachte, dachte ich bei mir, daß da irgendwas nicht stimmt. Bei fast allem, was wir gemacht haben.»

Sie schwieg.

«War das alles?»

Sie sah ihn mit großen, klaren Augen an und sagte so leise, daß er sich anstrengen mußte, um sie zu verstehen: «Manuel, könnte die Konferenz eine Falle sein?»

«Aber wie denn?»

«Ich weiß nicht. Irgendwie ging alles so verdächtig leicht. Die Rechtsextremisten wollten früher nie verhandeln, und jetzt sind sie mit allem einverstanden. Könnte es ein Weg sein, um die Menschen zu fangen, die sie früher nie erwischen konnte, auf die Dalgren und Orbal und Behounek und die Polizei und die Armee jahrelang gelauert haben?»

«Weder die Regierung noch der Präsident würden es wagen oder auch nur in der Lage sein, einen solchen Wortbruch zu begehen. Die haben sogar schriftliche Garantien ausgestellt.»

«Ich weiß. Aber dennoch ... Bist du sicher, daß nicht dennoch etwas schiefgeht? Du mußt das herausfinden. Jetzt, heute.»

«Ja», sagte er, «ich werde das untersuchen. Aber ich bin fast sicher, daß deine Sorge unberechtigt ist, daß du nicht recht hast.»

«Aber du versprichst nachzuforschen?»

«Ja.»

Jetzt, da er ihr nahe war, begann er sich anders zu fühlen. Er war sich ihrer körperlichen Existenz unter der weißen Decke bewußt. Gleichzeitig fühlte er sich sicherer und weniger ängstlich. Er konnte sogar lächeln.

«Was macht das blaue Mal?» fragte er.

«Es ist noch da. Wenn es nicht so unbequem wäre, würde ich es dir zeigen. Die haben mir ein so seltsames Nachthemd gegeben.»

«Na, wir werden es übermorgen sehen.»

«Übermorgen?»

«Ja, dann sollst du entlassen werden.»

«Niemand hat mir davon etwas gesagt. Der Patient erfährt nie etwas. Hier liegt man wie in einem Gefängnis. Die verschließen sogar die Tür.»

«Typisch Armee.»

«Du», sagte sie, «wir haben aber auch Pech, wenn wir miteinander schlafen wollen.»

«Übermorgen geht's.»

«Ja, ich hab jetzt die Nase voll von all dem Unsinn hier.»

Plötzlich sagte er: «Danića.»

«Ja?»

«Ich mag dich so sehr.»

Sie streckte die Hand aus, legte die schlanken, starken Finger um seinen Nacken und zog ihn herunter auf ihre Schulter. Sie flüsterte ihm ins Ohr: «Manuel, ich habe doch von Anfang an gesagt, ich bin es nicht wert. Alles, was ich anfasse, geht zu Bruch.»

Sie ließ ihn los.

«Warte, ich will dir etwas zeigen.»

Er richtete sich auf.

«Gestern kam Post», sagte sie. «Ich erhielt einen Brief, der mir aus Kopenhagen nachgesandt worden war. Von meinem Mann, ja, wir sind nicht ordentlich geschieden worden. Ich mochte ihn wahnsinnig, und dennoch ging es schief. Verstehst du, ich zerstöre die, die ich liebe, und ich weiß nicht wie oder warum. Wir lernten uns vor fünf Jahren in der Bundeshauptstadt kennen. Die Partei war damals noch zugelassen, und wir machten zusammen eine Zeitung. Er schrieb gut, und alle sagten, er sei ein geborener Journalist und Propagandist. Wir kamen so gut miteinander aus, aber dann fing es an schiefzugehen. Stück für Stück brach auseinander, und wir versuchten, die Stücke wieder zusammenzuleimen, aber alles wurde wieder rissig. Und das war fast immer meine Schuld, glaube ich. Das letzte Mal sahen wir uns vor eineinhalb Jahren in Kopenhagen. Das war ... ja, es ging nicht. Dann verließ er mich. Dieser Brief ist das erste Lebenszeichen, das ich seitdem von ihm bekommen habe. Nimm und lies ihn. Ich möchte, daß du ihn liest.»

Er schaute auf den Umschlag. Er war mit der Maschine geschrieben, hatte eine tschechoslowakische Briefmarke und war in Prag gestempelt.

«Ich mochte ihn mehr als irgendeinen anderen Menschen», sagte sie. «Ich will brav sein und ihm nicht schaden. Lies.»

Manuel öffnete den Brief. Er war ganz kurz und sah aus, als hätte ein Kind ihn geschrieben. Die Schrift war groß und rund und unsicher. Er las:

Liebe Dana. Ich wollte schon lange schreiben aber das ist schwer für mich und es wurde nichts daraus aber jetzt sagt der Doktor daß es gut für mich ist wenn ich es tue und nun versuche ich es. Als ich dich verließ ging ich nach Frankreich und dann nach Spanien und das ging gut und dann kam ich nach Bulgarien und ging über die Grenze nach Griechenland. Und das ging nicht gut denn die haben uns dort festgenommen. Die schlugen mich jeden Tag drei Wochen lang glaube ich und dann ging es mir nicht gut. Ich wurde dann entlassen und kam über die Grenze nach Sofia und dann nach hier. Hier ist es gut aber ich kann gleichwohl nichts tun aus nichts wird was und der Doktor hier sagt daß ich ausgehen soll und er hat mir einen braunen Anzug gekauft und auch einen Hut aber ich kann es dennoch nicht. Liebe kleine Dana dies ist überhaupt nicht das was ich sagen wollte aber ich schreibe an diesem Brief seit Tagen und er will nicht besser werden und der Doktor sagt daß ich ihn abschicken soll. Ich hoffe es geht dir gut. Dein Felipe.

Ganz unten auf dem Brief hatte jemand auf englisch mit roter Tinte in sehr kleiner Handschrift etwas hinzugefügt:

«*Beste Mrs. Rodriguez. Von mehreren Gesichtspunkten aus wäre es gut, wenn Sie diesen Brief beantworten könnten. Hochachtungsvoll Jaroslav Jiráček, Dr. med. Bulovka Hospital, Praha.*»

Manuel Ortega legte den Brief wieder auf den Tisch neben dem Bett.

«Hast du vor, hinzureisen?»

«Gib mir eine Zigarette, sei so nett. Man darf hier bestimmt nicht rauchen, aber das schert mich den Teufel.»

Sie machte nervös mehrere Züge, dann sagte sie: «Ich weiß es nicht. Nein, ja, nein. Ich kann doch nichts für ihn tun. Ich weiß, wie das ist.»

Er hatte darauf nichts zu antworten und saß eine Weile schweigend da.

Plötzlich sagte sie: «Manuel, was tun wir eigentlich? Was tun eigentlich alle Menschen in der ganzen Welt?»

In diesem Moment kam die Nonne durch die Tür herein. Sie war jung und picklig, und ihr langer schwarzer Rock schleppte über den Fußboden.

«Es tut mir leid», sagte sie, «aber Sie dürfen nicht länger bleiben.»

Danića legte die Hand wieder um seinen Nacken, und er beugte sich zu ihr, seine Nase an ihrem Hals.

«Du vergißt es nicht?»

«Nein.»

«*Falls* etwas nicht stimmt, mußt du sie warnen.»

«Ja, wir sehen uns übermorgen. Liebling.»

«Ja, bis übermorgen.»

In dem klimatisierten, kleinen weißen Zimmer war der Schleier verschwunden, aber sobald er im Wagen saß, war er wieder da. Er schwitzte und preßte sich weiter in die Ecke.

«Herrgott, wenn ich nur davonkomme», flüsterte Manuel Ortega.

19

Es war halb neun, als Behounek die Tür öffnete und sagte: «Kommen Sie, wir fahren jetzt zum Club und essen dort.»

Manuel Ortega hatte ihn eine ganze Weile vor der Siesta zuletzt gesehen. Er hatte in seinem Zimmer gesessen, mehrere Telefongespräche geführt und gesehen, daß alles klappte, geschmeidig und selbstverständlich und präzise. Die Vorbereitungen in Mercadal waren beendet. Irigo sollte mit einem gecharterten Hubschrauber am nächsten Morgen kommen. Alles war perfekt.

Der Tag war warm und schwül gewesen, aber nicht schlimmer als sonst.

Er hatte auch an Daniča Rodriguez und an ihre Fragen gedacht, und ihm selbst waren Fragen gekommen. Diese Fragen waren lästig, aber andererseits gab es hieb- und stichfeste Beweise, daß Daniča unrecht haben mußte. In seinem Geldschrank lagen die Versprechen und Garantien der liberalen Regierung, unterzeichnet von Miroslavan Radamek und seinem Premierminister, Dokumente, die ganz einfach nicht falsch sein konnten.

Er war den ganzen Tag über ängstlich gewesen, nicht erschreckt oder aufgeregt, sondern eher Opfer einer passiven Furcht, eines hilflos kriechenden Unbehagens, das ihm das Gefühl gab, er sei feige und verschwitzt und träge.

Manuel Ortega ging mit in den Club. Sie aßen ein teures und schlechtes Gericht und sprachen über unwesentliche Dinge. Um elf Uhr fuhren sie zum Präsidium zurück. In der großen Halle sagte Manuel Ortega: «Capitán Behounek, darf ich Sie etwas fragen?»

«Gewiß.»

«Ist die Konferenz eine Falle?»

«Kommen Sie mit in mein Zimmer.»

Der Polizeichef schloß die Fensterladen und machte die Tischlampe an. Sie setzten sich einander gegenüber.

«Ja», sagte Behounek.

«Ich fragte: Ist die Konferenz eine Falle?»

«Und ich antwortete: Ja. Oder adäquater: Es ist eine Wolfsgrube, um die gefährlichsten Feinde des Landes zu fangen.»

«Was wird geschehen?»

«Man wird sie festnehmen.»

«Von Ihnen?»

«Ja. Oder wenn Sie wollen: Von der Bundespolizei.»

«Ich werde Sie daran hindern.»

«Nein, Ortega, Sie können mich nicht daran hindern.»

«Sie vergessen, daß ich noch immer gewisse Befugnisse habe. Schließlich kann ich militärische Hilfe requirieren.»

«Woher sollte die kommen?»

«Sie übersehen, daß zweitausend Mann reguläre Infanterie in unmittelbarer Nähe der Stadt sind. Sie übersehen auch, daß ich immer noch sowohl den Innenminister als auch den Präsidenten telegrafisch erreichen kann. Ja, vorausgesetzt natürlich, daß Sie keine Gewalt gegen mich anwenden.»

«Ortega, lassen Sie uns dies hier ein für allemal klären. Es ist höchste Zeit. Erstens: Es gibt keine Truppen hier. Nur eine Wachtruppe von vielleicht sechzig oder siebzig Mann. Ich glaubte tatsächlich, daß Sie das bereits wüßten. In der Nacht vor Ihrer Ankunft wurde das dritte Infanterieregiment nach Norden verlegt. Zusammen mit allen anderen regulären Verbänden des fünften Militärgebiets liegt es seit acht Tagen in feldmarschmäßigen Stellungen entlang der Nordgrenze der Provinz. Seit acht Tagen kontrollieren diese Truppen auch alle Zufahrtswege und Kommunikationsmittel. Deshalb konnte der arme Ruiz Ihnen nicht mehr als drei Wagen geben, deshalb mußte er sogar Köche und Schneider und Ordonnanzen abkommandieren, damit die Pumpstation und die Wasserreservoirs in Ordnung gebracht wurden. Kurz gesagt, er hatte kein Regiment. Deshalb hatte ich auch Angst – ja, wirkliche Angst – bei den Krawallen vor einer Woche. Im übrigen brauchen Sie dem Innenminister nicht zu telegrafieren. Sie können ihn hier und jetzt anrufen und das Gespräch innerhalb von zwanzig Minuten haben.»

«Sind die Leitungen nicht mehr unterbrochen?»

«Es hat sich erwiesen, daß die Leitungen nie unterbrochen waren. Aber das Militär hat eine Kontrollstation an der Grenze eingerichtet und nur bestimmte Gespräche durchgelassen.»

Manuel Ortega starrte den Mann in der weißen Uniform an.

«Den Präsidenten können Sie dagegen nicht anrufen.»

«Warum nicht?»

«Weil es gegenwärtig keinen Präsidenten gibt. Radamek hat das Land heute morgen verlassen.»

«Aber die Regierung?»

«Die Regierung wird morgen abend um sechs Uhr zurücktreten.»

«Und Sie meinen, diese überraschenden Tatsachen geben Ihnen freie Hand, alle Versprechen und Versicherungen der abgehenden Regierung zu brechen? Nein, Capitán Behounek ...»

«Einen Augenblick, Ortega, ich bin Bundesbeamter wie Sie und handle im Rahmen gegebener Befehle.»

«Welche Befehle? Von wem?»

Behounek stand auf, öffnete den Safe in der Wand und nahm mehrere Papiere heraus.

«Hier», sagte er, «sehen Sie die Haftbefehle für die sechs kommunistischen Delegierten. Unterzeichnet vom Premierminister. Sie wurden gestern hereingeflogen.»

«Jacinto Zaforteza ist nicht Premierminister.»

«Er wird es morgen abend um sieben Uhr sein, wenn diese Befehle ausgeführt werden.»

«Und wer wird Präsident?»

«Was glauben Sie, wer?»

Manuel Ortega brach in Lachen aus, in ein halberstícktes, resigniertes Lachen. Er stützte den Ellbogen auf die Tischkante und legte die Stirn auf die Handfläche.

«Ja, natürlich», sagte er. «Ganz einfach. General Gami.»

«Gerüchtweise habe ich gehört, daß die Befehlshaber von neun der dreizehn Militärbezirke die Kandidatur General Gamis unterstützen.»

«So was nennen Sie auch noch Kandidatur. Ein Kandidat, der dreißigtausend Mann regulärer Truppen in höchster Kampfbereitschaft hat, bereit, zur Hauptstadt zu marschieren und alle wichtigen Punkte zu besetzen.»

«Ja, nennen Sie das, wie Sie wollen. So sieht inzwischen die Lage aus.»

«Wird Orbal Verteidigungsminister?»

«Kaum. Aber er wird General und Chef des fünften Militärbereichs.»

«Und Sie selbst?»

Es dauerte lange, ehe Behounek antwortete. Er schaute zuerst auf die Wandkarte, dann Manuel Ortega an. Schließlich sagte er: «Ich werde meine Belohnung morgen abend erhalten.»

«Wenn Sie diese armen Menschen festnehmen?»

«Ja. Dann hoffe ich, diese Provinz verlassen zu können. Für immer.»

«Und ich soll geopfert werden?»

«Überhaupt nicht. Sie haben, soweit ich verstehen kann, Ihren Dienst sehr gut ausgeführt, sogar ein Wunderwerk vollbracht, auch wenn es unabsichtlich und ahnungslos geschah. Den Posten selbst wird es wohl nicht mehr lange geben, aber in der Verwaltung braucht kein Mangel an treuen Mitarbeitern zu herrschen.»

«Dann soll also meine Ehre geopfert werden? Sehen Sie nicht ein ...»

«Was sehe ich nicht ein?»

«Daß ich einen unerhörten Verrat an diesen armen Menschen begehe?»

«Dies ist das zweite Mal, daß Sie diese Formulierung gebrauchen, und bereits das erste Mal war einmal zuviel. Diese armen Menschen tragen die Schuld daran, daß fünftausend Menschenleben im Laufe von zwei Jahren geopfert wurden. Deren Aktionen waren bereits von Anfang an sinnlos, zum Scheitern verurteilt. Sie endeten in einem Chaos, in Verwirrung und Erniedrigung, in dem Menschen zu tollen Hunden wurden. Wie die drei Bergleute in Perez' Villa. Wie Coronel Orbals sechzehnjähriger Sohn. Wie ...»

«Wie Sie selbst, Capitán Behounek.»

«Ja, wie ich. Das ist völlig richtig.»

«Glauben Sie, ich hätte ein so wichtiges Detail wie mich und meine Handlungen übersehen?»

«Sie selbst sind also der Beweis, daß Sie recht haben?»

«Ja, leider.»

«Und wenn ich mich über den Tisch recke, jetzt, in diesem Augenblick, und das Telefon nehme und Ellerman anrufe und ihn warne, was tun Sie dann?»

«Sie warnen Ellerman nicht. Und deshalb werden Sie nie erfahren, was geschehen wäre, wenn Sie es getan hätten.»

Manuel Ortega hatte den Kopf immer noch auf die Hand gestützt. Er spürte die Leerheit in sich aufsteigen und dachte an das Mahlwerk.

Er änderte die Stellung und stützte die geballte Faust unter das Kinn und schaute Behounek an. Der Polizeichef saß still und hatte die Unterarme auf dem Tisch und die Hände lose verschränkt.

Manuel beugte sich vor und zog das Telefon zu sich herüber. Er drehte die Kurbel und nahm den Hörer ab.

«Hotel Universal, bitte. Ich möchte den Anwalt Wolfgang Ellerman sprechen. Ja, danke.»

Es dauerte lange, ehe Ellerman antwortete. Er hatte offenbar geschlafen, denn seine Stimme klang rauh und verwirrt.

«Ja, Ellerman hier.»

«Ortega. Verzeihen Sie, daß ich Sie so spät noch störe, aber die Angelegenheit ist äußerst wichtig.»

«Ja?»

Kurz darauf: «Ja? Sind Sie noch da?»

«Können Sie mir sagen, wann genau Dr. Irigo morgen ankommt?»

«Zwischen halb zehn und halb elf. Einen genaueren Zeitpunkt kann ich leider nicht nennen.»

«Das reicht. Danke. Gute Nacht.»

«Gute Nacht.»

Manuel Ortega legte den Hörer auf und schob das Telefon fort. Er legte beide Ellbogen auf den Tisch, verschränkte die Hände und preßte die Knöchel gegen die Nasenwurzel. Er hörte sein Herz klopfen.

Behounek hatte sich die ganze Zeit über nicht gerührt. Er hatte auch nichts gesagt, und es war unmöglich zu sagen, ob er überhaupt etwas sah. Jetzt sagte er: «Ich hasse es, mit verdeckten Karten zu spielen. Bevor wir das Gespräch fortsetzen, muß ich Ihnen deshalb noch ein Dokument zeigen.»

Er wühlte in seinen Papieren.

«Diese Instruktion ist für Sie bestimmt», sagte er. «Es war beabsichtigt, daß ich sie Ihnen morgen geben sollte, eine Stunde vor dem Beginn der Aktion. Hier, bitte.»

Manuel nahm das Dokument und drehte und wendete es, ehe er das Siegel brach.

Das Memorandum der Regierung hatte die Form eines persönlichen Briefs; er wurde mit einigen konventionellen Phrasen eingeleitet, kam aber schnell zur Sache:

... durch den plötzlichen Rücktritt des Präsidenten aus Gesundheitsgründen und die damit bedingte Regierungsumbildung ist eine andere Lage entstanden. General Gamis erste Maßnahme als Präsident ist, mit größter Kraft die Bedrohung durch die inneren als auch die äußeren Feinde der Nation zurückzuweisen. In diesen Bestrebungen hat er die volle Unterstützung der Regierung. Dazu hat das Bundesgericht heute vormittag zwei prinzipielle Entscheidungen veröffentlicht. Erstens: Das Bundesgericht bestätigt (unter Zurückweisung des Alternativvorschlags von Ex-Präsident Radamek) den Gesetzentwurf der Legislative, in dem die bereits aufgelöste Kommunistische Partei und die linkssozialistischen Parteien des Landes für illegal erklärt werden. Das bedeutet im Klartext, daß heute von zwölf Uhr an alle Mitglieder kommunistischer und kryptokommunistischer Organisationen als hinlänglich verdächtig betrachtet werden können, gegen die Strafgesetze zu verstoßen, und sie als Bedrohung für die Sicherheit des Staates angesehen werden müssen. Folglich sollen sie unverzüglich in Haftverwahrung genommen werden. Zweitens stellt das Bundesgericht fest, daß die ideologische Struktur der sogenannten Befreiungsfront eindeutig kommunistisch ist (in diesem Abschnitt hat sich das Bundesgericht der Auffassung von sowohl der Legislative als auch von Ex-Präsident Radamek angeschlossen). Ich fordere Sie deshalb auf, alle hierzu gehörenden Fragen in Übereinstimmung mit den o. a. allgemeinen juristischen Richtlinien zu behandeln.

Um eine reibungslose Übergangsperiode zu schaffen, wird heute von 18 Uhr an der uneingeschränkte militärische Ausnahmezustand in Ihrer Provinz wieder eingeführt. Er soll nach kurzer Zeit wieder aufgehoben werden. Die Bundespolizei ist mit der uneingeschränkten Befugnis ausgerüstet, das Kriegsrecht ist anzuwenden.

Ich rate Ihnen zu einer engen Zusammenarbeit mit dem Chef der Bundespolizei, Capitán Isidoro Behounek, der ausführliche Anweisungen in dieser Angelegenheit erhalten hat.

Zaforteza, Premierminister

Manuel Ortega faltete das Papier zusammen und lehnte sich zurück.

«Das ist das Ende», sagte er. «Und Sie heißen also Isidoro? Das wußte ich nicht.»

«Ja, ist das nicht blöd? Kinder sollten gesetzlich das Recht haben, sich umzutaufen, wenn sie ein angemessenes Reifealter erreicht haben.»

«Rufen Sie das Bundesgericht an und sagen Sie dem Portier, daß ein neues Gesetz in dieser Angelegenheit innerhalb von zwanzig Minuten bestätigt werden muß.»

Der Polizeichef lächelte.

«Also, mein bester Capitán Behounek. Ich sitze hier und habe in meiner

Hand einen Befehl, der von morgen datiert ist und unter anderem zwei Entscheidungen der obersten juristischen Behörde des Staates enthält, die ebenfalls morgen veröffentlicht werden. Der Befehl ist geschrieben von einer Person, die glaubt, sie sei morgen Regierungschef, und erlassen von einem General, der denkt, er sei morgen Diktator.»

«Heute, Ortega, all dies geschieht heute. Es ist bereits Viertel vor eins.»

«Das scheint zu bedeuten, daß Gami – dem ich nie begegnet bin, der aber offenbar nur ein gewöhnlicher, machtgieriger Offizier ist – bereits vor seiner Machtergreifung als Diktator die oberste juristische Behörde und die Gesetzgebung des Landes dirigieren kann.»

«Sie vergessen Zaforteza. Er ist Justizminister in drei Regierungen gewesen.»

«Wie sieht er aus, dieser Gami?»

«Wie die meisten Generale. Nichts Besonderes an ihm. Etwas korpulent. Rote Nase. Dicke Frau. Vier Kinder.»

Manuel überlegte und sagte dann: «Bedeutet das auch, daß die Todesurteile bereits vorliegen?»

«Im Prinzip ... ja. Nur drei von ihnen sind inzwischen voll ausgefertigt, gegen ‹El Campesino›, Irigo und José Redondo. Ich habe auch noch zwanzig blanko. Alle unterzeichnet von Coronel Orbal.»

«Und wer soll sie ausfüllen?»

«Ich.»

«Was auch bedeutet, daß Sie von morgen sechs Uhr an hinrichten können, wen Sie wollen?»

«Im Prinzip ... ja.»

Manuel Ortega spürte, daß der durchsichtige Kokon, der ihn von der Welt abschirmte, jetzt auch den Mann auf der anderen Seite des Tisches einschloß. Er sagte: «Wenn wir auf eine weniger formelle Basis übergehen könnten, würde ich Sie fragen: Welche Druckmittel könnten nach Ihrer Meinung Radamek veranlaßt haben, so plötzlich abzutreten?»

«Tja, höchst informell kann ich folgendes sagen: Radamek und das ganze liberale Regime gerieten in eine Situation, in der es galt, die Opposition hier zu besänftigen, und den Schreihälsen im Ausland den Mund zu stopfen. Sie waren die ganze Zeit über abhängig von der Unterstützung durch die Armee und haben bestimmt nicht eine einzige Entscheidung selbständig getroffen. Zaforteza ist im Kabinett die treibende Kraft gewesen und in jeder Hinsicht der Mann des Generals. Was Radamek betrifft, bin ich überzeugt, daß er alles für Geld tat. Er war kaum als bettelarm zu bezeichnen, als er gestern das Land verließ.»

«Aber er hat doch die Friedenspolizei geschaffen», sagte Manuel.

«Ja», sagte Behounek und warf einen Blick auf die Landkarte, «er schuf die weiße Polizei, die Bundesgendarmerie, die Friedenspolizei.»

«Und wenn die Friedenspolizei in ein Dorf kommt, springen die Männer in die Wälder und verstecken die Frauen ihre Kinder unter Lumpen und Reisighaufen.»

«Es gibt keine Wälder hier, aber im Prinzip haben Sie recht.»

«Wie viele Dörfer haben Sie so ausgerottet wie Santa Rosa?»

«Etwa zehn vielleicht. Immer aus dem gleichen Grund. Die Leute haben ‹El Campesinos› Mörderbande geholfen, sich zu verstecken oder zu fliehen, manchmal haben sie auch selbst geplündert und getötet.»

«Fühlen Sie sich sehr unglücklich, wenn Sie daran denken?»

«Manchmal ja. Aber nicht so oft. In Ihrer Phantasie übertreiben Sie gewiß auch die Dramatik bei solchen Ereignissen. Tatsächlich geschieht das routinemäßig, in festgelegten Formen, ohne großes Gehabe. Meistens um fünf Uhr morgens, das ist eine Tageszeit, die nicht zu melodramatischen Aktionen einlädt. Aber viele wurden getötet, das ist wahr. Wer ist da schuldig?»

«Jetzt sind wir also wieder am Ausgangspunkt. Und ich wiederhole: Sie sind schuldig.»

«Weil ich Befehle befolge?»

«Ja.»

«Nur gut, für Sie und mich, daß Sie unrecht haben. Die Schuld liegt bei Männern wie diesem Kubaner. Dieser ‹El Campesino›, der armen Analphabeten beibringt zu töten. Bei verdrehten Theoretikern wie Irigo und Ellerman, bei haßverzerrten Volksaufrührern wie Carmen Sanchez.»

«Bei Wahnsinnigen wie Isidoro Behounek.»

«In gewissem Maße, ja.»

«Beim Wahnsinn.»

«Und, Ortega, beim Wankelmut, vergessen Sie das nicht.»

«Wie ich sagte.»

«Aber man muß sich für eine Seite entscheiden.»

«Muß man?»

«Ja, mit Sicherheit.»

«Haben Sie, Capitán Behounek, irgendwann mal mit dem Gedanken gespielt, Gnade vor Recht gehen zu lassen?»

«Viele Male, aber nicht in Fällen wie diesen.»

«Dann ist es also unrealistisch, morgen von Ihrer Seite mit einer gewissen Milde zu rechnen? Mit einer Art von Tauschgeschäft?»

«Lassen Sie uns die Sache überschlafen.»

Sie gingen in ihre Zimmer.

Zwischen drei Uhr und drei Minuten nach drei am Dienstagmorgen, dem 19. Juni, dachte Manuel Ortega, früher stellvertretender Handelsattaché in Stockholm, folgendes:

Ich muß Ellerman anrufen. Ich muß Ellerman anrufen. Ich muß Ellerman anrufen. Wenn ich Ellerman anrufe, setze ich mein Leben aufs Spiel, auf jeden Fall für alle Zeiten meine Karriere und meinen Lebensunterhalt.

Ich mache mich eines Dienstvergehens schuldig, erfülle nicht meine Pflicht und komme ins Gefängnis. Logisch wäre, mich sofort zu töten. Breche ich mein Versprechen gegenüber der Befreiungsfront, wird Sixto mich töten. Ich muß fliehen, jetzt, sofort. Dennoch muß ich Ellerman anrufen.

Plötzlich: Manuel Ortega, du bist Bundesbeamter. Es ist deine Pflicht, Befehle zu befolgen bis zu dem Zeitpunkt, da diese Befehle durch neue außer Kraft gesetzt werden.

Dennoch mußt du Ellerman anrufen.

Warum mußt du Ellerman anrufen? Weil du es einer Nymphomanin zugesagt hast, mit der du schlafen willst? Das ist nicht relevant.

Aber du mußt.

Du weißt, daß du Ellerman nicht anrufen wirst. Das Mahlwerk steht. Das Mahlen ist zu Ende.

Gespräch auf einer steinigen Bergstraße, auf dem Vordersitz eines weißen Landrovers mit Segeltuchverdeck:

Ortega: «Warum haben Sie mir gestern abend das alles erzählt?»

Behounek: «Weil ich wollte, daß Sie wirklich wissen sollten, was Sie tun. Damit Sie nie sagen können, nicht einmal zu sich selbst, daß Sie in gutem Glauben handelten oder unter dem Einfluß eines schockierenden Überraschungsmoments. Wie Sie jetzt handeln, tun Sie das im vollen Bewußtsein, daß Sie die Situation analysiert haben, sei es auch während einer schlaflosen Nacht. In Zukunft können Sie vielleicht andere täuschen, aber ich will Ihnen keine Chance geben, sich selbst zu betrügen.»

Ortega: «Sie sind ein beträchtliches Risiko eingegangen.»

Behounek: «Ich hielt es für nicht sehr groß. Sie sind Beamter. Sie kämpfen für Ordnung mit Ihren Papieren, ich ebenso mit meiner Pistole.»

Ortega: «Ich habe noch immer einige Stunden vor mir.»

Behounek: «Die Zeit ist knapp. Außerdem können Sie keinen Entschluß fassen. Sie sind ängstlich und müde. Der leichteste Entschluß ist immer, keinen zu fassen.»

Ortega: «Übrigens, haben Sie den Mord an Larrinaga arrangiert?»

Behounek: «Nein. Das war eine interne militärische Angelegenheit.»

Ortega: «Wer war Pablo Gonzales?»

Behounek: «Sie haben ein gutes Gedächtnis – aber er hieß nicht so.»

Ortega: «Wie hieß er denn?»

Behounek: «Bartolomeo Rozas. Ein kommunistischer Arbeiter, den wir einige Tage vor dem Mord festnahmen und hinrichteten.»

Ortega: «Und der wirkliche Mörder?»

Behounek: «Weiß nicht. Einer von den jungen Rechten, den sie von irgendwo hergebracht haben. Ich lieferte nur die Identitätspapiere. Die ihrerseits bemühten sich nicht einmal, den Offizier zu unterrichten, der die Eskorte befehligte. Und der Mörder wurde erschossen, wie gesagt, zu seinem

Erstaunen. Er erwartete wohl, die würden ... Gnade vor Recht gehen lassen.»

Ortega: «Würden *Sie* – unter welchen Umständen auch immer – Gnade vor Recht gehen lassen?»

Behounek: «Kaum.»

Ortega: «Wie steht's mit unserem Tauschgeschäft?»

Behounek: «Welches Tauschgeschäft?»

Ortega: «Ich opfere meine Ehre und verzichte darauf, sie zu warnen. Sie opfern Ihren Haß und verzichten darauf, sie zu töten.»

Behounek: «Das ist kein ehrlicher Tausch, da Sie sie doch nicht warnen werden. Außerdem habe ich gewisse Befehle zu berücksichtigen – wie Sie. Wir sind Beamte.»

Ortega: «Ich kann Ellerman immer noch anrufen. Einige dieser Menschen können noch gerettet werden.»

Behounek: «Sie nehmen nie Stellung zu der Frage, ob sie es verdienen, gerettet zu werden. Sie denken nicht daran, daß wir vielleicht zehntausend andere Menschen retten, indem wir diese sechs töten. Übrigens, soll ich Ihre Sekretärin verhaften?»

Ortega: «Nicht wenn es sich vermeiden läßt.»

Behounek: «Gewiß läßt es sich vermeiden. Wenn ich es vermeiden will. Sie wissen wohl, daß sie Kommunistin ist und sogar Mitglied der Partei?»

Ortega: «Haben Sie das die ganze Zeit gewußt?»

Behounek: «Fast. Sie steht in unseren Papieren. Ein Wunder, daß es ihr gelungen ist, das Ministerium zu täuschen.»

Ortega: «Es läßt sich also vermeiden. Aber gedenken Sie es zu vermeiden?»

Behounek: «Lassen Sie mich einmal eine Vereinbarung vorschlagen. Ich verhafte Ihre Sekretärin, im Gegenzug verzichten wir darauf, Carmen Sanchez hinzurichten. Beide kommen ins Gefängnis, vielleicht für fünf oder zehn Jahre. Sie haben die Wahl zwischen Carmen Sanchez tot und Daniča Rodriguez frei – oder beide im Zuchthaus.»

Ortega: «Meinen Sie das ernst?»

Behounek: «Selbstverständlich nicht. Und ich werde Ihnen nicht vorschlagen, das Leben Ihrer Sekretärin gegen das der sechs Leute einzutauschen, die wir heute abend hinrichten werden.»

Ortega: «Danke. Warum muß es bereits heute abend geschehen?»

Behounek: «In einigen Tagen wird der Ausnahmezustand aufgehoben. Niemand weiß wann. Dann ist die Zeit für Todesurteile vorbei.»

Ortega: «Und Daniča Rodriguez?»

Behounek: «Darf natürlich gehen. Im übrigen ist sie nicht sehr gefährlich. Etwas naiv, halbintellektuell. Und sie schläft mit Männern herum, das mag bestrickend sein, aber es ist keine gute Methode. Es endet fast immer böse.»

Ortega: «Ersparen Sie mir Ihre Lebensweisheiten.»

Behounek: «Gern.»

Ortega: «Seltsam, noch bis heute morgen glaubte ich, daß es der Todesschreck war, der mich zerbrochen hat. Erst jetzt sehe ich ein, daß Sie es waren.»

Behounek: «Keins von beiden. Wir sind ganz und gar Opfer von uns selbst, unserer eigenen Gedanken, unserer eigenen Handlungen. Ich war das erste Todesopfer wegen meiner Tätigkeit hier unten.»

Ortega: «Sie fangen an, die Fragestellung zu banalisieren.»

Behounek: «Ich bin etwas müde. Sehen Sie die Häuser dort drüben, auf der anderen Seite des Steinbruchs?»

Ortega: «Ja.»

Behounek: «Das ist Mercadal.»

Manuel Ortega, du, an deinem Pult auf dem Podium. Hinter dir dein Kanzleichef und eine Sekretärin, die du noch nie gesehen hast. Und vor dir Gesichter.

Du sprichst: «Die anderen Delegierten sollten jetzt hier sein, ihre Überlegungen haben länger gedauert ... interne Prozedurfragen, kann man vermuten.»

Gesichter von Menschen. Die Namen haben.

Irigo – weißhaarig, runzlige Hände eines alten Mannes, Hornbrille. Er zittert ein wenig, er hat Angst.

‹El Campesino› – Partisanenexperte aus Kuba, groß und stark und braune Augen, unruhig, wachsam – ängstlich.

Carmen Sanchez – schlank und kurzhaarig, auch bewußt und herausfordernd. Kaut bereits an den Nägeln, ängstlich.

El Rojo Redondo – schwer und groß und grob und haarige Handgelenke, wischt sich den Schweiß von der Stirn, bereits ängstlich.

Noch zwei Männer, aber keiner von ihnen ist Sixto. Kein Sixto.

Sie werden sterben. Aber du lebst. Gott sei Dank! (Muß bald zur Messe gehen. Danke, Frankenheimer. Danke, Behounek.)

Verrat, und das wissen sie bereits.

Dieser Lärm – diese umgeworfenen Stühle – diese Rufe. Diese weißen Uniformen – diese Übermacht – diese Maschinenpistolen – diese glitzernden Ketten zwischen den Handschellen – dies metallische Knacken in den Schlössern – dies Gebrüll der Automotoren – diese ferne Wirklichkeit – diese Gesichter auf der anderen Seite des Schleiers.

Manuel Ortega blieb am Pult des Konferenzleiters sitzen, während Gendarmen die Gefangenen hinausführten. Capitán Behounek hatte sich nicht im Raum gezeigt.

Bereits fünfzehn Kilometer vor der Stadt sahen sie die Feuerwerke und Freudenfeuer. Rote, grüne, weiße, violette Raketen zeichneten Bogenlinien über den Nachthimmel.

Im Scheinwerferlicht vor dem Kühler sahen sie gelbgrauen Kies und viele Steine und einmal eine kleine Eidechse. Die Hitze war nach Einbruch der Dunkelheit schwül und drückend geblieben. Die Nacht lag wie ein schlafendes, schwarzes, haariges Tier über dem Land.

Letzteres dachte der Provinzresident Manuel Ortega.

«Die feiern bereits den Sieg», sagte Behounek. «General Gamis Ernennung ist offiziell verkündet worden. Vermutlich spricht Coronel Orbal vom Fenster des Gouverneurspalastes aus.»

«Kommen die Raketen aus der Villengegend?»

«Nein, aus der ganzen Stadt. Die haben fünfzigtausend Raketen, Kanonenschläge und bengalische Feuer verteilt. Eine Initiative der Bürgerwehr.»

«Um den neuen Präsidenten populär zu machen?»

«Natürlich. Dann gibt es für ein oder zwei Wochen lang Hinrichtungen. Aber sobald die erledigt sind, wird er sich wieder an seine alte Provinz erinnern und den Ausnahmezustand aufheben. Die Leute werden glücklich sein, die Menschen dürfen ihre eigenen Straßen wieder betreten. Er wird für einige Tage beinahe ein Volksheld sein. General Gami weiß, wie so etwas gemacht wird. Er ist weder der erste noch der letzte, der auf dem Weg zur Macht über die Nacken dieser Menschen klettert. Wie ich sagte, es ist alles Routine.»

Manuel Ortega steckte sich eine Zigarette an.

«Ist der Bus mit den Gefangenen vor oder hinter uns?»

«Vor uns.»

«Haben Sie sie gesehen?»

«Nein, ich werde sie noch früh genug sehen.»

Sie fuhren unter den ersten Transparenten durch, sahen die ersten Porträts und schwingenden Pappschilder. Viva Gami! Viva Orbal! Viva la República!

«Viva Ortega», sagte der Mann neben dem Polizeichef.

«Ja, das kann man wahrlich sagen», sagte Behounek. «Es wird mehrere Sondermessen geben. Sollen wir eine besuchen?»

20

Der Kellerraum war groß und kalt mit seinem Zementfußboden und den weißgekalkten Wänden. An der einen Längsseite stand ein Holztisch auf Böcken und darunter eine alte Munitionskiste mit Tragegriffen aus Seil und blechbeschlagenen Kanten. Rechts vom Tisch war eine graugestrichene Stahltür.

An der gegenüberliegenden Wand standen die sechs kommunistischen Delegierten. Sie waren noch auf dem Rücken gefesselt, aber die Gendarmen hatten die Handschellen durch Krampen in der Wand gezogen, und sie konnten ihren Platz nicht mehr verlassen. Die Frau lehnte mit den Schultern und dem Hinterkopf an der Wand, während die übrigen mehr oder weniger aufrecht standen, sich auf den Fußsohlen wiegend.

Mitten im Raum stand Teniente Brown, breitbeinig und die Hand am Pistolengriff, an der einen kurzen Wand standen drei Gendarmen in weißer Uniform. Ihre Maschinenpistolen lagen in einer Reihe auf dem Holztisch, einige Meter von ihnen entfernt.

Die Stahltür öffnete sich, der Polizeichef kam in den Raum.

Er war barhäuptig, aber sonst nach Vorschrift bekleidet, in Stiefeln und frischgebügelter weißer Uniform mit der Pistole am Koppel und dem Schulterriemen diagonal über der Brust.

«Guten Tag», sagte er, «mein Name ist Behounek.»

Er stellte sich einige Meter von Teniente Brown entfernt hin und betrachtete die Gefangenen mit wohlwollendem Interesse.

«Sie sind zum Tode verurteilt worden», sagte er. «Die Hinrichtung wird durch Erschießen erfolgen, aber ohne militärische Ehrenbezeigungen. Sie ist für neun Uhr dreißig angesetzt, also in ...»

Er schaute auf seine Armbanduhr.

«... genau fünfundzwanzig Minuten. Das formelle Urteil wird Ihnen unmittelbar vor der Exekution vorgelesen.»

Er schaute einen Augenblick lang auf den Fußboden und rieb sich mit dem rechten Zeigefinger über die Unterlippe.

«Nun», sagte er, «wer von Ihnen ist ‹El Campesino›?»

Der Kubaner hob den Kopf und sah ihn an. Der Mann hatte wachsame braune Augen; er hatte Angst, aber nicht ohne einen schwachen Schimmer von Trotz und Hoffnung.

«Laßt ihn frei», sagte Behounek.

Dann drehte er sich um, ging zum Tisch, zog die Kiste nach vorn und wühlte in ihrem Inhalt. Er nahm ein Bleirohr heraus, ungefähr fünfunddreißig Zentimeter lang und zwei Zoll im Durchmesser, er wog es prüfend in der Hand.

Der Kubaner war frei und hatte drei Schritte von der Wand nach vorn gemacht. Er stand dort mit gesenktem Kopf und massierte seine Handgelenke, damit sich der Blutkreislauf normalisierte.

Behounek ging über den Fußboden, sehr ruhig und ohne den Mann auch nur für einen Moment aus den Augen zu lassen. Bei einem Abstand von einem Schritt blieb er stehen, biß sich auf die Unterlippe und wippte ein wenig mit dem Körper, die Fersen vom Fußboden. Dann schlug er das Bleirohr mit gewaltiger Kraft dem Kubaner über den Nacken.

Der Mann fiel nach vorn und blieb einige Sekunden lang auf Knien und

Unterarmen liegen. Es sah aus, als lebte er, aber vermutlich war er bereits tot; er fiel fast sofort auf die Seite und lag unbeweglich mit offenen Augen und hochgezogenen Knien.

Behounek drehte sich um, ging zwei Schritte auf den Tisch zu und warf das Bleirohr wieder in die Kiste. Dann kehrte er zur Wand zurück.

Es war völlig still im Raum.

Er strich sich wieder mit dem Zeigefinger über die Unterlippe und betrachtete die Gefangenen einen nach dem anderen. Schließlich blieb er vor der Frau stehen, die ganz links in der Reihe stand.

«Carmen Sanchez», sagte er geistesabwesend. «Schöne Carmen Sanchez.»

Die Frau hatte kurzes schwarzes Haar und trug verblichene Jeans, Gummistiefel und eine zugeknöpfte dunkelblaue Hemdbluse.

Behounek ergriff die Knopfleiste der Bluse und riß, so daß die Knöpfe absprangen. Darunter trug sie einen einfachen Büstenhalter, sauber und weiß auf der dunklen Haut. Er steckte den Zeigefinger in die Mitte und zerriß ihn. Sie schrie vor Schmerz auf, als die Träger in die Seiten und den Rücken schnitten. Der Schrei war schrill und kindlich. Dann steckte er die Hände zwischen die Hose und die braune elastische Haut und ruckte daran. Beim erstenmal gelang es nicht, und eine Ader schwoll an seiner Schläfe an, als er mit enormer Kraftanstrengung Jeans und Höschen zerriß.

Im Raum war nur das Geräusch reißenden Stoffs und aufspringender Nähte zu hören.

Er ging einen Schritt zurück und schaute sie an. Ihre Brüste sahen nicht sehr fest aus, und die Warzen waren kreisrund und klein und blaßbraun. Sie war nicht so mager, wie man vermuten könnte, wenn man sie angezogen sah. Die Haut auf dem Bauch war ein wenig schlaff, als hätte sie mal ein Kind geboren, und das Haar unten war spärlich und rotbraun. Von ihrem Körper kam ein schwacher Duft von Schweiß und eingesperrter Wärme.

«Nicht viel dran», sagte er.

Dann schaute er auf die Uhr und sagte zu den Gendarmen: «Ihr habt neunzehn Minuten Zeit. Macht mit ihr, was ihr wollt.»

Teniente Brown beugte sich über den Mann auf dem Fußboden und sagte: «Ich glaube, er ist tot, Capitán.»

«Erschießen Sie ihn auf jeden Fall», sagte Behounek und verließ den Raum.

Manuel Ortega saß im Besuchersessel im Zimmer des Polizeichefs. Er war bleich und verschwitzt, und seine Hände zitterten, als er ein Streichholz anriß und versuchte, sich eine Zigarette anzuzünden, die trocken wie Zunder war.

Behounek kam ins Zimmer, knöpfte seinen Uniformrock auf und ließ sich auf den Drehstuhl hinter dem Schreibtisch fallen.

Er biß nachdenklich auf den Daumennagel und schien an dem anderen vorbeizuschauen, auf irgendeinen Punkt weit fort. Dann sagte er: «Haben Sie schon mal jemand getötet? Ich meine, technisch gesehen, mit Gewalt?»

«Nein.»

«Dann haben Sie jedenfalls etwas, für das Sie dankbar sein können.»

Manuel starrte ihn an.

«Sehen Sie, wenn man das erste Mal tötet, bricht man irgendwie alle Brücken hinter sich ab. Man beraubt sich für alle Zeiten des Rechts auf das, was auf der anderen Seite zurückgeblieben ist. Man kann nichts davon holen oder aufsammeln. Das ist weg und verloren.»

«Was ist es, das da verlorengeht?»

«Das ist schwer zu erklären, und außerdem soll es nicht für jeden so sein, obwohl ich das nur schwer glauben kann. Wenn ich sage, Sie können nie mehr so leben wie vorher, nie mehr lieben, nie mehr sich als Sie selbst fühlen, und Sie sind glücklich darüber, daß Sie nie mehr mit einer Frau schlafen oder sich vollsaufen können, so glauben Sie mir natürlich nicht. Aber dennoch habe ich recht. Sie können gewiß das alles noch tun, leben, glücklich sein, mit Frauen schlafen, aber Sie können es nur in technischem Sinne. Ihre Technik kann in jeder Hinsicht verbessert werden, aber das ist eine Äußerlichkeit, ein Bluff, den Sie anwenden, um Ihre Umgebung zu täuschen. Sie können sich nicht selbst betrügen, jedenfalls nicht für längere Zeit. Das werden Sie ganz schnell erkennen.»

«Sie sind wirklich destruktiv.»

Behounek erhob sich von seinem Stuhl, lachte und ging um den Schreibtisch herum.

«Ist es nicht absurd», sagte er, «ist es nicht völlig absurd zu denken, daß ich einst glücklich war? Ja, es ist wahr, ich erinnere mich sehr gut daran. Zusammen mit einer Frau. Manchmal erwache ich nachts und glaube, daß ich mich erinnern kann, wie man sich dann fühlt.»

Er machte eine kurze Pause.

«Jetzt scheint es absurd zu sein, daß ich noch Frau und Kinder habe, die irgendwo in einem Haus sitzen und es gut haben und manchmal an mich denken. Aber es ist wahr, ich habe tatsächlich eine Familie.»

«Ich auch», sagte Manuel Ortega.

«Sie haben natürlich recht. Ich bin destruktiv, auf meine Art. Oft fühle ich mich, als hätte ich seit Monaten und Jahren in einem geisteskranken Zerrbild der Welt vegetiert, in der alle Begriffe verdreht sind und alles falsch ist oder bald sein wird. Aber wen von uns beiden halten sie für den Destruktivsten, mich mit meiner Monomanie oder Sie mit Ihrem kranken Willen, es allen recht zu machen? Obwohl Sie die ganze Zeit über wissen, daß Sie unzureichend sind? Es gibt in dieser Provinz vielleicht hunderttausend Menschen, die Sie mit Ihren Reden und Handlungen verführt haben. Sie haben für sie einen hohen Aussichtsturm gebaut. Von dort oben konnten Sie ihr künftiges Dasein aus einer Perspektive sehen, das es für die Leute nie geben wird. Wo ist das Bauwerk heute?»

«Es ist niedergerissen.»

«Und wer hat es niedergerissen?»

«Ich.»

«Haben Sie daran gedacht, daß Sie, wenn Ihr Meisterschütze auf dem Gesims nicht so schnell im Ziehen gewesen wäre, in diesem Jahrzehnt, vermutlich noch länger, der Märtyrer und Held dieser Provinz gewesen wäre? Sie würden vielleicht als Statue mitten auf der Plaza stehen.»

Das Geräusch einer fernen Salve von Schüssen drang durch die Steinmauern und danach von noch einer. Behounek lauschte und zählte an den Fingern ab, dann sagte er: «El Campesino, Irigo, Carmen Sanchez, El Rojo Redondo. Die haben hier acht Monate lang mit mir gelebt. So greifbar nahe, hier in diesem Zimmer. Jetzt sind sie weg. Und ich bin noch da.»

Er begann den Uniformrock zuzuknöpfen und nahm den Gürtel vom Schreibtisch.

«Na, Ortega, wo wollen wir essen? Im Club?»

«Ich denke schon.»

Per Wahlöö

«Der Schwede **Per Wahlöö** hat sich mit einem umfangreichen Werk als einer der markantesten europäischen Erzähler des dritten Viertels unseres Jahrhunderts profiliert.» Jörg Fauser

Per Wahlöö (1926-1975) studierte Germanistik, arbeitete als Korrespondent in Spanien. 1956 von Franco ausgewiesen, reiste er durch die halbe Welt, lernte 1962 Maj Sjöwall kennen und begann mit ihr gemeinsam, den Kommissar-Beck-Zyklus zu schreiben.

Foul Play
(thriller 2588)
«Der Blick, den Wahlöö auf die schweißgetränkte, dreckige Fußballposse in dieser hinterletzten Weltgegend wirft, ist so ungetrübt , daß wir uns alle in ihm spiegeln können.» tip

Die Generale
(thriller 2569)
Die Revolution der Befreiuung endet in der totalitären Diktatur der Generale. «Kunstvoll verknüpft Wahlöö die Verselbstständigung des Militärapparates auf der politischen Ebene mit der psychischen Deformation durch den Geist der Truppe.» Konkret

Unternehmen Stahlsprung
(thriller 2539)
«... die Horrorvision einer Gesellschaft, die selbst zum Verbrechen wurde und schließlich untergeht. Per Wahlöö war vielleicht noch nie so gut.» Norddeutscher Rundfunk

rororo thriller

Libertad!
(thriller 2521)
«Der beste Polit-Thriller zum Thema Südamerika ist bereits vor 25 Jahren geschrieben worden: Libertad!» taz

Das Lastauto
(thriller 2513)
Spanien zur Zeit der Franco-Diktatur.

Mord im 31.Stock
(thriller 2424)
«Dieses Buch ist eines der seltenen Fälle,in denen ein Kriminalroman weit über sich hinauswächst.» Frankfurter Allgemeine Zeitung
Hans Werner Fassbinder drehte nach diesem Buch seinen Film «Kamikaze 1989».

Von Schiffen und Menschen
Stories
(thriller 2889)
«... eignet sich wunderbar zum Lesen an Bord.» Segeln

Wind und Regen
(thriller 2625)